रज़ा
पुस्तक माला

गाँधी की मृत्यु

हंगेरियन नाटक

रज़ा फ़ाउण्डेशन | THE RAZA FOUNDATION

गाँधी की मृत्यु

नेमेथ लास्लो

हंगेरियन से अनुवाद

गिरधर राठी, मारगित कोवैश

राजकमल प्रकाशन

रज़ा पुस्तक माला : **नाटक**

प्रधान सम्पादक : अशोक वाजपेयी | सम्पादक : पीयूष दईया

राजकमल प्रकाशन प्रा.लि. और रज़ा फ़ाउण्डेशन का सह-प्रकाशन

ISBN-978-93-88183-62-8

मूल्य : ₹199

पहला संस्करण : 2018

प्रकाशक : राजकमल प्रकाशन प्रा. लि.
1-बी, नेताजी सुभाष मार्ग, दरियागंज
नई दिल्ली-110 002

शाखाएँ : अशोक राजपथ, साइंस कॉलेज के सामने, पटना-800 006
पहली मंजिल, दरबारी बिल्डिंग, महात्मा गाँधी मार्ग, इलाहाबाद-211 001
36 ए, शेक्सपियर सरणी, कोलकाता-700 017

वेबसाइट : www.rajkamalprakashan.com
ई-मेल : info@rajkamalprakashan.com

मुद्रक : यश प्रिंटोग्राफिक्स
नोएडा-201301 (उत्तर प्रदेश)

GANDHI KI MRITYU
by Nameth Laszlo
Translated by Girdhar Rathi, Margit Kovesh

आमुख

कलाओं में भारतीय आधुनिकता के एक मूर्धन्य सैयद हैदर रज़ा एक अथक और अनोखे चित्रकार तो थे ही उनकी अन्य कलाओं में भी गहरी दिलचस्पी थी। विशेषत: कविता और विचार में। वे हिन्दी को अपनी मातृभाषा मानते थे और हालाँकि उनका फ्रेंच और अँग्रेज़ी का ज्ञान और उन पर अधिकार गहरा था, वे, फ्रांस में साठ वर्ष बिताने के बाद भी, हिन्दी में रमे रहे। यह आकस्मिक नहीं है कि अपने कला-जीवन के उत्तरार्द्ध में उनके सभी चित्रों के शीर्षक हिन्दी में होते थे। वे संसार के श्रेष्ठ चित्रकारों में, २०-२१वीं सदियों में, शायद अकेले हैं जिन्होंने अपने सौ से अधिक चित्रों में देवनागरी में संस्कृत, हिन्दी और उर्दू कविता में पंक्तियाँ अंकित कीं। बरसों तक मैं जब उनके साथ कुछ समय पेरिस में बिताने जाता था तो उनके इसरार पर अपने साथ नवप्रकाशित हिन्दी कविता की पुस्तकें ले जाता था : उनके पुस्तक-संग्रह में, जो अब दिल्ली स्थित रज़ा अभिलेखागार का एक हिस्सा है, हिन्दी कविता का एक बड़ा संग्रह शामिल था।

रज़ा की एक चिन्ता यह भी थी कि हिन्दी में कई विषयों में अच्छी पुस्तकों की कमी है। विशेषत: कलाओं और विचार आदि को लेकर। वे चाहते थे कि हमें कुछ पहल करना चाहिए। २०१६ में साढ़े चौरानवे वर्ष की आयु में उनकी मृत्यु के बाद रज़ा फ़ाउण्डेशन ने उनकी इच्छा का सम्मान करते हुए हिन्दी में कुछ नये क़िस्म की पुस्तकें प्रकाशित करने की पहल *रज़ा पुस्तक माला* के रूप में की है, जिनमें कुछ अप्राप्य पूर्व प्रकाशित पुस्तकों का पुनर्प्रकाशन भी शामिल है। उनमें गाँधी, संस्कृति-

चिन्तन, संवाद, भारतीय भाषाओं से विशेषतः कला-चिन्तन के हिन्दी अनुवाद, कविता आदि की पुस्तकें शामिल की जा रही हैं। सभी पुस्तकों पर रज़ा साहब और उनके समकालीन मित्र चित्रकारों आदि की प्रतिकृतियाँ आवरणों पर होंगी।

महात्मा गाँधी अपने समय में ही नहीं हमारे समय में भी एक प्रतिरोधक उपस्थिति हैं : उनका बीसवीं शताब्दी के विचार, राजनीति और सामाजिक कर्म पर गहरा प्रभाव पड़ा। इन दिनों उनका बहुत बारीक़ पर अचूक अवमूल्यन करने का एक अभियान ही चला हुआ है। इस सन्दर्भ में उनकी मृत्यु पर लिखा गया यह हंगेरियन नाटक, जो सीधे हिन्दी में अनूदित किये जाने का एक बिरला उदाहरण भी है, प्रस्तुत करते हुए हमें उम्मीद है कि गाँधी-विचार और कर्म को ताज़ी नज़र से देखने के प्रयत्न में सहायक होगा।

अशोक वाजपेयी

अगस्त २०१८, नयी दिल्ली

पुरोवाक्

गाँधी की मृत्यु नाटक के बारे में पहली जानकारी मुझे नेमेथ लास्लो से ही मिली थी। १९६८ के शुरुआती महीनों में एक दिन शांदोर आंद्राश मुझे शायकोद ले गये। शांदोर एक विख्यात अनुवादक थे। उन्हीं दिनों नोबेल विजेता अस्तूरियास के उपन्यास का उनका हंगेरियन अनुवाद प्रकाशित हुआ था। काफ़े हुंगारिया में कई शामें मैंने उनके साथ बितायी थी।

बुदापैश्त में उन दिनों काफ़े हुंगारिया तमाम बौद्धिकों और कलाकारों का दैनिक अड्डा जैसा था। पत्रकारिता प्रशिक्षु के रूप में मैं इण्टरनेशनल आर्गेनाईजेशन ऑफ़ जर्नलिस्ट्स में स्कॉलरशिप पर गया हुआ था, और २१-२२ बरस के युवक की सहज जिज्ञासाएँ लिए हुए जहाँ-तहाँ पहुँच जाता। कलाकारों और लेखक-कवियों के पास ख़ासतौर से। अलबत्ता, जॉर्ज लुकाच से मिलने या उन्हें तकलीफ़ देने की हिम्मत जुटा पाया : मेरे मित्र अनिल साहरी और मैं लुकाच के फ़्लैट के सामने दूना नदी के किनारे कई बार टहलते ही रह गये।

विशाल बालातोन झील के किनारे टैक्सी से हम सायकोद पहुँचे थे—एक पहाड़ी सी जगह जहाँ नेमेथ लास्लो की सुन्दर-सी कुटिया थी। सामने और आसपास लवैण्डर ग्रास की बगिया थी—वहीं पहली बार उसे देखा और उसकी सुगन्ध को जाना।

नेमेथ लास्लो देर तक भारत के बारे में पूछते-बतियाते रहे और बातों बातों में इस नाटक का ज़िक्र किया। हंगेरियन भाषा थोड़ी बहुत सीख ज़रूर रहा था, लेकिन इतनी नहीं कि साहित्यिक कृतियाँ पढ़ सकूँ। उन्होंने बताया कि 'गाँधी की मृत्यु' का अँग्रेज़ी अनुवाद उनके मित्र एलेक माथे ने किया है।

उनसे पता लेकर अनुवादक के घर जा पहुँचा।

वहीं पहुँचकर जान पाया कि हंगेरियन भाषा के विख्यात विद्वान और अनुवादक एलेक माथे का कुछ ही समय पहले निधन हो चुका था। उनकी पत्नी ने शालीनता से स्वागत किया, ख़ासतौर से तब जब उन्होंने देखा कि उनकी पालतू बिल्ली ने मुझे पसन्द किया था। श्रीमती माथे ने कहा कि अगर बिल्ली ने पसन्द किया है तो ज़रूर आप अच्छे इंसान होंगे।

गाँधी हॉलाला के अँग्रेज़ी अनुवाद 'द डेथ ऑफ़ गाँधी' की टाइपराइटर से टंकित २ प्रतियाँ उनके पास थीं। मेरे यह कहने पर कि मैं इसका हिन्दी अनुवाद करना और भारत में इसे छपवाना चाहता हूँ, उन्होंने विश्वासपूर्वक एक प्रति मुझे दे दी!

भारत लौट कर अगस्त १९६८ के बाद मैंने नाटक के एक बड़े भाग का हिन्दी में अनुवाद कर लिया और प्रकाशक की तलाश करने लगा। मेरे लिए यह अत्यन्त सुखद है कि इसका प्रकाशन हो पा रहा है—लेकिन ५० साल तक, अनेक प्रयत्नों के बावजूद मुझे इसका प्रकाशक नहीं मिला, यह बात बेहद कचोटती है।

अब जब रज़ा फ़ाउण्डेशन ने इसे प्रकाशित करना स्वीकार किया तब मैंने डॉक्टर मारगित कोवैश से अनुरोध किया कि हम मूल हंगेरियन से हिन्दी अनुवाद करें। उन्होंने इसे सहर्ष स्वीकार किया और कई हफ़्ते, कभी-कभी १०-१५ घण्टे प्रति दिन तक साथ बैठकर यह काम पूरा हुआ। हम इसी तरह दो तीन हंगेरियन पुस्तकों का पिछले दशकों में अनुवाद कर चुके हैं।

नेमेथ लास्लो के जीवन काल में ही यह पुस्तक आ जाती तो बहुत सुकून मिलता; और श्रीमती माथे का ऋण : वे भी अब दिवंगत हैं। उन्होंने सहज विश्वास से अँग्रेज़ी अनुवाद मुझे दे दिया था। अब यह प्रकाशन मुझे एक सुदीर्घ ऋण से उऋण कर रहा है।

नेमेथ लास्लो ने हमारी मुलाकात के बाद एक छोटा-सा पत्र मुझे लिखा था और दुबारा शायकोद आने के लिए १ तथा २ जुलाई १९६८ की तिथियाँ सुझायी थी—जब उनकी बेटी भारत से लौट आयी थी—और लिखा कि अगर वे ख़ुद थक जायँ तो बेटी बात कर सकती हैं। वह संयोग न जाने क्यों बना नहीं। उनका एक सवाल अब भी याद आता है—"क्या आपको अँग्रेज़ी डिक्शनरी देखनी पड़ती है?"

सवाल अटपटा था, लेकिन मैंने शायद तुरन्त ही कह दिया, नहीं! उन्होंने कुछ विस्मय से मुझे देखा होगा—बिना डिक्शनरी के तो कोई मूल अँग्रेज़ी भाषी भी अपना काम मुश्किल से चला पायेगा! लेकिन उन दिनों एक बुज़ुर्ग महिला मुझे स्नेहपूर्वक कभी कभी हंगेरियन जीवन के दर्शन कराती थीं। ख़ुद को वे मेरी कॉती मॉमॉ (छोटी माँ) कहती थीं और ४–५ भाषाएँ जानती थी, अँग्रेज़ी भी। लेकिन उनके साथ घूमने निकलने पर वे अक्सर हर किसी अँग्रेज़ी शब्द के अर्थ और उच्चारण की जाँच के लिए, कभी–कभी बीच सड़क पर खड़ी होकर जेबी डिक्शनरी खोलकर देखने लगती थीं।

मेरे उत्तर में शायद वही अनुभव शामिल था—छोटे–मोटे शब्दों का अर्थ मुझे नहीं खोजना पड़ता था, लेकिन अब भी अपने उस उत्तर को याद कर मैं हक्का–बक्का रह जाता हूँ!

नेमेथ लास्लो ने मुझसे पूछा था कि मैं कौन से अनुवाद कर चुका हूँ। गद्य और पद्य में मैंने ज़रूर कुछ अनुवाद कर रखे थे। उन्हीं में कवि क्वासीमोदो की भी २–४ छोटी कविताएँ थीं। इस कवि के नाम से वे प्रसन्न भी हुए।

जैसा कि डॉ. मारगित कोवैश ने संकेत किया है, गाँधी के प्रयोग को वे इतिहास का सबसे बड़ा राजनीतिक और नैतिक प्रयोग मानते थे। उनकी लिखी एक भूमिका (डायरी) यहाँ प्रस्तुत है, लेकिन इसके बाद भी उन्होंने एक और विस्तृत भूमिका लिखी थी। दोनों में अनेक बुनियादी प्रश्नों का सूक्ष्म विवेचन है। नाट्य रचना की प्रक्रिया और नाट्य स्वरूप का अद्भुत विवेचन—वैश्विक पश्चिमी परिप्रेक्ष्य में—उनमें है। गाँधी नाट्य की परिकल्पना उन्होंने तरह–तरह से की है। विस्तार भय से हम वह दूसरा अंश, इतिहास के उपकरण, यहाँ नहीं दे पा रहे।

रज़ा साहब गाँधी के तथा हिन्दी के अनन्य उपासक थे। रज़ा फ़ाउण्डेशन के तत्त्वावधान में इस नाटक का प्रकाशन अतिरिक्त सन्तोष देता है। श्री अशोक वाजपेयी ने तथा उनके सहयोगी जनों ने, ख़ासकर श्री पीयूष दईया ने विशेष रुचि ली, इसके लिए मैं उनका आभारी हूँ। दरअसल, भारत स्थित हंगेरियन मित्रों तथा हंगरी स्थित अनेक परिचितों–अपरिचितों तथा मित्रों ने यह प्रकाशन सम्भव किया है, उन सभी का आभार।

—गिरधर राठी

मारगित कोवैश

नेमेथ लास्लो और गाँधी

गाँधी की मृत्यु के लेखक नेमेथ लास्लो (हंगेरियन पद्धति में उपनाम पहले आता है, अतः लास्लो नेमेथ, १९०१-१९७५) का जन्म ट्रांसिलवैनिया (अब रोमानिया में) के स्थान नॉजबान्या में एक शिक्षक परिवार में हुआ था। नाटक, उपन्यास, कहानी इत्यादि के अलावा उनका पठन-पाठन और लेखन चिकित्सा-शास्त्र, विज्ञान तथा सामाजिक विज्ञान, राजनीति एवं इतिहास इत्यादि विषयों तक विस्तृत था। इन तमाम क्षेत्रों में अपने काम को वे अन्तःसम्बद्ध मानते थे।

फ्रांसीसी एवं हंगारी साहित्य के मेधावी छात्र नेमेथ लास्लो ने बुदॉपैश्त विश्वविद्यालय में अपना विषय चुना—चिकित्सा-शास्त्र, और १९२५ में दन्त चिकित्सक के तौर पर अपना औषधालय खोल लिया।

१९२५ में ही न्यूगॉथ (पश्चिम) नामक पत्रिका (१९०८-१९४१)में उन्हें "श्रीमती होर्वाथ का देहावसान" कहानी पर पुरस्कार मिला था लेकिन १९३२ में न्यूगॉत के सम्पादकों से मतभेद हो जाने पर उन्होंने *साक्षी* पत्रिका (१९३२-१९३६) स्थापित की। न्यूगॉथ हंगरी में पश्चिमी यूरोप के चिन्तन तथा साहित्य की अग्रदूत थी। इसके विपरीत, नेमेथ लास्लो एक तीसरे रास्ते के, गुणशील समाजवाद के तथा मार्क्सवाद के विरोधी विचारक थे। गुणशील समाजवाद की उनकी धारणा में भूमि सुधार, सार्वजनिक स्वास्थ्य में सुधार, अर्थतन्त्र में सुधार, सहकारी उद्योगों की स्थापना तथा एक ख़ास तरह की आबादी के विचार शामिल थे। दूसरी ओर कुछ वामपन्थी लेखकों को नेमेथ के विचारों और जर्मनी तथा जर्मन फ़ासीवाद में काफ़ी साम्य नज़र आता था।

पाल इग्नोतुश या फ़ेरेन्त्स फेइतो समाजवाद की नेमेथ की धारणा से असहमत थे, वे आधुनिकीकरण तथा विकास के हामी थे। हंगेरियन साहित्य में लोकवादी और शहराती लेखकों के बीच उभरी यह दरार अब भी मौजूद है, और कभी-कभी इसके भयानक रूप उभर आते हैं।

नफ़रत, विषाद, दया जैसे उपन्यासों में नेमेथ लास्लो ने मानव-चेतना तथा बाह्य परिस्थितियों पर विशेष ज़ोर दिया। सुदृढ़, सबल नारी पात्रों वाले ये उपन्यास श्रेष्ठ साहित्यिक कोटि तथा स्कूली पाठ्यक्रम, दोनों पात्र आत्मज्ञान तथा आत्मान्वेषण के लिए सचेत नज़र आते हैं, और पात्र की अपनी भूमिका में एवं उसके मनोविज्ञान में एक तनाव-सा मौजूद रहता है।

१९३० के दशक से नेमेथ लास्लो का झुकाव नाटक की ओर बढ़ा। ''बिजली की कौंध'' नाटक उन के उपन्यास ''विषाद'' की तरह ही ग्रामीण जगत की याद दिलाता है। चेरीबाग़ में लोकवादी (पाप्युलिस्ट) विचारकों के स्वप्निल बाग़वानी वाले अर्थतन्त्र का विज्ञान है। आपात्साइ, जोसेफ़-२, फन्दा, दो बोल्याई लोग, क्रॉमवेल और गाँधी की मृत्यु उनके ऐतिहासिक नाटक हैं।

''इतिहास के उपकरण'' नामक अपने निबन्ध में *गाँधी की मृत्यु* नाटक की परिकल्पना करते हुए उन्होंने ऐतिहासिक नाटकों के ढाँचे या संरचना की समस्या पर गहरा विचार किया है। ''प्रयोगपरक नाट्यविद्या'' नामक लेख में उन्होंने ऐतिहासिक नाटक को दो रूपों में बाँटा है : ग्रीक ढाँचा, फ्रांसीसी ढाँचा। गाँधी-नाट्य की डायरी लिखते हुए उन्होंने पहले ग्रीक रूप अपनाने का विचार किया था, जिसमें एकल नाटकीय धुरी पर नाटक रचा जाता। मगर अन्त में उन्होंने वह फ्रांसीसी रूप दिया जिसे वे शेक्सपियर का और शिलर का ढाँचा कहते थे इसमें नाटक की कथा अनेक छवियों और दृश्यों के माध्यम से उद्घाटित होती है। अत: उन्होंने अपनी डायरी और इतिहास के उपकरण में दर्ज किया है, गाँधी में उनकी रुचि १९२४ में जागी थी। फ्रांसीसी भाषा में उन्होंने गाँधी के लेख पढ़े थे; उनकी आत्मकथा तो १९५७ में ही पढ़ी। लेकिन फ़ासीवाद के प्रसार एवं हंगरी पर जर्मन आधिपत्य के दौरान गाँधी पर लिखने की लालसा प्रबल हो उठी।

आगे उनके मन में उद्वेलन उठा कि ''क्या उच्चस्तरीय नैतिकता एवं सफल राजनीति साथ-साथ चल सकती है?'' अल्पसंख्यक अस्तित्व पर अपने

भाषणों में नेमेथ लास्लो ने इस पर ज़ोर दिया कि यूरोप को गाँधी-आन्दोलन की ज़रूरत है, ऐसे गाँधीवाद की जोकि मानव-जाति से जुड़ जाय। "हमें एक यूरोपीय गाँधीवाद की दरकार है"—उन्होंने इतिहास के उपकरण में लिखा है। उसी निबन्ध में उन्होंने याद दिलाया कि गाँधी ने "यह साबित कर दिखाया है कि परिशुद्ध औज़ारों से, नैतिक श्रेष्ठता के हथियारों से भी कोई ऐतिहासिक विजय पा सकता है, एक विशाल साम्राज्य को मुक्त करा सकता है, और औपनिवेशिकता की प्रक्रिया को उलट सकता है।"

एक ग़ुलाम राष्ट्र तथा ट्रासिल्वैनिया में रहने वाले अल्पसंख्यकों—हंगेरियनों—की तुलना करते हुए, नेमेथ लास्लो ने कहा कि अल्पसंख्यक का जीवन एक पौधे की तरह है, जबकि बहुसंख्यक राष्ट्र एक शिकारी जैसा होता है।

गाँधी की मृत्यु नाटक के तेरह दृश्य गाँधी-हत्या के ऐन पहले के वर्ष से जुड़े हैं। गाँधी के सहयोगियों के चरित्र-चित्रण के लिये उन्होंने एरविन बॉक्ताइ की भारत-सम्बन्धी पुस्तक का बख़ूबी उपयोग किया है। गाँधी से मिलने वालों में बॉक्ताइ पहले हंगेरियन भारतीय विद्वान थे जिनका गाँधी से स्नेह भी था। स्वयं नेमेथ भी किसी मात्रा में अपने-आप को गाँधी के चरित्र से मिलता-जुलता पाते थे। नेमेथ लास्लो ख़ास तौर से उस "बचपने" को रेखांकित करते हैं जिसके कारण, कटु अनुभवों के बावजूद, आशा की डोर कभी नहीं टूटती। और इस भीमकाय आस्था का भी—कि "लोगों को बदला जा सकता है।" हिन्दू-मुस्लिम विभाजन को, और इसलिए भारत के विभाजन को वे अन्त तक स्वीकार नहीं कर पाये।

नेमेथ लास्लो की दृष्टि में गाँधी आन्दोलन उस युग की सर्वाधिक महत्त्वपूर्ण ऐतिहासिक एवं राजनीतिक घटना थी।

"सत्य का वरण करने से प्राप्त उनकी लड़ाई का यह तरीक़ा (सत्याग्रह) निकला था; शत्रु पर सबसे बड़ा प्रहार शत्रु के अन्यायों को बर्दाश्त करना ही है, और मैकियावेली के दर्शन के ठीक विपरीत यह राजनीतिक सिद्धान्त ऐसा है जिसने एक महान ऐतिहासिक प्रयोग का रास्ता खोला था—और यह रास्ता अभी बन्द नहीं हुआ है।"

नेमेथ लास्लो के नाटक गाँधी की मृत्यु को १९७४ में बुदॉपैश्त के थालिया

थिएटर में कारोई कॉजिमिर के निर्देशन में मंचित किया गया था। दार्शनिक इश्तवान हेरमान लेने समीक्षा करते हुए गाँधी और नेमेथ के चिन्तन में स्पष्ट साम्य लक्षित किया था—जोकि नाटक में भी रेखांकित होता है।

—मारगित कोवैश

क्रम

१

प्रथम खण्ड

Respected Mr. Girdhar Lal Rathi!

I am very glad, that your visit in Szeged was agreeable for you... If you will repeat it, please send a telegram. 1th and 2 Juli are convenient for me. My daughter from India is now here, she can talk with you, if I get tired.

With friendly greetings:

László Németh

20 Juni, 1968. Szeged

(my family name is Németh, not László.)

नेमेथ लास्लो की हस्तलिपि
(बुदापैश्त में गिरधर राठी को १९६८ का एक पत्र)

पात्र

मनु
आभा
प्यारेलाल
कृपालानी
पटेल, नेहरू, राजाजी
राजेन्द्र प्रसाद
मौलाना आज़ाद
बिड़ला
देवदास
सरोजिनी नायडू
सुशीला
दत्त
सुहरावर्दी
फ़िशर
टेलर
प्रोफ़ेसर
लॉर्ड माउंटबेटन
लेडी माउंटबेटन
सेक्रेटरी
बी. बी. सी. रिपोर्टर
जिन्ना
ज़ाकिर हुसैन
पुलिस मन्त्री
पर्यटक

स्टेशन मास्टर
मिनिस्टर
(मुस्लिम) प्रतिनिधि–मण्डल का नेता
दूसरा/तीसरा/चौथा प्रतिनिधि (मुस्लिम)
भूतपूर्व सैनिक
मुस्लिम किसान
विवाहिता स्त्री
आदमी
अली (लड़का)
नाराज़ मुसलमान
मुस्कुराता मुसलमान
पहला/दूसरा/तीसरा/चौथा मुसलमान
महासभा का आदमी
सजी–धजी स्त्री
हिन्दू पत्रकार
माँ–बेटी
आर. एस. एस. का आदमी
रेल से भागने वाले
प्रथम/दूसरा/तीसरा/चौथा
व्यापारी
एक सिख
पाकिस्तान का मुख्य नुमाइंदा
ड्राइवर
सेल्समैन

दृश्य : एक

[नयी दिल्ली में भंगी बस्ती में गाँधी का आवास/पृष्ठभूमि में एक साधारण-सा घर जिसकी दाहिनी ओर एक नीची फेंस, और जिसमें से घरों से घिरा एक चौबारा या मैदान नज़र आता है। पीछे की तरफ़ हरिजनों के दो गन्दे-से घर, बायीं तरफ़ एक नंगा-सा पेड़। एक गली जो बस्ती के पिछवाड़े की ओर जाती है और जहाँ एक प्रार्थना-चौपाल है। अगस्त में एक गरम दिन के बाद ठण्डी-सी शाम। एक कार आकर घरों के बीच रुकती है और जिसका इंजिन अभी चालू है। दाहिनी ओर से छोटे-छोटे हरिजन बच्चे मैदान से होकर कार की तरफ़ दौड़ते आते हैं।]

पहला बच्चा : (दूसरों को पुकारता हुआ) कार! कार!!
दूसरा बच्चा : (उसके पास आता है) फोर्ड है!
पहला बच्चा : ये फोर्ड थोड़े-ना है! ये तो अल्फा रोमियो है!
तीसरा बच्चा : बुद्धू! देखते नहीं ये टैक्सी है!
दूसरा बच्चा : टैक्सी भी तो फोर्ड हो सकती है!

[दोनों बच्चे बहस में लगे हैं तभी पहला बच्चा आगन्तुक के साथ हो लेता है।]

पहला बच्चा : इधर से साहेब! ये भंगी बस्ती है।
दूसरा बच्चा : वो यहाँ रहते हैं—इस घर में!
ड्राइवर : (फ़िशर के आगे-आगे) हमें पता है वो कहाँ रहते हैं। हम

कोई पहली बारी नहीं आये। मैं तो आश्रम में आता रहा हूँ...

फ़िशर : (जेब से बच्चों के लिये सिक्के निकालता है।) क्यों, उनको दिखाने दो! (बच्चों से) महात्मा जी घर पर हैं?

तीसरा बच्चा : हाँ! हाँ! अभी-अभी मनु बेन उनके लिये फलों का रस लेकर आयी हैं। मैंने ख़ुद अपनी आँखों से देखा है।

ड्राइवर : (धकिया कर लकड़ी का फ़ाटक खोलता है) मैं कोई एक बार नहीं दसियों बारी यहाँ आ चुका हूँ। मैं अँगरेज़ और अमेरिकी साहबों को लेकर आया हूँ। बल्कि एक दफ़ा तो एक चीनी तीर्थयात्री को भी—वो पैन एशिया कानफरेंस में आया हुआ था।...जिस किसी को उनसे बात करनी हो, उसको यहीं इसी अछूत बस्ती में आना पड़ेगा। उन्होंने तो जवाहरलाल तक से कह दिया—अरे वही, इलाहाबाद वाले मशहूर नेहरू साहब के बेटे से—और उनसे भी कह दिया जो शायद मिनिस्टर बननेवाले हैं—कह दिया, अगर मेरी ज़रूरत हो तो यहीं तुम्हें आना पड़ेगा। वो तो सब ऐसे आते हैं जैसे कोई स्कूली बच्चे अपने मास्टरजी के पास! (फ़िशर इधर-उधर नज़र दौड़ाते हुए अपनी नोटबुक में कुछ दर्ज करते चलते हैं।) जर्नलिस्ट साहिबान भी आते रहते हैं। वो सब तरह-तरह के सवाल पूछते हैं। मगर गाँधीजी को वो बुद्धू नहीं बना सकते। वो भगवान कृष्ण की तरह समदर्शी हैं मगर एक नाग की तरह चतुर भी हैं। महात्मा हुए उससे पहले वो साउथ अफ्रीका में सबसे होशियार वकील हुआ करते थे। साहब, आप ईजिप्ट से हैं?

फ़िशर : नहीं, मैं न्यूयॉर्क से आया हूँ। मैं एक अमेरिकन जर्नलिस्ट हूँ।

ड्राइवर : अमेरिका तो बहुत बड़ा है। वहाँ तरह-तरह के लोग रहते हैं!

फ़िशर : वैसे ही जैसे इण्डिया में हैं। (उसे पैसा देते हैं।) पाँच रुपये! लो, एक और ले लो!

ड्राइवर : साहब वापस होटल नहीं जायेंगे?

फ़िशर : कुछ ठीक नहीं—कब लौटूँ!

ड्राइवर : साहेब कहें तो दो घण्टे में आ जाऊँ। तीन कहें तो तीन घण्टे

में। मेरे लिये कोई फरक नहीं पड़ता। मैं मीटर भी नहीं चलाऊँगा।

फ़िशर : ठीक है। अगर यहाँ तुम्हारे कोई यार-दोस्त हों जिनके साथ तुम वक़्त गुज़ार सको...

ड्राइवर : (तमक कर) मेरे? इन अछूत हरिजनों में? (गर्व से) मैं क्षत्रिय हूँ—ड्राइवर हुआ तो क्या!

फ़िशर : माफ़ करना, मैं कोई तुम्हारा दिल नहीं दुखाना चाहता था।...तो फिर...(अपनी घड़ी देख कर) यही कोई आठ बजे...

ड्राइवर : बहुत अच्छा! तो मैं आठ बजे यहाँ हॉर्न दूँगा। (चला जाता है।)

मनु : (इस बीच वह मिट्टी का सकोरा लेकर घर से बाहर आ चुकी है।) गुड ईवनिंग, मिस्टर फ़िशर!

फ़िशर : (बनावटी अचकचाहट जताते हुए, मज़ाक़िया लहज़े में) बेशक इस ज़िन्दगी में मुझे यही कहा जाता है। लेकिन याद नहीं पड़ता कि आपको अपना परिचय देने का ख़ुशगवार मौक़ा मुझे कब मिला था।

मनु : लेकिन मुझे तो सेवाग्राम आश्रम से ही आपकी याद है...आप ज्यों ही ताँगे से उतरे थे...

फ़िशर : अरे आप वही छोटी-सी मनु तो नहीं हैं? आपके हाथ में कप भी है...लगता है आप वही हैं।

मनु : अगर सड़क पर भी मिलती तो मिस्टर फ़िशर को मैं पहचान लेती।

फ़िशर : अरे हाँ! उस वक़्त भी तो मैं अच्छा-ख़ासा दानव जैसा दिखता था। लेकिन साल-दर-साल दसियों हज़ार आगन्तुकों ने भी मेरे डील-डौल की छवि मिटायी नहीं! पता नहीं ये बात ख़ौफ़नाक है या कि ख़ुश होने की...

मनु : वैसे भी, हमें आपके कल ही आने की उम्मीद थी जैसाकि आपने सन्देश भी भेजा था।...

फ़िशर : माफ़ करें, आपके यहाँ जो आबोहवा है उसमें किसी के आने की इत्तिला निहायत ग़ैर-ज़िम्मेदाराना हो जाती है। कल मैं

गरमी के मारे अपने कमरे से निकल ही नहीं पाया। वैसे ही जैसे भँपाया हुआ केंकड़ा झाबे से नहीं निकल पाता! लेकिन मेरे आने से आपको असुविधा हुई है?

मनु : नहीं-नहीं। दादा अपने सेक्रेटरी के साथ अपनी डाक देख रहे हैं। अब बस एक छोटा-सा ढेर बचा है।

फ़िशर : सेक्रेटरी...यानी उन्हीं स्नेहशील देसाई के साथ?

मनु : देसाई? ओ! महादेव भाई देसाई अब नहीं हैं। पिछले हफ़्ते ही हमने उनकी पुण्य स्मृति मनायी है। अब तो उनके सेक्रेटरी प्यारेलाल जी हैं।

फ़िशर : प्यारेलाल? देखो, कितने अफ़सोस की बात है—कैसे सब लोग मरते जा रहे हैं। मैंने सुना है कि मैडम कस्तूरबा भी नहीं रहीं—दुनिया के सबसे बड़े सन्त और सबसे अधिक घुमन्तू आदमी की जीवन-संगिनी होने का सन्दिग्ध-सा सुख जिनके भाग में बदा था।

[चिट्ठियों का एक बण्डल उठाये प्यारेलाल आते हैं।]

मनु : आप निबट गये? मिस्टर फ़िशर अभी-अभी आये हैं... इण्टरव्यू...(फ़िशर से) आपका अख़बार कौन-सा है?

फ़िशर : न्यूयॉर्क हेरल्ड।

प्यारेलाल : हाँ मुझे पता है। गाँधीजी अभी उर्दू का अभ्यास कर रहे हैं, लेकिन आपसे मिलने वे कुछ देर रुक ही जायेंगे।

मनु : मैं देखती हूँ...(वह फुर्ती से जाती है।)

फ़िशर : क्या ये एक दिन की डाक है? क्या अब भी वही बेमिसाल अँग्रेज़ महिला—एडमिरल की बिटिया—ख़तों के जवाब टाइप करती है?

प्यारेलाल : मिस स्लेड? नहीं, अब वो हमारे यहाँ नहीं रहतीं।

फ़िशर : नहीं? नहीं रहतीं वो? उनके इर्द-गिर्द जो भी रहता है वो या तो बदल जाता है या मर जाता है या फिर बड़ा हो जाता है—मगर लगता है वो अब भी ज्यों के त्यों हैं। यंग इण्डिया और हरिजन सेवक पत्रिकाओं का सम्पादन करते हैं, अछूतों के

लिये लड़ते हैं, चरखा आन्दोलन, भाषा आन्दोलन, नयी तालीम आन्दोलन संचालित करते हैं। लगता है कि जो आग उनके भीतर है, वही उनका पोषण भी करती है।

प्यारेलाल : मगर मिस्टर फ़िशर, भीतर ही भीतर वक़्त की मार उन पर भी पड़ रही है।

फ़िशर : मैं नहीं मानता।

प्यारेलाल : उनका दिल दिनोंदिन भारी होता जा रहा है।

मनु : (पुकारती है) मिस्टर फ़िशर, अन्दर आइए! (फ़िशर अन्दर जाते हैं। प्यारेलाल बग़ीचे में छप्पर की तरफ़ बढ़ते हैं। उसी समय, उन्हीं बच्चों के साथ एक बूढ़ा पर्यटक आ जाता है।)

पहला बच्चा : इस तरफ़ से बाबा! वो जो छोटा-सा फ़ाटक है।

पर्यटक : (ठिठक जाता है) सच्ची बता रहे हो? देखो, तुम सब की उमर जोड़ लो तब भी मेरी ज़्यादा निकलेगी। तुम कहीं खिलवाड़ तो नहीं कर रहे मेरे साथ?

पहला बच्चा : लेकिन बाबा, वो सचमुच यहीं रहते हैं।

दूसरा बच्चा : हमारी आँखें फूट जायँ अगर...

तीसरा बच्चा : आप जाके देख लो! वो उधर उनके सेक्रेटरी हैं। प्यारेलाल जी!

प्यारेलाल : (संकोचपूर्वक अहाते में घुसते पर्यटक से, स्नेह के साथ) क्या बात है बाबा?

पर्यटक : ये बच्चे, क़सम खा कर कहते हैं कि ख़ुद भगवान के अवतार ने अपनी महिमा इस छोटी-सी मिट्टी की कुटिया में छिपा रखी है। क्या ये एक भोले-भाले किसान की खिल्ली नहीं उड़ा रहे?

प्यारेलाल : आपका मतलब, गाँधीजी? हाँ, वो तो यहीं रहते हैं।

पर्यटक : क्या आप उन लोगों में से हैं जो उन्हीं की साँस में अपनी साँस मिलाते हैं?

प्यारेलाल : मैं उनका सेक्रेटरी हूँ। मैं उनकी डाक वग़ैरह देखता हूँ।

पर्यटक : (साष्टांग गिरकर) मैं फ़ौरन समझ गया था कि आप हम जैसे अभागों में से नहीं हैं। आप पर तो उस अवतारी पुरुष की

ज्योति पड़ रही है। साहिब, मैं हैदराबाद के पास राजपुर से चलकर आ रहा हूँ। भूख से बचने को मैं अपने साथ सिर्फ़ एक झोली भर चावल लेकर चला था। रास्ते में धर्मात्माओं की कृपा से कुछ-कुछ मिलता रहा जिससे कि मैं चल पाया। अब मैं उस सबसे बड़े और आख़िरी बुद्ध के दर्शन कर पाऊँगा।

प्यारेलाल : गाँधीजी भगवान बुद्ध नहीं हैं। उनको तो महात्मा कहलाना भी अच्छा नहीं लगता।

पर्यटक : पूरे भारत में एक-एक को पता है। राजपुर में तो बच्चे तक जानते हैं, पुराने युग में भगवान कृष्ण हुए थे। अब ये हुए हैं। मैंने अपने बेटे से कह दिया—भैया, नाराज़ मत होना। अपनी रूखी-सूखी धरती पर मैं बहुत हल-बक्खर चला चुका। अब मैं कुछ अपनी आत्मा की सेवा करना चाहता हूँ। अब मैं इसको महात्मा जी की आत्मा में, एक जगमग दीये की तरह बहा देना चाहता हूँ।

प्यारेलाल : (पर्यटक के चोग़े की किनार छूकर) और आप जो इतनी दूर से ये चोग़ा पहन कर आये हैं—इसको किसने बुना है? आपकी बेटी ने, या बहू ने, या शायद आपकी पत्नी ने...

पर्यटक : ये? अरे ये तो हमने हैदराबाद में उन मुए मुसल्लों से ख़रीदा है। मेरी बहू ने इसके लिये एक बकरे के बराबर क़ीमत अदा की है।

प्यारेलाल : देख लिया न? गाँधीजी ने जो कभी कहा ही नहीं—कि वो भगवान बुद्ध हैं—वो तो आप जानते हैं। लेकिन जो बात वो रात-दिन लगातार सभी से कह रहे हैं—कि सर्दियों में, फ़ुरसत के दिनों में, अपनी खादी ख़ुद बुना करो—उस बात का आपको पता ही नहीं है। क्या राजपुर में आपने खादी आन्दोलन के बारे में कुछ नहीं सुना?

पर्यटक : सुना क्यों नहीं! बगल के गाँव में तो एक आदमी को चरखा भी मिला हुआ है। मगर वो अपने घर वालों तक को यह सिखा नहीं पाया।

प्यारेलाल : ख़ैर, हम आपको यहाँ सिखायेंगे। आइये मेरे साथ। कुछ खा-पीकर अतिथिशाला में विश्राम कीजिए।

पर्यटक : और वे?

प्यारेलाल : अभी उनके पास एक मेहमान बैठे हैं; एक अमेरिकी साहब हैं। मगर चाँद निकले उससे पहले ही आपको उनके दर्शन हो जायेंगे। आप उनसे चरखा भी माँग सकते हैं—ताकि आपको ज़िन्दगी भर अँग्रेज़ मिलमालिकों को महसूल न चुकाना पड़े। मैंने सुना है कि आपके इलाक़े में भी काफ़ी अशान्ति है। क्या ये सच है?

पर्यटक : घर से चले मुझे एक महीना होने को आया। मुझे नहीं पता कि उन्होंने किसको ज़िन्दा छोड़ा और किसको मार डाला। मगर लोग कह रहे हैं—मुसलमानों की हिमाक़त अब हमें एक पल भी नहीं सहना। हमारी आँखों के सामने ही वो हमारी गोमाता को पीट-पीट कर मार डालते हैं, और हमारे जुलूसों का मज़ाक़ उड़ाते हैं।

प्यारेलाल : (पर्यटक के साथ अतिथिशाला की ओर जाते हुए) और राजपुर में आपकी गायों का क्या हाल है? क्या उनकी हालत उससे बेहतर है जो उन्हें पीट-पीट कर मार डालने से होती? (दोनों जाते हैं।)

[गाँधीजी फ़िशर के साथ घर से निकलते हैं। अपने लिये उन्होंने एक चटाई ले रखी है। फ़िशर के लिये मनु एक मोढ़ा ले आती है।]

गाँधी : (कुछ मज़ाक़िया अन्दाज़ में) मिस्टर फ़िशर, आप हमारे साथ ठहरने की हिम्मत नहीं जुटा पाये। सेवाग्राम में एक ही बार आकर आप अघा गये।

फ़िशर : सच तो यही है कि मेरे जैसी भारी-भरकम काया को लौकी के ज़रा-ज़रा-से रेशों वाले सूप को पी-पी कर, वैसा आनन्द ज़्यादा दिन नहीं मिल पाता, जैसाकि आपकी संगत से मिल रहा था...

गाँधी : सो तो है। अगर आपको दुनिया भर में घूमते हुए इतनी बड़ी

काया को ढोना नहीं पड़ता, तो आप अपना काम ज़्यादा अच्छी तरह कर पाते! (चटाई बिछाते हैं।) तो ये है। इस वक़्त भीतर की बजाय, यहाँ बाहर इस दीवार के सहारे ज़्यादा ठण्डक है। अपनी नोटबुक निकाल लीजिये, तब तक मनु चरखा लेकर आती है। फिर हम काम करेंगे। (फ़िशर झुक कर मोढ़े पर बैठते हैं मगर नोटबुक नहीं निकालते।)

फ़िशर : मिस्टर गाँधी, १२५ बरस जीने की मुझे कोई इच्छा नहीं है। लिहाज़ा मांस-मच्छी और स्टेक वग़ैरह से जो भी आनन्द उठाने को मिले, मुझे अपने १०-१५ बरस के जीवन में उठा लेना है।

गाँधी : तो आप यह पहले ही पढ़ चुके हैं।

फ़िशर : आपके बारे में हर चीज़ पढ़ता हूँ।

गाँधी : वो तो बहुत ज़्यादा होगा—और सो भी कितना कच्चा-पक्का!

फ़िशर : मैंने ग़ौर किया कि वह फ्रांसीसी पत्रकार आपके उस बयान से कुछ बहुत नहीं निकाल पाया।

गाँधी : तब तो आप क़बूल कर लें कि आपको उससे रश्क़ है! यूरोप वालों को उसी से पहली बार ये पता चला था कि गाँधी १२५ बरस जीना चाहता है।

फ़िशर : बेचारा दुवाल! ज़ाहिर है वो ये तय नहीं कर पाया कि आपकी बात को गम्भीरता से ले, या कि उसमें कोई व्यंग-विडम्बना सूँघे!

गाँधी : मैंने तो निहायत गम्भीरता से कहा था।

फ़िशर : मुझे इसी का डर था। (कुछ देर रुक कर) आपने इतनी सारी अविश्वसनीय और असम्भव-सी बातों के साथ ये जोड़ रखा है—"मैं चाहता हूँ"—और ज़्यादातर वो सब बातें सच भी निकलीं। लिहाज़ा आपके इस बयान का मखौल उड़ाने में काफ़ी जोख़िम है।

गाँधी : यही नहीं। मेरा मतलब ये भी था कि किसी तरह घिसटते हुए, सिर्फ़ दूसरों के ऊपर बोझ बनते हुए नहीं, बल्कि लोगों के काम आते हुए जीना चाहता हूँ।

फ़िशर : यों भी साठ बरसों से आप ज़िन्दगी के साथ प्रयोग करते आ रहे हैं। ज़ाहिर है कि आपको कोई नया नुस्ख़ा हाथ लग गया है।

गाँधी : वही पुराना। किसी भी चीज़ से चिपटे नहीं रहना—और तब तक अपनी आत्मा की आज़ादी के अभिन्न अंग की तरह—अपने शरीर को भी सँभाल कर रखे रहना।

फ़िशर : किसी भी चीज़ से चिपटना नहीं—सिवाय १२५ बरस की ज़िन्दगी के?

गाँधी : वो और बात है। मैं ज़िन्दगी से चिपटता नहीं हूँ। बेहतर तो ये था कि उसे बहुत पहले ही समाप्त कर दिया जाता।—बशर्ते कि लोगों को ज़रूरत न रहती।

फ़िशर : इण्डिया को?

गाँधी : इण्डिया को—बेशक! लेकिन सिर्फ़ उसी को नहीं।

फ़िशर : ज़िन्दगी का एक ऐसा आदर्श नमूना, जो इण्डिया सारी दुनिया को दिखा सके—यही न? लेकिन मुझे तो यह लगता है कि आपके भीतर जो अविराम गतिचक्र छिपा हुआ है, वह भी अब तो सेवा मुक्त होकर विश्राम करेगा।

गाँधी : आप हमारे वाक़यात इतने आशाजनक मानते हैं?

फ़िशर : जिसके लिये आप अब तक इतना संघर्ष करते रहे, वही दरवाज़ा खटखटा रहा है। आपको मुक्त किया जा रहा है।

गाँधी : मुक्त? किस भार से?

फ़िशर : क्या आपको विश्वास नहीं अँग्रेज़ भारत को छोड़ जायेंगे?

गाँधी : ज़रूर, मुझे है। कोई वजह नहीं कि मैं लेबर सरकार के सदस्यों को झुट्ठा मानूँ। वैसे भी मैंने बेज़रूरत कभी लोगों पर शक नहीं किया, जब तक कि मजबूर ही न कर दिया जाऊँ।

फ़िशर : तब फिर? कहीं आपको ये भय तो नहीं है कि घटनाचक्र में ऐसे हालात पैदा हो सकते हैं कि वे फिर रुके रह जायँ?

गाँधी : उन्होंने जो कलह बो दिया है...

फ़िशर : ...और जिसे बहाना बना कर अब रुका जा सकता है। क्या आप मुस्लिम लीग और हिन्दुओं—काँग्रेस—के बीच सुलह-

समझौता निराशाजनक मानते हैं?

गाँधी : हिन्दुस्तान एक था और एक बना रहे—इससे ज़्यादा स्वाभाविक कोई और बात मैं नहीं मानता। जिसे मैं निराशाजनक मानता हूँ, वह है पागलपन। हवा में धुँधुआती नफ़रत भर गयी है। मैं दक्षिण अफ्रीका से आया, तब से अब तक इतना अन्धा और बेहूदा भावावेश कभी नहीं पसरा था।

फ़िशर : सिविल नाफ़रमानी के दिनों में भी नहीं?

गाँधी : न ही विश्व युद्ध के दौरान!

फ़िशर : ज़ाहिर है लीग को डर है कि जब ब्रिटिश चले जायेंगे, तब, अल्पसंख्यक के तौर पर उन्हें काँग्रेस की दया पर जीना पड़ेगा।

गाँधी : और क्या इसी शुबहे की वजह से—जिसे ना तो मेरे अब तक के जीवन से, ना ही काँग्रेस के इरादों से साबित किया जा सकता है—इसी शुबहे पर हम अपनी माँ को, हिन्दुस्तान को, दो या तीन टुकड़ों में काट डालें?

फ़िशर : जिन्ना को इस बात से गहरा सदमा पहुँचा था जब नेहरू ने उनके बग़ैर ही अस्थायी सरकार में प्रधानमन्त्री बनना क़बूल कर लिया था।...उनके 'डायरेक्ट ऐक्शन डे' के बारे में आपकी क्या राय है? क्या इससे फ़ासीवाद की गन्ध नहीं आती?

गाँधी : मेरी क्या राय है? मुझे इन्सान में आस्था है। मुझे विवेक पर भरोसा है। यही नहीं, मेरा विश्वास है कि हिन्दुस्तान एक और अटूट रहेगा, और दुनिया के सामने एक आदर्श पेश करेगा—साथ-साथ रहने और जीने का।

फ़िशर : इसीलिए आप १२५ वर्ष जीना चाहते हैं? (दो बच्चे फेंस के बीच अपना सिर धँसा कर बरामदे की ओर ताक रहे हैं। गाँधी जी की घूमती निगाह उन्हें देख लेती है और फिर वे उनकी तरफ़ मानो गुलेल से निशाना साधते हैं। बच्चे गरदन हटा कर हँसते हुए भाग जाते हैं।)

गाँधी : मिस्टर फ़िशर, अगर मैं आपको ठीक से जानता हूँ तो आपके पास सवालों का तो टोटा नहीं होगा? या है?

फ़िशर : (अपनी नोटबुक निकालते हुए) एटम बम। पिछले साल एटम बम गिराया गया। उस पर आपकी राय?

गाँधी : मेरी क्या राय होगी? वह गिराया गया यह ख़ौफ़नाक है।

फ़िशर : और उसके नतीजे? आणविक युग?

गाँधी : हमारे हाथ उससे भी खिलवाड़ कर रहे हैं। मानवजाति — या तो वह आत्महत्या कर लेगी, या फिर हथियार फेंक कर, सत्याग्रह को, सत्य की साधना को, हिंसा के बग़ैर प्रतिरोध को ही तलवार, एकमात्र अस्त्र मानेगी; उसी से किसी भी चीज़ के लिये लड़ा जायेगा।

फ़िशर : (चरखा चलाते हुए गाँधीजी के हाथों की तरफ़ देखते हुए) और आप चरखा चलाते रहेंगे तथा एटमी युग में भी अपना कपड़ा ख़ुद बुना करेंगे?

गाँधी : चरखे का ये अर्थ बरकरार है कि हिन्दुस्तान के सात सौ हज़ार गाँव आत्मसजग और कर्मठ हो उठे हैं, और वे अपनी समस्याओं का ख़ुद अपनी चेतना से हल निकालेंगे...

फ़िशर : मगर क्या यह ज़माने से बेमेल नहीं होगा? अब, जबकि ब्रिटिश जा रहे हैं? जब तक इसका वास्ता इंग्लैण्ड में निर्मित चीज़ों के बहिष्कार से था, यह मुझे समझ में आता था। लेकिन अब? क्या आप ख़ुद अपनी मिलों और कारख़ानों का और पूँजीगत विकास का बहिष्कार करना चाहते हैं? क्या यह युग-चेतना को एक सनकभरी चुनौती नहीं है?

गाँधी : हाँ, वाक़ई...या, उधर तो कम से कम यही माना जाता है।

[एक और कार घर के क़रीब रुकने की आवाज़]

फ़िशर : (अपनी घड़ी देखते हुए) अरे, क्या ये मेरा आदमी आ गया?

[कृपालानी तेज़ क़दमों से मैदान की तरफ़ से गाँधीजी की ओर आते हैं। वे फ़िशर को देख कर ठिठक जाते हैं।]

गाँधी : (उठ कर कुछ बेचैनी से कृपालानी को देखते हैं) क्या कोई गड़बड़ है? (वे कृपालानी का तनावग्रस्त, मौन चेहरा देख

कर फ़िशर से मुख़ातिब होते हैं।) हिन्दुस्तान के हालात के विशेषज्ञ होने के नाते, आप हमारे काँग्रेस अध्यक्ष को तो जानते ही होंगे?

फ़िशर : बेशक, मिस्टर कृपालानी! हम पहले मिल चुके हैं।

गाँधी : मिस्टर फ़िशर एक दार्शनिक हैं जिन्होंने रिपोर्टर की खाल ओढ़ रखी है। हमारे मामलात को वे ज़रा व्यंग्य से, लेकिन अच्छी-ख़ासी सद्‌भावना के साथ देखते हैं।

कृपालानी : शायद सद्‌भावना की बनिस्बत अब व्यंग्य ही बेहतर होगा।

[चुप्पी]

गाँधी : (कृपालानी से मुख़ातिब होकर) अगर कृपालानी कोई ऐसी ख़बर लाये हैं जिसे वे न्यूयॉर्क हेरल्ड में नहीं छपने देना चाहते, तो मिस्टर फ़िशर यह वादा करेंगे कि एक अच्छे दोस्त के नाते, वे अपने भीतर के ख़बरनवीस को ख़ामोश रखेंगे।

कृपालानी : अरे, ये तो न्यूयॉर्क हेरल्ड से छिपायी नहीं जा सकती। मुमकिन है, अब तक ये उधर छप चुकी होगी।

फ़िशर : जो भी हो, 'छपते-छपते' वाली ख़बरों से मुझे कुछ लेना-देना नहीं है। (फिर से अपनी घड़ी देखते हैं) घण्टे भर में मेरी कार आ जानी चाहिए। तब तक, क्या मैं मिस मनु से कह सकता हूँ कि वे मुझे यह बस्ती दिखा दें?

मनु : ख़ुशी से। (वह फ़िशर के साथ जाती है।)

गाँधी : (उदासी के साथ) क्या ये डायरेक्ट ऐक्शन का मामला है?

कृपालानी : कलकत्ता में भयानक बातें हुई हैं।

गाँधी : ये ख़बर...क्या ये भरोसे के लायक़ है?

कृपालानी : टेलीफ़ोन सन्देश आये थे। उसके अलावा, आज दोपहर की गाड़ी से चश्मदीद गवाह आ पहुँचे हैं।

गाँधी : औरतें? बच्चे?

कृपालानी : (सिर हिलाते हुए) सभी कुछ। बंगाल सरकार ज़िम्मेदार ठहरती है। डायरेक्ट ऐक्शन के दिन एक तरह से छुट्टी घोषित कर दी गयी थी।

गाँधी : छुट्टी हिंसा की। हमें इसका अन्देशा था।...और...क्या ये जारी है अब भी?

कृपालानी : लगता यही है। पंजाब और बंगाल में लीग के नेताओं का खुल्लम-खुल्ला भड़कावा। जुलूस के लोग बाँस और बरछे लेकर निकले।

गाँधी : उन्होंने हिन्दुओं की दुकानें बन्द कराने की माँग की। ज़रा-सा भी विरोध किया तो दुकानदार पीट दिये गये। उसके बाद वे लूटने, हत्या करने, घरों को जलाने लगे।

कृपालानी : क्या गाँधीजी को ख़ुद अपनी ख़ुफ़िया ख़बरें भी मिली हैं?

गाँधी : पागलपन का यही स्वाभाविक ढर्रा है। और जहाँ कहीं हिन्दू बहुमत में थे, उन्होंने भी यही कुछ किया।...लाशें नदी-नालों में फेंक दी गयीं।

कृपालानी : बताते हैं, पुलिस का कहीं अता-पता नहीं था।

गाँधी : पुलिस!

कृपालानी : जुलूसों में आम तौर पर साथ चलने वाले रक्षक-दल तक नहीं। यही क्यों, कहते हैं वे ख़ुद भी लूटपाट में शामिल हो गये।

गाँधी : क्या ख़ूब भाईचारा है ये—पहले तो पुलिस के भरोसे रहो, और फिर जब वो नाकाफ़ी हो तो ब्रिटिश बन्दूक़ों पर!

कृपालानी : बताते हैं कि गुण्डों के पास बन्दूक़ वग़ैरह थी।

गाँधी : गुण्डे? गुण्डे तो हम ख़ुद हैं। ये पूरा का पूरा हिन्दुस्तान...जो अहिंसा को इस रूप में समझता है और हँसती हुई दुनिया को दिखाता है कि हम स्वराज के लिये कितने सयाने हो गये हैं।

कृपालानी : काँग्रेस को फ़ौरन, बिना किसी देर के कार्रवाई करनी होगी—अगर हम ये चाहते हैं कि इस जुर्म से प्रतिशोध की आग न भड़के, देश के बाक़ी हिस्सों में ये आग ना फैले...

गाँधी : काँग्रेस! अब ये कोई जेल की कोठरी नहीं है। अब जब से उनकी नाक में आज़ादी की गन्ध—ताक़त की, ओहदों की गन्ध—पहुँची है, और अब तो जो चाहे अख़बारों के ज़रिये अपनी देशभक्ति का ढिंढोरा पीट सकता है...

कृपालानी : नेहरू ने काँग्रेस की कार्यसमिति की बैठक बुलायी है।

गाँधी : कोई और उपाय नहीं है। हम सिर धुनें और हताहतों के लिये विलाप करें। उस कमेटी में अपनी बात मैं भी रखूँगा। आपने कहाँ बुलायी है बैठक?

कृपालानी : आसानी रहे इसलिए यहीं पर।

दृश्य : दो

[परिक्रामी रंगमंच इस तरह दाहिने घुमा दिया जाता है कि गाँधी जी के कमरे की भीतरी दीवाल मंच के दाहिनी ओर आ जाती है। कार्यसमिति के सदस्य बायीं दीवाल से लग कर छोटी-छोटी चटाइयों पर बैठे हैं, जिनके सामने गाँधीजी चरखे के साथ हैं, थोड़ा पीछे प्यारेलाल अपनी नोटबुक लेकर बैठे हैं। कमरे में पुस्तकों का एक छोटा-सा शैल्फ़ है। एक बड़ी-सी चटाई और कम्बल गाँधीजी का बिस्तर है। दो महीने गुज़र चुके हैं।]

पटेल : ये तथ्य कि एक अछूत को उन्होंने अस्थायी सरकार में नियुक्त किया है, और वो भी उसे जो कि गाँधीजी का दुश्मन है, इससे उनके इरादे साफ़ पता चल जाते हैं।

कृपालानी : मुस्लिम लीग के नाम पर! जो दावा करती है कि वही मुसलमानों की प्रतिनिधि संस्था है!

पटेल : ज़ाहिर है वो बस हमारी स्थिति को और भी कठिन बनाना चाहते थे।

नेहरू : लियाक़त अली ने तो मुझ से ये छिपाया तक नहीं कि उन्हें मेरी सरकार मंजूर नहीं है।

पटेल : और फिर भी उसमें एक मिनिस्ट्री क़बूल कर ली।

कृपालानी : उस वक़्त ये उम्मीद जल्दबाज़ी ही थी कि उन्हें कलकत्ता में क़त्ले-आम के बाद ज़िम्मेदारी का एहसास हुआ होगा।

राजाजी : एक राजनीतिक चाल के रूप में तो ये साफ़ समझ में आती है। इस तरह उन्होंने वाइसराय की गुज़ारिश को ठुकराया नहीं, और सरकार के भीतर रह कर वे हमारे मंसूबों में भीतरघात कर सकते हैं।

कृपालानी : मगर चालीस करोड़ के देश की हुकूमत ऐसे किस तरह चल सकती है? अब जबकि उसे ख़ुद अपने पैरों पर खड़े होना होगा? (वे सब गाँधीजी की तरफ़ देखते हैं जो अपने काम में तल्लीन हैं और चरखे पर एक उलझे हुए धागे से जूझ रहे हैं।)

गाँधी : (सचेत होते हैं कि वे लोग उनके शब्दों की प्रतीक्षा में हैं) डॉक्टर सुशीला—प्यारेलाल की बहन—बता रही थी कि मैं भूल कर रहा हूँ। कोई अपनी जीभ काटने भर से आत्महत्या नहीं कर सकता।

कृपालानी : डॉक्टर रॉय भी यही कहते हैं। ज़हर ही एकमात्र ज़रिया है। (नेहरू से) नोआखाली की घटनाओं के ज़िक्र के बाद गाँधीजी ने प्रार्थना-सभा में कहा था कि औरतें या तो अपनी जीभ काट लें, या फिर अपना गला घोंट लें, लेकिन कोई उन्हें घसीट ले यह हरगिज़ नहीं होने दें।

गाँधी : एक हिन्दू स्त्री जब विवाह करती है तो उसे पता होता है कि अपने जीवन के अन्त तक, अपने पति को छोड़ किसी भी दूसरे मर्द से उसका किसी भी तरह का वास्ता नहीं होगा। इस अभिशाप के ख़िलाफ़ मैं कोई हथियार खोज रहा हूँ।

राजाजी : लेकिन क्या सत्याग्रह से इसका मेल बैठेगा?

गाँधी : आत्महत्या? कि कोई सत्य के उल्लंघन का विरोध ख़ुद अपनी जान देकर कर सके?

पटेल : और ये घिनौने धर्मान्तरण?

राजाजी : डॉक्टर ज़ाकिर हुसैन दावे के साथ कहते हैं कि मुस्लिम धर्म जबरन धर्मान्तरण की इजाज़त नहीं देता। लिहाज़ा ये ख़ुद उनके धार्मिक उसूल के मुताबिक नाजायज़ है।

गाँधी : और उनको क्या कहेंगे—उन सैकड़ों या हज़ारों लोगों को, जिन्होंने मरने की बजाय धर्म-परिवर्तन को तरजीह दी?

[ख़ामोशी। गाँधीजी बड़े ग़ौर से सूत को देख रहे हैं। बाक़ी लोग फिर उसी विषय पर लौटते हैं जिस पर पहले विचार कर चुके हैं।]

पटेल : हमें अब यह मान कर चलना होगा—जिन्ना तब तक चैन नहीं लेंगे जब तक कि एक स्वाधीन मुस्लिम राज्य के रूप में उन्हें पाकिस्तान नहीं मिल जाता।

राजाजी : ये ज़ाहिर है। बाहर—लोगों के बीच—अभी इधर तो बाद में उधर, भाई-भाई की हत्या... । और सरकार के भीतर मुस्लिम मिनिस्टरों की खरी-खोटी! जिन्ना सोचते हैं कि इससे हमारी नस-नाड़ी ढीली पड़ जायेगी, और हम उनको उनका मुँहमाँगा दे देंगे।

नेहरू : वो जो चाहते हैं वो है मुस्लिम बहुमत वाले प्रान्त। और ख़ाली उतने से भी नहीं चलेगा। पश्चिम में पंजाब और फ्रंटियर प्रान्त, और पूर्व में बंगाल और असम।

कृपालानी : और दोनों के बीच पाँच सौ मील का फ़ासला। इस तरह हिन्दुस्तान के ही नहीं, उनके मुल्क के भी दो टुकड़े हो जायेंगे।

पटेल : हिन्दुस्तान में वो अल्पसंख्यक होकर नहीं रहना चाहते। लेकिन वो चार करोड़ हिन्दुओं को ले लेंगे।

राजाजी : वो कहते हैं कि मुसलमान हमारे साथ भी तो होंगे।

कृपालानी : तो यही तो असली मुद्दआ है! इस तरह दस करोड़ लोग अल्पसंख्यकों के रूप में रहेंगे। जबकि अभी हम सभी अपनी भारत माँ की गोद में बैठे हैं...

नेहरू : और ये सब एक ऐसे बदलाव के लिये, जिसका पचास या सौ साल बाद शायद कोई मतलब ही नहीं रहेगा।

पटेल : (कुछ ग़ुस्से से) आपका मतलब है कि हिन्दू धर्म और उसी तरह मुस्लिम धर्म भी पचास बरस में ग़ायब हो जायेगा?

नेहरू : मेरा मतलब है कि कम-से-क़म ये चीज़ बेवक़ूफ़ी जान पड़ेगी कि कोई राष्ट्र धार्मिक विभिन्नताओं के आधार पर बनाया जाय। (वे गाँधीजी की ओर देखते हैं। वे खड़े होकर अपनी किताबों में कुछ खोज रहे हैं।)

गाँधी : (प्यारेलाल से) मैं जब शान्ति निकेतन गया था तो वहाँ से बंगाल का एक विस्तृत नक़्शा लाया था।

प्यारेलाल : हमने उसे बाङ्ला व्याकरण की किताब में चिपका दिया था। वह सेवाग्राम में ही रह गयी...

नेहरू : आप क्या क़त्लेआम वाली जगह देखना चाहते हैं? मैं उसका नक़्शा खींच सकता हूँ।

गाँधी : वो जगह नहीं। वहाँ का रास्ता...

राजाजी : पूरे हिन्दुस्तान का सबसे बियाबान कोना। हर जगह दलदल। कुछेक हिस्सों तक तो सिर्फ़ फ़ेरी या नाव से ही वहाँ पहुँच सकते हैं।

नेहरू : कलकत्ता से ट्रेन। फिर पाण्डा नदी के रास्ते चाँदपुर। पेपर में हम जो पढ़ते हैं, वो श्रीरामपुर और भी आगे है। ब्रह्मपुत्र के डेल्टा की तरफ़।

कृपालानी : मुस्लिम महासागर में घिरे हुए कुछ लाख हिन्दू। बेचारे अभागे!

गाँधी : कुछ लाख? क्या सचमुच? साउथ अफ़्रीका में हम हिन्दू लोग तो उतने भी नहीं थे। मगर हम अभागे बेचारे नहीं थे।

राजाजी : गाँधीजी, ये तो इस पर है कि आपका दुश्मन कैसा है।

गाँधी : राजाजी, आपका आशय है कि हमारे दुश्मन ब्रिटिश थे, हिन्दुस्तानी नहीं?...नहीं, ये इस पर मुनहसर है कि ख़ुद आप कितने पक्के हैं।

[बाहर शोर। क़रीब आती भीड़। प्यारेलाल तेजी से जाते हैं। उनके पीछे दरवाज़ा खुला रह जाता है।]

एक आवाज़ : (बाहर से) बदला! बदला! नोआखाली का बदला!

[भीड़ गुर्रा रही है।]

प्यारेलाल : (दरवाज़े से) प्रदर्शनकारी। बंगाल की घटनाओं से उत्तेजित।

गाँधी : (गाँधी उठकर दहलीज़ पर खड़े होकर उन्हें पुकारते हैं) इधर आओ! बेटे, तुम भी! (बाहर ख़ामोशी। दो प्रदर्शनकारी अन्दर आते हैं। उनके चेहरे ग़ुस्से से विकृत हैं। अब उनमें दहशत भी है।) तुम, मेरे बच्चो! तुम लोग आपे से बाहर क्यों हो रहे हो?

पहला प्रदर्शनकारी : अब और बर्दाश्त नहीं किया जा सकता। ये मुसल्ले हमारे भाइयों के साथ क्या कर रहे हैं? बेक़सूर औरतों, बच्चों के साथ...

गाँधी : बिलकुल! औरतें!...कमज़ोर को सताने से ज़्यादा बुरा कुछ और नहीं। शायद इसीलिए तुम लोग शेर की नक़ल कर रहे हो? हम सब पाँच बजे इकट्ठे हो रहे हैं, ताकि औरतों को ढाढ़स बँधाएँ। पाँच बजे प्रार्थना-सभा में।

पहला प्रदर्शनकारी : हम औरतों को डराना नहीं चाहते थे। लेकिन हमें पता है यहाँ कार्यसमिति की बैठक चल रही है। हम चाहते थे हमारी राय वो जानें।

गाँधी : वह तो हो ही गया। आप जो चाहते थे वो आप कर ही चुके हैं। अब आप वापस जाइये!

दूसरा प्रदर्शनकारी : और बाक़ी दूसरे... ? उनके लिये गाँधी जी के पास एक भी शब्द नहीं है?

गाँधी : है। और ठीक एक ही शब्द! जाऊँगा!

पहला प्रदर्शनकारी : (उनकी बात को समझते हुए) नोआखाली जायेंगे?

गाँधी : हिंसा के ख़िलाफ़! (दोनों प्रदर्शनकारी चकित होकर, लड़खड़ाते हुए चले जाते हैं। भीड़ छँटती है। कार्यसमिति गाँधीजी को देखती है। वे लौट कर चुपचाप बैठ गये हैं।)

राजाजी : गाँधीजी को मैं जानता हूँ। अपने राजनीतिक मार्गदर्शक और अपने समधी के तौर पर भी। अगर उन्होंने कह दिया कि वे जायेंगे, तो फिर तराजू पर कोई भी बटखरा रखना या हटाना कठिन है। फिर भी, मैं पूछता हूँ, क्या आपने जो कहा उसे हम वैसा ही समझें?

गाँधी : जितनी जल्दी हो, मैं जाऊँगा। हो सके तो कल ही।

पटेल : ऐसे वक़्त जब पूरा देश चकराया हुआ है? अँग्रेज़, लीग, जनता—सब कोई हर रोज़ हमसे एक नया निर्णय माँगते हैं।

राजाजी : गाँधीजी हमारे परम मन्त्री हैं, नहीं क्या? हर बात की आख़िरी अपील कोर्ट उनकी मिट्टी की कुटिया ही है।

नेहरू : सचमुच, बापू! जब सारा हिन्दुस्तान आपको मशाल मान कर

नज़र गड़ाये हुए हो—आप जायँ और दलदल में जा छिपें? इसकी तो कल्पना तक नामुमकिन है।

गाँधी : ऐसी यात्रा से भी हिन्दुस्तान सबक़ ले सकता है।

कृपालानी : और जो ख़तरा है? क़ुदरत से और इन्सानों से? यहाँ घर में हमें कोई चैन नहीं मिलेगा।

गाँधी : ख़ैर, मुझे तो वहीं चैन मिलेगा।...अभी से मुझे शान्ति महसूस होने लगी है।

नेहरू : (भभक पड़ते हैं) ये तो मुस्लिम मिनिस्टरों से भी बदतर है। एक गाँधी—जो यहाँ नहीं होंगे, और जिनके बग़ैर कोई भी फ़ैसला नहीं हो सकता! क्या मैं सरकार में एक छाया की भी छाया बनकर बैठ रहूँ?

गाँधी : (हँसते हुए) भभको, जवाहरलाल। मेरे बरख़िलाफ़ तुम्हारा ये निरन्तर भभकते रहना ही हम दोनों को—राजाजी और पटेल की हाँ-में-हाँ से कहीं ज़्यादा क़रीब रखता है। तुम जानते हो, मैं सिर्फ़ एक ही आततायी को मानता हूँ, जिसके सामने मैं समर्पण भी कर देता हूँ। यह वही एक छोटी-सी, मद्धिम-सी आवाज़ है (अपने हृदय की ओर इशारा करते हैं) जो यहाँ भीतर है। अगर वह बोलती है, तो दलीलें भौंकती रह जाती हैं—और हाथी चलता चला जाता है।

[दरवाज़े पर मनु प्रकट होती है।]

गाँधी : क्या बाहर बहुत सारे हैं?

मनु : कल की तुलना में कम से कम दो गुने!

गाँधी : (अपनी घड़ी देखते हुए) दो मिनट लेट हूँ। (कुछ व्यंग्य से, कमेटी से मुख़ातिब होकर) कमेटी विचार जारी रखे। प्यारेलाल यहाँ रहेंगे। ब्रह्मा ने अगर आपको कोई सन्मति दी, तो वही मुझे बता देंगे। (मनु के कन्धे का सहारा लेकर, मंच से जाते हैं। ख़ामोशी)

पटेल : उनके ज़िद्दीपन से ज़ाहिर है कि वे बुढ़ा रहे हैं।

नेहरू : और जैसाकि उन्होंने वादा किया है, अगर एक सौ पचास

साल ज़िन्दा रहे तो कितने और ज़िद्दी हो चुकेंगे!

पटेल : मगर वो इस यात्रा से आख़िर चाहते क्या हैं? अब जबकि सारा हिन्दुस्तान हम पर आँख लगाये बैठा है, ऐसे में वो ख़ुद को ब्रह्मपुत्र के दलदल में जाकर छिपा लें?

राजाजी : शायद वो ठीक यही चाहते हैं। हम सबसे दूर जा छिपना! हमारे जैसे आन्दोलन के जीवन-काल में यह क्षण, जब हमें सत्ता सँभालनी है, मोहभंग का क्षण है। अपने बेजोड़ राजनीतिक अन्तरज्ञान से, वे इस तरह हम सबसे किनारा कर लेना चाहते हैं।

कृपालानी : और क्या उनका ऐसा करना वाजिब नहीं है? ख़ुद मैं दिन ब दिन महसूस करने लगा हूँ कि अपने रोज़मर्रा के कामकाज और गतिविधियों के कारण, हम लोग उनके तईं अधिकाधिक कुपात्र होते जा रहे हैं। अगर हम सबको हर क़ीमत पर राजनीतिज्ञ ही बनना है, तो कम से कम वे तो गाँधी बने रहें!

नेहरू : मुझे लगता है कि हमारी कवि-मित्र सरोजिनी नायडू सही कहती हैं : राजनीतिज्ञ गाँधी सबसे पहले तो एक कवि है। सत्याग्रह, या शायद अन्त:प्रेरणा ही उन्हें ऐसे करतब सुझा जाती है कि वो जो चाहते हैं—उस चीज़ को वे मानवीय कल्पना में हमेशा के लिये उकेर देते हैं। इस दफ़ा भी ऐसी ही कोई बात है।

राजाजी : नेहरू ने सही कहा। पदयात्रा, दौरे—ये हमेशा उनकी कमज़ोरी रहे हैं। इसीलिए, मिसाल के लिये उस नमक सत्याग्रह को ही लें! कुछेक दर्जन चेलों के साथ वे आगे-आगे चल पड़े। पैदल। और समुद्र के पानी से थोड़ा-सा नमक बना कर, उन्होंने नमक क़ानून की धज्जियाँ उड़ा दीं!

नेहरू : और वहीं ब्रिटेन के हाथों से हिन्दुस्तान फिसल गया। जब सैकड़ों-हज़ारों इन्सान सागर-तटों की ओर चल पड़े, जब सारे रास्ते पुलिस की लाठियों और संगीनों से पटे पड़े थे, और दाण्डी कूच के यात्री ख़ुद पिटने को तैयार थे...

कृपालानी : या दक्षिण अफ्रीका की वह विराट पदयात्रा। नाटाल के खदान-

मज़दूरों की अगुवाई करते हुए उन्होंने प्रवेश-पत्र वाला अवैध क़ानून चकनाचूर कर दिया।

नेहरू : पर वो एक निहायत अलग क़िस्म की स्थिति थी। अपने पुराने और आज़मूदा हथियार जब अलग हालात में आज़माये जाते हैं, तब उम्र का असर साफ़ नज़र आता है।

पटेल : और ज़रा कल्पना तो करो—अगर उनकी हत्या हो गयी, तो? तब तो बदले का ख़ून पूरे हिन्दुस्तान के सिर पर सवार हो जायेगा।

राजाजी : वे लोग उनकी हत्या नहीं करेंगे। बावले से बावला मुसलमान भी नहीं। महात्मा का नाम—और उनके लिये लगभग एक ख़ौफ़ जैसा सम्मान का भाव! तुम देखोगे उनके भीतर भी है।

नेहरू : बेशक! शायद यही वो आख़िरी धागा है जो पूरे हिन्दुस्तान को जोड़े रखता है।

कृपालानी : और फ़र्ज़ करो कि वे उनकी हत्या कर देते हैं। क्या वे ख़ुद इसी फ़िराक़ में नहीं हैं? एक बार फिर अपने अन्तरज्ञान से ही? यहूदियों के मसीहा एलिज़ा की तरह—ख़ुदा ने उन्हें स्वर्ग ले जाने के लिये एक जलता हुआ रथ भेजा था। ताकि देखते-देखते ही वे आसमान में हमारी नज़र से ओझल हो जायँ!

नेहरू : और वो एक सौ पच्चीस बरस?

राजाजी : एक सौ पच्चीस बरस जीना, या तत्काल अभी मर जाना—ये दोनों संकल्प एक-दूसरे के काफ़ी क़रीब हैं।

पटेल : और बेचारगी के भी।

प्यारेलाल : (जो अभी तक एक मशीन की तरह खटर-पटर में लगे थे) क्या आप लोग उनको सुनना नहीं चाहते? अगर आपकी कार्रवाई पूरी हो गयी हो तो मैं इसे चालू कर दूँ?

नेहरू : मेगाफ़ोन? ये वही कर सकते हैं। पूरे मुल्क से वे चरखा चलवाना चाहते हैं, लेकिन ख़ुद आधुनिक इंजीनियरी के करिश्मों का इस्तेमाल करने से नहीं चूकते।

प्यारेलाल : ये उन्हें मनु के लिये लगवाना पड़ा। अपेंडिसाइटिस के ऑपरेशन के बाद से वह प्रार्थना-सभा में नहीं जा पा रही थी।

[नेहरू संकेत करते हैं और प्यारेलाल मेगाफ़ोन चालू कर देते हैं। थोड़ी देर ख़ामोशी, फिर गाँधी जी की आवाज़...]

गाँधी : जब तक वह आवाज़ चुप रहती है, मैं भी तर्क-वितर्क की लहरों पर हिचकोले खाता रहता हूँ, कभी इधर तो कभी उधर। भटकता हुआ। मगर जब वो बोलना शुरू कर देती है तब हर बात सहज-सरल हो जाती है और मुझे आज्ञा माननी पड़ती है। मित्रगण, राजकाज के झंझट, शरीर की कमज़ोरी—ये सब चीज़ें मुझे रोकती हैं, फिर भी वह आवाज़ मुझसे कहती है—तुम्हें नोआखाली जाना ही है। भाई-भाई की हत्या वाले उस नरक में। और मुझे फ़क़त ये करना है कि मैं टाइमटेबिल देखूँ और ये पता करूँ कि ट्रेन किस वक़्त कलकत्ता के लिये रवाना होगी। इधर दिल्ली में और हिन्दुस्तान के महानगरों में जहाँ राजनीतिज्ञ बसते हैं, वहाँ हिन्दुस्तान के टुकड़े करने की बातें हो रही हैं। वह आवाज़ मुझसे कहती है—जाओ! लोगों के बीच जाओ! और अगर तुम उनके दिलों के बीच एकता क़ायम कर सके—जो कि आज एक दूसरे की हत्या में लगे हैं—तो राजनीतिक भावावेश नामर्द हो जायेंगे; हिन्दुस्तान एक रहेगा, और मानव-जाति के सामने वह तमाम क़ौमों के साथ-साथ रहने-जीने की शानदार मिसाल पेश करेगा।

दृश्य : तीन

[स्थिर मंच पर आगे का पर्दा उठा रहता है। पीछे का पर्दा उठता है और पाण्डा नदी में किवी मोटरबोट नज़र आती है। एक नाविक तट की ओर एक लकड़ी का छोटा-सा फट्टा फेंकता है। अब दृश्य हो जाता है चाँदपुर में नौका से उतरने का प्रतीक्षा-घर। इस बीच मंच पर के लोग चले जाते हैं।

नाविक तट पर पसरता हुआ।]

स्टेशन मास्टर : (अँधेरे से निकलकर नाविक तक पहुँचता है और उसके जैकेट की कोर पकड़ता है) क्या वे उठ गये?

नाविक : अरे! स्टेशन मास्टर साहब! मुझे तो लगा जैसे किसी देव ने मेरी जैकेट खींची है। हाँ वे जाग चुके हैं, कोई एक घण्टा हुआ हुआ होगा।

स्टेशन मास्टर : और वे? वे क्या कर रहे हैं?

नाविक : महात्मा जी? वो हमारी लिपि सीख रहे हैं। एक छोटी-सी ढिबरी के उजाले में।

स्टेशन मास्टर : हमारी लिपि?

नाविक : बोले, बंगाल जाना है न! उनको बाङ्ला लिपि आनी चाहिए।

स्टेशन मास्टर : उन्होंने तुमसे बात की?

नाविक : हूँ। जैसे हम दोनों बातें कर रहे हैं। उन्होंने तो मज़ाक़ भी किया। बोले—'देखो, वो जहाज़ देखा? हमारा स्टीमर तो इतना-सा है।

स्टेशन मास्टर : किवी में कितने मुसाफ़िर हैं?

नाविक : सबसे पहले तो वही। गाँधीजी। फिर उनकी पोती मनु, और एक लड़की आभा। सेक्रेटरी प्यारेलाल। डॉक्टरनी सुशीला। फिर वो कलकत्ते वाला प्रोफ़ेसर जो उनको बाङ्ला सिखा रहा है। जंगल में वही उनका दुभाषिया होगा। और फिर अपना मिनिस्टर—मगर जब हमने नाव बाँधी तब तक वो ग़ायब ही हो गये!

स्टेशन मास्टर : हाँ, मुझे पता है। मेरा असिस्टेंट उनको ताँगे में बैठा कर चाँदपुर ले गया था।

नाविक : सुहरावर्दी साहब तो ख़ुद उनके साथ जाना चाहते थे। मगर कलकत्ता में भी तो हालत ख़राब हैं। उसको अनाथ कैसे छोड़ें! सो वो बोले—बेटे शम्सुद्दीन! सुनो, तुम परिवहन मन्त्री हो। कम से कम चाँदपुर तक तो उनके साथ जाओ। सभी को उनकी चिन्ता है।

स्टेशन मास्टर : (फुसफुसा कर) इधर भी घाट पर पुलिस वाले हैं।

नाविक : मगर वो तो जो चाहते हैं वही कर रहे हैं। जैसे पतिंगे दीपक की लौ पर कूद पड़ते हैं, वैसे ही मैं सबसे घने जंगलों में जाना चाहता हूँ—वो कहते हैं। वहाँ जहाँ हिन्दू लड़कियों के साथ

नीचता हुई थी।

स्टेशन मास्टर : भगवान जाने, लोगों को पता कैसे चल गया। अभी नाव घाट पर लगी भी नहीं थी कि एक के बाद एक वे आने लगे।

नाविक : लोगों को सब पता चल जाता है। उनका कोई बँधा-बँधाया रोज़गार तो है नहीं, वे बस हर जगह घूमते रहते हैं। और अफ़वाह मानो लाखें-लाख टेलीफ़ोन-खम्भों से सन्देशे की तरह उड़ती रहती है। जब वे गोलवांदो स्टेशन पर ट्रेन से उतरे तो वहाँ दसियों हज़ार उनका इन्तज़ार प्लेटफॉर्म पर कर रहे थे।

स्टेशन मास्टर : क्या वे किसी स्पेशल ट्रेन से पहुँचे थे?

नाविक : आना पड़ा। वो तो दिल्ली से ही थर्ड क्लास में सफ़र करना चाहते थे, मगर उनके प्रधानमन्त्री नहीं माने। बोले, गाँधीजी आपके लिये एक स्पेशल ट्रेन तैयार हो तो तब तक आपको रुकना होगा।

स्टेशन मास्टर : उन्हें डर होगा कि कहीं उनके साथ कोई अनहोनी ना हो जाय। मन्त्री जी मुझसे बोले—जब मैं उनके साथ जाना चाह रहा था, उन्होंने कहा—यहीं रुको! ध्यान रखना, नाव में सब ठीक-ठाक रहे। (वे दोनों हँसते हैं।)

प्यारेलाल : (नाव से निकलकर नाविक के पास आते हैं।) क्या शम्सुद्दीन साहब अभी तक लौटे नहीं?

स्टेशन मास्टर : नहीं सर! अभी नहीं। (एक फ़ौजी की तरह) चाँदपुर के घाट का स्टेशन-मास्टर, मैं आपकी ख़िदमत में हाज़िर हूँ। शम्सुद्दीन साहब का फ़रमान है कि मैं यहाँ रहूँ...और कोई भी ज़रूरत हो तो...

प्यारेलाल : शुक्रिया! लेकिन हमें जो चाहिए वह सब हमारे पास है। बस ये है कि वे थोड़े परेशान हैं।

स्टेशन मास्टर : (गोपनीय अन्दाज़ में) परेशानी का कोई सबब नहीं है सर। पुलिस ने बन्दरगाह घेर रखा है।

प्यारेलाल : वो अब काम शुरू करने के लिये बेचैन हैं।

[प्रवेश द्वार से मिनिस्टर आ जाते हैं और उनके पीछे शर्मिन्दा-सा मुस्लिम प्रतिनिधि-मण्डल का नेता है।]

नाविक : लीजिये! ये भी आ गये। आपने उनको प्रकट करा दिया।

मिनिस्टर : (प्यारेलाल से) और महात्मा जी के स्वागत के लिये एक प्रतिनिधि-मण्डल आया हुआ है। (प्यारेलाल प्रतिनिधि-मण्डल के सदस्यों को एक-एक कर देखते हैं।)

प्रतिनिधि नेता : हम महात्मा जी के मन की बेचैनी दूर करना चाहते हैं।

प्यारेलाल : गाँधीजी हरेक की सुनने, और उसके दिल में क्या है यही जानने के लिये आये हैं।

मिनिस्टर : तब चलें, हम उनसे मिलें। (प्यारेलाल और मिनिस्टर मोटरबोट में घुसते हैं। नाविक और स्टेशन मास्टर एक तरफ़ खड़े हो जाते हैं।)

प्रतिनिधि नेता : बेहतर है कि वे पहले हमसे ही बात करें। हिन्दू तो पहले से ही भुनभुना रहे हें। कहते हैं—महात्मा जी आ रहे हैं और हम उनसे शिकायत करेंगे। वे ही लीग की ख़बर लेंगे।

बूढ़ा प्रतिनिधि : हम उन्हें बताएँ कि पेपरों में जो कुछ छपा है, हू-ब-हू वैसा कुछ नहीं हुआ। शम्सुद्दीन साहब ने ये अच्छा किया कि हमें घाट पर पहले ले आये।

युवा प्रतिनिधि : और बम्बई में? क्या वहाँ टंटा नहीं हुआ?

चौथा प्रतिनिधि : सुना है कि बिहार में एक नोआखाली दिवस मनाया जायेगा। यहाँ जो हुआ, उसका बदला लेने के लिये।

युवा प्रतिनिधि : यही तो। कलकत्ता से वो भी उतनी ही दूर है जितना ये। वो उसे रोकने वहाँ क्यों नहीं गये?

[मनु और आभा का सहारा लिये गाँधीजी लकड़ी के फट्टे पर आते हैं। प्रतिनिधिगण चुप हो जाते हैं और झुक कर उनका अभिवादन करते हैं।]

गाँधीजी : क्या ये मुसलमानों का प्रतिनिधि-मण्डल है?

प्रतिनिधि नेता : जी हाँ। (वह गाँधीजी के सामने पाँचों सदस्यों को ले जाता है। वे सब हाथ मिलाते हैं।) हम लोगों ने कहीं थके हुए मुसाफ़िर की नींद में तो खलल नहीं डाला?

गाँधी : और नोआखली से मैं अपने सपने से जागने की ही प्रतीक्षा कर रहा था। नहीं, हम पहले ही जागे हुए थे।

प्रतिनिधि नेता : हमें पता है कि यहाँ जो जो कुछ हुआ, उसके कारण आपके दिल में कैसी चिन्ता घर कर गयी है। इसी से आपने अपने बुढ़ापे को भी ऐसे कठिन सफ़र में ढकेल दिया है। और आप जंगल के भीतर तक तथा दुर्गम गाँवों तक जाना चाहते हैं।

गाँधी : मेरी इच्छा तो यही है।

प्रतिनिधि नेता : और नोआखाली की मिट्टी आपके चरण चूमने के लिये बेताब है। लेकिन क्या बढ़ा-चढ़ा कर ख़बरें देने वाले अख़बारों ने आपको इतना गुमराह नहीं कर दिया है, कि अब आपके क़दम बेचैनी से जलने लगे हैं?

गाँधी : कलकत्ता में एक और मुस्लिम दोस्त ने भी यही सवाल किया था। वो बोले थे—बम्बई और अहमदाबाद में भी तो ज़्यादतियाँ हुई थीं। आप वहाँ क्यों नहीं गये? क्या इसलिए कि वहाँ ज़्यादती हिन्दुओं ने की थी?

प्रतिनिधि नेता : यहाँ भी ऐसे लोग हैं जो यही सवाल कर रहे हैं।

गाँधी : और जवाब में मैंने कहा—मैं हिन्दू या मुसलमान की नहीं, पाप की तलाशी में निकला हूँ। अगर मैं किसी और जगह ऐसे हादसों की बात सुनता तो वहाँ भी मैं ज़रूर पहुँचता।

बूढ़ा प्रतिनिधि : ये निरी अतिरंजना है साहब, निरी अतिरंजना।

युवा प्रतिनिधि : ये सच है कि यहाँ छह या आठ हिन्दू मारे गये थे, लेकिन पुलिस ने—और वो तो ज़्यादातर हिन्दू ही हैं—उसने बौछार करके तेरह मुसलमान मार डाले।

गाँधी : महत्त्व आँकड़ों का नहीं है। सिर्फ़ एक लड़की से भी ज़बर्दस्ती हो, या सिर्फ़ आदमी से जबरन धर्म छुड़वाया जाय—तो वही अपने-आप में इतना ख़ौफ़नाक है कि हर एक को सारी दुनिया में चीख़ पड़ना चाहिए। और सबसे पहले तो, मुस्लिम होने के नाते, आपको—जो इस्लाम की आबरू पर जान देते हैं।

युवा प्रतिनिधि : वो तो सिर्फ़ लीग पर कालिख पोतना चाहते हैं।

चौथा प्रतिनिधि : इसीलिए तो वो पलायन कर रहे हैं, ताकि कह सकें कि मुसलमानों ने हमें खदेड़ दिया।

गाँधी : ये अजीब लगता है। भोले-भाले ग्रामीण सिर्फ़ लीग पर कालिख पोतने की ख़ातिर, अपना सर्वस्व छोड़-छाड़कर भाग जायँ!

युवा प्रतिनिधि : काँग्रेस के लोग इसी के लिये उनको भड़काते हैं। इस तरह वे पाकिस्तान को बदनाम करके, जन्म से पहले कोख में ही ख़त्म कर देना चाहते हैं।

गाँधी : और लूटपाट और आगज़नी? जिसकी राख ने उड़-उड़ कर पूरे नोआखाली को पाट दिया है?

प्रतिनिधि नेता : हम उस सबकी भर्त्सना करते हैं।

गाँधी : जबसे मैं कलकत्ता आया, मैंने देखा कि मन्त्री से लेकर जिस-जिस से मैं मिला, वो सभी उसकी भर्त्सना करते हैं जो हुआ। लेकिन इस चौतरफ़ा लानत-मलामत से उसका होना रोका नहीं जा सकता।

चौथा प्रतिनिधि : ये सब तो फ़सादियों ने, गुण्डों ने किया।

गाँधी : और बाक़ी लोग? क्या वे सब टुकुर-टुकुर ताकते रहे? क्या आपको इस तरह बचाव करना शर्मनाक नहीं लगता? हर गाँव में अगर एक-दो इज़्ज़तदार मुसलमान बोल पड़ते— ठहरो! तुम्हारी हिफ़ाज़त का ज़िम्मा मैं लेता हूँ। भागो मत!— तब गुण्डे कुछ ना कर पाते। वो गुण्डे लीग की हतक और कोख में ही पाकिस्तान को क़त्ल कराने के लिये वह सब शुरू ही न करते!

[ख़ामोशी]

गाँधी : यह समझ लो। मैं यहाँ काँग्रेसी आदमी नहीं बल्कि भगवान के सेवक के रूप में आया हूँ। और अगर सब लोग पाकिस्तान क़ायम करना ही चाहते हैं तो अकेला मैं उसको यूँ भी नहीं रोक सकता। मगर ये पागलों-जैसी भाई-भाई की हत्या— जब तक इस आग को बुझा न दूँ, मेरी यह यात्रा नहीं रुकेगी।

क़ुरआन मैंने पढ़ी है, और उसमें जबरन कलमा पढ़वाने का एक भी शब्द नहीं है। आप एक-दूसरे का अभिवादन किन शब्दों से करते हैं?—सलाम अलैकुम! आपको शान्ति मिले! आपस में ही नहीं, आप हिन्दू, पारसी, ईसाई—सबसे यही कहते हैं। पैग़म्बर साहब के नाम पर मैं आप से उसी अमन की गुज़ारिश करता हूँ। ख़िलाफ़त आन्दोलन के दौरान मैं बंगाल आया था। पहली बड़ी लड़ाई के बाद, जब हिन्दू आपकी मुहिम में शरीक हुए थे। हमने ख़लीफ़ा का पद ख़त्म किये जाने की मुख़ालिफ़त की थी। उन दिनों हिन्दू-मुस्लिम के बीच ऐसी गाढ़ी दोस्ती हुई थी जैसी दो प्रेमियों के बीच होती है। और मैं मज़ाक़ में कहा करता था—महान शौकत अली मुझे मानो अपनी जेब में रख कर पूरे हिन्दुस्तान भर में घुमाते फिरते थे। उन दिनों की वो हँसी-ख़ुशी, वो प्यार-मोहब्बत...कहाँ है अब वो? मेरी यही गुज़ारिश है—या, कम से कम, शान्ति तो हो!

मुझे आप हिन्दू के तौर पर मत देखिए जो आपके हितों पर चोट करने आया है। बेशक मैं हिन्दू हूँ, लेकिन मैं मुसलमान भी हूँ। जब मैं दक्षिण अफ्रीका में वकील था, तब मैं अपने मुवक्किल के मुक़दमे को नहीं, सत्य को ही देखता था। और अपने लगभग सभी मुक़दमों में, मैं सुलह करा देता था, क्योंकि कोई भी तब तक अच्छा वकील हो ही नहीं सकता, जब तक कि वो अपने विरोधी का भी, सत्य के नज़रिये से वकील न हो!

आपके बीच मैं ऐसे ही एक सुलहकर्ता के रूप में आया हूँ जो एक ही दुश्मन को पहचानता है, और वो दुश्मन है—पाप! मगर पापी तो उसका दोस्त बन चुका है, क्योंकि उसे पाप से बचाना है। क्योंकि मक़तूल तो सिर्फ़ मरता है, क़त्ल होता है, लेकिन पापी कलंक में डूब जाता है। इसीलिए मैं आपसे हिन्दुओं के प्राणों की नहीं, इस्लाम की आबरू को बचाने की भीख माँगता हूँ। मेहरबानी करके, उसको बचाने में मेरी मदद करें!

प्रतिनिधि नेता : इसी के लिये तो हम आये हैं।

बूढ़ा प्रतिनिधि : बिलकुल! अगर हमारी नीयत ये ना होती तो हम आते ही क्यों! हमें बताओ हम क्या करें?

चौथा प्रतिनिधि : तुमने अभी-अभी तो सुना। हरेक गाँव में एक-एक ज़मानतदार मुक़र्रर कर दो।

प्रतिनिधि नेता : वो तो हो जायेगा। रिफ़्यूजी लौट कर आ सकते हैं। कोई भी उन्हें चोट नहीं पहुँचायेगा।

गाँधी : ये सचमुच एक उम्दा वायदा है। मुझे इस पर यक़ीन है। मुझे पूरी उम्मीद है कि नोआखाली में मुझे डायोनिजीस की तरह नहीं भटकना पड़ेगा। वो यूनानी सन्त दिन के भरपूर उजाले में भी कंदील उठाये पूरे शहर में घूमता फिर रहा था। लोग-बाग़ जब पूछते—'क्या खोज रहे हो डायोजिनीस?' तो वो जवाब देता—'इन्सान!'
(झुक कर गाँधी कहते हैं) सलाम!

[प्रतिनिधि वापस जाने लगते हैं। उसी समय उन्हें अन्दर आते हुए हिन्दू मिलते हैं। एक-दूसरे को वे सन्देह से देखते हैं।]

युवा प्रतिनिधि : लो, ये आ धमके!

एक हिन्दू : (दूसरे हिन्दू से) ये तो हमसे पहले ही आ गये!

[हिन्दू प्रतिनिधि-मण्डल का नेता गाँधीजी को साष्टांग प्रणाम करता है।]

प्रतिनिधि-मण्डल का नेता : (सुबकते हुए) अब हम अनाथ नहीं हैं। हिन्दुस्तान के बापू ने हमारी तकलीफ़ें, घसीटी हुई बच्चियों की कराहें, बिलखती विधवाओं की रुलाई सुन ली है। अब वो हमें हमारे उस घर से उबारने को आ पहुँचे हैं, जो बूचड़खाना बन चुका है। भगवान ने तुम्हारी बूढ़ी टाँगों में ताक़त भर दी है, ताकि तुम आओ और भारत के गुरु, हमारे ज्ञान-चक्षु खोल दो!

गाँधी : (पहले चुपचाप, फिर बढ़ते हुए ग़ुस्से से उन्हें देखते हैं) तुम ग़लत कहते हो। बेशक ईश्वर की प्रेरणा से ही मैं यहाँ आया

हूँ, लेकिन तुम लोगों को तुम्हारे घर से निकाल ले जाने के लिये नहीं। सुना है कि मेरे आने से पहले ही, अफ़वाह थी कि गाँधी आ रहा है, ताकि नवजात शिशुओं की तरह हमें बाँहों में भर कर इस जलते हुए घर से निकाल ले जाय! मगर सत्य इसके एकदम उलट है। मैं आया हूँ, ताकि तुम यहीं रहते रहो!

प्रतिनिधियों में से एक की आवाज़ : मगर हम तो निहायत बेसहारा हैं। कैसे रहेंगे हम यहाँ?

दूसरा प्रतिनिधि : पुलिस लीग के हुक्म पर चलती है। गुण्डे हमारा क़त्ल कर रहे थे और पुलिस वाले खड़े-खड़े ताक रहे थे।

गाँधी : जो ख़ुद नहीं, पुलिस और फ़ौज से अपनी रक्षा की उम्मीद रखते हैं, उनकी रक्षा नहीं हो सकती। प्रधानमन्त्री सुहरावर्दी और कलकत्ता के अँग्रेज़ गवर्नर अगर आपमें से हर-एक के साथ एक-एक सिपाही तैनात कर दें, तब भी वो किसी डरपोक को बहादुर नहीं बना सकेंगे। मैंने लम्बी ज़िन्दगी देखी है, और मैं यही कहूँगा कि कायरता से ज़्यादा घृणित कोई पाप नहीं है।

पहला प्रतिनिधि : लेकिन तुम कैसी कायरता की बात करते हो? हम एक हैं तो वो बीस हैं। हम तो मुस्लिम महासागर में बूँद भर हैं।

गाँधी : दक्षिण अफ्रीका में हिन्दू इससे भी कम थे। मगर यूरोपीय उनकी क़द्र करते थे, जबकि ज़ुलू लोगों से हिकारत—हालाँकि ज़ुलू शरीर से हट्ठे-कट्ठे थे। (पहले प्रतिनिधि से) तुम कहते हो तुम अनाथ हो। जानते हो अनाथ कौन है? वही जिसने सत्य का दामन छोड़ दिया है।

तीसरा प्रतिनिधि : महात्मा जी, शायद आपको इल्म नहीं है कि यहाँ क्या बीती है। हम किसी झूठमूठ के ख़तरे से डर कर नहीं भागे हैं, जो हमें भेड़ों की तरह वापस हाँक दिया जाय।

पहला प्रतिनिधि : बाप की आँखों के सामने बेटियाँ घसीट ले गये। हमारे मुँह में जबरन गो-मांस ठूँसा। उनका भजन, उनका कलमा हमें सुनाना पड़ा?

गाँधी : सुनाना पड़ा? जिसे मालूम है आत्मा का सच्चा मोल, उसको

ऐसा कुछ भी करने को कौन मजबूर कर सकता है?

दूसरा प्रतिनिधि : कुछेक की तो उन्होंने दाढ़ी भी बढ़वा दी।

गाँधी : लड़कियों का अपहरण, इन्सान की आत्मा पर आघात—ये सब घिनौना है और कलमा का मखौल है। मगर इस सबके आगे सिर झुका देना, बछिया की तरह रस्से से बेटियों को घसीट कर गोशाला से ले जाने देना—ये सब तो हत्या से भी बुरा है। पूरे हिन्दू समाज के लिये ये लज्जाजनक है।

तीसरा प्रतिनिधि : हम करते भी क्या? गुण्डों को तर्क से तो समझा नहीं सकते।

गाँधी : तर्क से नहीं, लेकिन साहस का असर तो उन पर भी पड़ता।

तीसरा प्रतिनिधि : वे हम सबको क़त्ल कर देते।

गाँधी : वो हरगिज़ ऐसा ना कर पाते! मनुष्य को जितना मैं समझ पाया हूँ, वो ऐसा नहीं करते। तुम्हें सोचना तो यह चाहिए था—अगर वे हमारा क़त्ले-आम करना चाहते हैं, तो करें! सिर्फ़ मैं बचा रहूँ—तुम्हें यह नहीं सोचना था। फ़र्ज़ करो कि बीस हज़ार या चालीस हज़ार इन्सान, हिंसा किये बग़ैर, यहाँ तक कि पापी को खरोंचे बग़ैर, अपना क़त्ल हो जाने देते...तो ये तो एक अनोखी कहानी होती! मगर हिंसा की भी अपनी संहिता होती है। तुम अपने हाथों में हथियार रखे रहते, मगर उन्हें चलाये बग़ैर प्रतिरोध करते, तो तुम्हारा तो नाम अमर हो जाता...

भूतपूर्व सैनिक : मैं नेताजी सुभाष बोस की फ़ौज में था। सन बयालीस में, जब बर्मा में जापानी आ चुके थे और हम अँगरेज़ों के ख़िलाफ़ लड़ रहे थे। लिहाज़ा आप मुझ पर कायरता की तोहमत नहीं लगा सकते। मगर वो स्थिति अलग थी। लड़ाई में।

गाँधी : तुमने उसमें भाग नहीं लिया। या, लिया भी तो सिर्फ़ तुम्हारे शरीर ने। अगर अपनी आत्मा के साथ भाग लेते तो तुम्हें भी नेताजी बोस की तरह वे शब्द याद आ जाते—बहादुर को ऐन सही वक़्त पर मदद मिलती ही है।

प्रतिनिधि-मण्डल का नेता : हमें तो अपने काँग्रेसी भाइयों पर भरोसा था कि हम जिस तरह पाण्डा नदी के पूर (बाढ़) से बच निकले थे, वैसे ही अगर इस बार भी बच गये, तो काँग्रेस वाले आयेंगे, और इन पगलाये मुसल्लों को बाँध के उस पार फेंक आयेंगे।

पहला प्रतिनिधि : हमारी मदद करना ही हिन्दुओं का फ़र्ज़ है!

दूसरा प्रतिनिधि : ख़ून का बदला ख़ून। उन्हें बस यही समझ में आता है। जब से बिहार में नोआखाली दिवस का एलान हुआ है, यहाँ भी ये ठण्डे पड़ने लगे हैं।

गाँधी : नोआखाली के लिये बिहार, फिर बिहार के लिये पंजाब! कहाँ रुकेगा ये सिलसिला—थू-थू करती दुनिया के आगे हम समूचे मुल्क को ख़ून में डुबो दें! और तब उन तीन बड़ी ताक़तों में से कोई भी—अँग्रेज़ या फ्रांसीसी या अमेरिकी—उनमें से किसी को भी हक़ मिल जायेगा कि वो आये और हमें कुचल दे! तुम्हें पता है मैंने जवाहरलाल को क्या सन्देसा भेजा है?—वो दो मिनिस्टरों के साथ आज बिहार में है—कि अगर बिहार के लोगों को उन्होंने नहीं रोका, तो मैं आमरण अनशन पर बैठ जाऊँगा।

[ख़ामोशी]

प्रतिनिधि-मण्डल का नेता : तो हमें अब क्या करना चाहिए?

गाँधी : तुम अब अपने-अपने गाँव लौट जाओ!

पहला प्रतिनिधि : वहाँ राख ही राख है।

गाँधी : बाँस और लकड़ी के लट्ठे भी तुम्हें वहाँ मिल जायेंगे। फिर से घर बनाओ! लीग वाले भी कह गये हैं। वे तो चाहते हैं तुम लौट जाओ!

दूसरा प्रतिनिधि : महात्मा जी, वो तुम्हें झाँसा दे रहे हैं।

गाँधी : हर एक गाँव में एक ज़मानतदार होगा। और अगर उन्होंने फिर से वही शुरू कर दिया, तो मैं तुम्हारे साथ रहूँगा।

तीसरा प्रतिनिधि : तुम हरेक गाँव में तो नहीं हो सकते!

गाँधी : लेकिन एक के बाद एक, मैं सभी गाँवों में जा तो सकता हूँ! करो या मरो—ज़िन्दगी भर यही मेरा नारा रहा है। इस दफ़ा

भी, या तो मैं तुम लोगों के बीच अमन क़ायम करूँगा, या फिर यहीं ख़त्म हो जाऊँगा।

भूतपूर्व सैनिक : अगर तुम ये कहते हो तो हम भी कोई कसर नहीं छोड़ेंगे!

पहला प्रतिनिधि : फिर भी, बेहतर है कि हम अपना गाँव छोड़ दें। क्योंकि वो तो पाकिस्तान लेकर ही मानेंगे। तब वहाँ से...

गाँधी : तो क्या तब हम मुसलमानों को निकाल बाहर करें, ताकि तुम्हारी यहाँ रहने की जगह हो जाय? क्या तुम्हें नहीं लगता कि पाकिस्तान चाहे बने या ना बने, मगर ये तो उससे भी कुछ ज़्यादा है?

पहला प्रतिनिधि : तुम्हारा मतलब क्या है?

गाँधी : मेरा मतलब सिर्फ़ ये है कि क्या इन्सान कोई वहशी जानवर हैं, जिनको दूसरी नस्लों से अलग रखने के लिये अलग-अलग पिंजड़े बनवाने पड़ेंगे? उनमें एक को कहें हिन्दुस्तान, दूसरे को पाकिस्तान? और दूसरी क़िस्म के लोगों को वहाँ से अलग रंग की चमड़ी वाले इन्सानों में भी उस ईश्वरीय आत्मा का दर्शन पा सकते हैं—और भाई-बन्धु की तरह, एक ही देश में, एक साथ रहना सीख सकते हैं?

दृश्य : चार

[मंच पर अँधेरा छा जाता है। अभिनेताओं के जाने के बाद नाविक नाव पर लौटता है। तट से फट्टा खींच लेता है। फिर एक मुसलमान बाँस के तीन खम्भों से बना पुल पानी पर फेंकता है जिसके एक तरफ़ टेढ़ी-मेढ़ी रेलिंग लगी है, और पत्नी के साथ पार उतर जाता है। इसी बीच किवी नाव चल पड़ती है और ज़रा देर में ओझल हो जाती है।
फिर जैसे-जैसे मंच प्रकाशित होता है, पीछे की तरफ़ जंगल नज़र आता है। अगले भाग में, दाहिनी ओर, एक नष्ट घर की जगह पर किसान की एक फूस की झोंपड़ी दिखायी देती है, और बायीं ओर केले का गाछ। एक छोटी-सी नदी के तट से गाँव की ओर जाती एक पगडण्डी।]

आदमी : (मुस्लिम किसान) मुस्लिम सरदार ग़ज़िनफर अली ख़ाँ श्रीरामपुर आया था और बोल गया है—शापुर वालों से भी कह देना—'उससे दूर रहें!'

औरत : कैसे भला? वो तो आता है और सलाम करता है। क्या हमसे दूर भाग जायँ?

आदमी : उससे तो दूर ही रहना है। जिससे वो हमारे पास भी न फटके, और सलाम तो करना ही नहीं है।

टेलर : (जंगल में साइकिल धकेलता निकल कर आता है और किसान को देख नदी-पार से ही चिल्लाता है) ये शापुर है क्या?

मुस्लिम किसान : हाँ, ये शापुर है!

टेलर : क्या महात्मा जी यहाँ आ गये?

मुस्लिम किसान : हमें नहीं पता कौन महात्मा?

टेलर : महात्मा? गाँधीजी? क्या आपने गाँधी का नाम तक नहीं सुना? तब तो वाक़ई ये एक जंगल है।

आदमी : सुना तो है लेकिन पता नहीं वो कहाँ हैं, या क्या करते हैं।

टेलर : लोग मुझे एक गाँव से दूसरे गाँव भेज रहे हैं। दशपारा से जगतपुर, जगतपुर से यांचर। कारपार में उन्होंने बताया कि अभी-अभी शापुर के लिये रवाना हुए हैं। (मुस्लिम किसान चुप है)

औरत : (कुतूहल के मारे चुप नहीं रह पाती) क्या साहब बहादुर उनकी रखवाली में हैं? क्योंकि सुना है उनकी रखवाली में सिपाही लगे हैं।

टेलर : अरे नहीं! मैं तो उन्हें जानता तक नहीं। बस तस्वीरों से, आपकी ही तरह।

औरत : नहीं? (आदमी से) तब तो शायद हमको भी उनसे दूर नहीं रहना चाहिए।

आदमी : चुप करो! (टेलर से) यहाँ जैसी दलदल है उसमें ये दुपहिया ठीक नहीं रहता।

टेलर : सो तो है। यहाँ तो मुझे ये बोझ ही लगती है। मुझे डर था कि यांचार में उस फेरी-बोट में मैं इसे नहीं ले जा पाऊँगा।

औरत : क्या आप किसी दूर देश से आये हैं?

टेलर : कलकत्ता से।

आदमी : कलकत्ता तो बहुत बड़ा शहर है। महलों का शहर। पावन नदी का शहर।

औरत : आप अगर पुलिस वाले नहीं हैं तो क्या हैं? गवर्नर के आदमी?

टेलर : मैं एक छात्र हूँ। शोध छात्र। कलकत्ता में पढ़ता हूँ।

औरत : फिर आप अपना स्कूल छोड़ कर क्यों आये? आप अपनी मशीन पर चढ़ कर यहाँ किसलिए आये? यहाँ तो किताबें भी नहीं हैं। और यहाँ चिट्ठियाँ बाँस के पत्तों पर लिखते हैं।

टेलर : (नक़्शा देखता रहता है, जवाब नहीं देता) वे भटियालपुर चले गये होंगे। क्या इस रास्ते मैं भटियालपुर पहुँच सकता हूँ?

आदमी : हाँ, अगर रास्ते में तुम्हें अजगर न डँसे तो पहुँच जाओगे।

टेलर : (पुल पार करके साइकिल पर सवार होता है और गाँव की ओर बढ़ जाता है।) सलाम!

आदमी : सलाम! (औरत से) तुम्हें बड़ा कुतूहल है!

औरत : वैसे सवाल तो तुम्हीं पूछ रहे थे उससे।...तुम्हीं ने तो उससे कहा कि कलकत्ता से शायद वो उस दो पहिये वाली मशीन से आया है।

[छोटा लड़का गाँव की सरहद से दौड़ता आता है।]

लड़का : उस को? नहीं तो! मैंने तो एक बूढ़ा आदमी ही देखा। वो दो लड़कियों के कन्धों पर हाथ रख कर चल रहा था। उनका सहारा लेकर ही वो चल पा रहा था।

औरत : अबे गधे, वही तो है। कहते हैं उसको इसी तरह गाँव-गाँव घसीट रहे हैं।

लड़का : लेकिन वो कुछ अजीब-सा बुड्ढा है। उसने देखा कि मैं उसको देख रहा हूँ तो वह थम गया। पूछने लगा—अली, तुम मुझको क्यों देख रहे हो?

औरत : (चकित होकर) क्या उसको पता था तुमको अली कहते हैं?

लड़का : मैं बोला—देख रहा था आप कैसे चलते हैं। वो बोला—दो

चलती–फिरती लाठियों के सहारे!

औरत : क्या वो ऐसा बोला! उन लड़कियों के बारे में? है न! मगर उसको तेरा नाम कैसे पता चला?

आदमी : अली या महमूद या इब्राहिम...ये पता करना कोई मुश्किल नहीं है (आदमी खड़ा हो जाता है।)।

लड़का : तुम जिसकी बाट देख रही हो, वो आदमी शायद उसके पीछे आता हो?

औरत : क्यों? क्या उसके पीछे कोई आ रहा था?

लड़का : एक पगड़ीवाला आदमी, और कुछ गाँव वाले।

आदमी : तब तो घर के भीतर चलो! (आदमी घर में जाता है। अपने पीछे औरत और लड़के को भी खींच लेता है।)

[गाँधीजी आते हैं, मनु और आभा के कन्धों पर झुके। मनु के हाथ में बाँस का एक डण्डा है।]

गाँधी : (पीछे देखते हुए) प्रोफ़ेसर कहाँ है?

एक आदमी : गाँव के नौजवानों ने उनको घेर रखा है।

गाँधी : (चारों तरफ़ देखते हुए झोपड़ी तक जाते हैं) यहाँ तो कोई नहीं। लेकिन चलो, कम से कम ये भागे तो नहीं।

आभा : बापू! आपको कैसे पता?

गाँधी : (हँसते हैं) दरवाज़ा भीतर से बन्द है। (मनु से) ज़रा गाँव में जाकर देखो—हमारे ठहरने की कोई जगह खोजो।

आभा : मगर सुना है ये तो मुसलमानों का गाँव है।

गाँधी : ये तो और भी अच्छा है। हो सके तो मुसलमानों के साथ ही ठहरने की जगह तलाश करो। डर रही हो क्या?

आभा : (सम्भलते हुए) नहीं तो, बिलकुल नहीं।

गाँधी : डरो मत। वो तुमको मुसलमान नहीं बनायेंगे। उनको पता है सुहरावर्दी साहब के सिपाही हमारे पीछे–पीछे मँडरा रहे हैं। (ख़ुद से) सबसे शर्मनाक तो ये है कि वो मेरी रखवाली कर रहे हैं।

मनु : दादा, वो आपकी नहीं, ख़ुद अपनी हिफ़ाज़त में लगे हुए हैं।

आभा : (चौंक कर) प्रोफ़ेसर का इन्तज़ार नहीं करेंगे हम?

गाँधी : क्यों? अरे कोई मुझे थोड़े ही घसीट कर ले जायेगा। (दोनों लड़कियाँ जाती हैं। गाँधी केले के गाछ के नीचे बैठ जाते हैं। चिन्तित लगते हैं। उसाँस छोड़ते हैं।) हे भगवान! क्या करूँ मैं?

प्रोफ़ेसर : (इस बीच उनके पीछे आ खड़े हुए हैं) थक गये?

गाँधी : (चौंक कर) अरे नहीं! वो नौजवान क्या चाहता था?

प्रोफ़ेसर : उसको प्यारेलाल जी ने भेजा था। वे थक कर चूर हैं और उन्हें बुखार भी है। चाहते हैं कि उनकी बहन डॉक्टर सुशीला को उनके पास भेज दें।

गाँधी : डॉक्टर सुशीला के ज़िम्मे अपना एक गाँव है। और प्यारेलाल तो प्राकृतिक चिकित्सा जानते ही हैं। उन्हें ख़ुद अपना इलाज कर लेना चाहिए। बाक़ी किसी चीज़ से कोई फ़ायदा नहीं होने वाला। वो लड़का है कहाँ?

प्रोफ़ेसर : गाँव में घुसने की उसे हिम्मत नहीं हुई। बोला, यहाँ हिन्दुओं के साथ सबसे बुरा सुलूक हुआ था।

गाँधी : प्रोफ़ेसर उसके पास जाइये। मेरा सन्देसा ये है—हम यहाँ एक-दूसरे की तीमारदारी करने नहीं आये हैं। करो या मरो! इसमें उनकी बीमारी भी शामिल है। (प्रोफ़ेसर जाते हैं।)

[गाँधी जी ख़ुद को सँभालते हैं। पुल पर ध्यान जाता है। वहाँ पड़ी एक छड़ी उठाकर, सन्तुलन बनाते हुए पुल पार करते हैं।]

लड़का : (बाहर झाँकता है और फिर घर के भीतर पुकार कर कहता है) वो गये। छेद में से मैंने देखा। बूढ़ा भी पुल पर से होकर चला गया।

गाँधी : (डगमगाते हुए वापस लौटते हैं। फिर जाते हैं—इस बार ज़्यादा सधे क़दमों से। नदी पार करते हैं।)

लड़का : (सब कुछ भूल कर नदी किनारे आकर खड़ा हो गया है। टकटकी लगाकर गाँधीजी को देख रहा है। क्षण भर दोनों की नज़रें मिलती हैं। गाँधी मुँह बनाते हैं और लड़का ज़ोर से हँस

पड़ता है।) बूढ़े बाबा! आप क्या कर रहे हैं?

गाँधी : मैं अभ्यास कर रहा हूँ। मैं पुल पार करना सीख रहा हूँ।

लड़का : क्या ये भी कोई सीखने की चीज़ है? (दौड़ कर गाँधीजी के पास चला जाता है।) मैं एक टाँग से पुल पर लौट कर दिखाऊँ? (वह वापस दौड़ आता है।)

गाँधी : ये पुल तो सचमुच एक आसान पुल है। लेकिन कुछ बहुत मुश्किल पुल भी होते हैं। इसीलिए मैं इस पर अभ्यास कर रहा हूँ।

लड़का : एक बार तो आप गिर भी पड़े थे न?

गाँधी : क़रीब-क़रीब! कीचड़ के ऊपर लटक गया था। पर किसी तरह वापस ऊपर चढ़ आया।

लड़का : (हँसता है)...चढ़ गये? अब लौट आओ!

[गाँधी छड़ी से सन्तुलन साधते हुए, पुल के बीचों-बीच खड़े हैं।]

लड़का : आ जाओ बाबा! (ताली बजाता है।) शाबास!

औरत : (झोपड़ी से निकल आती है। फुसफुसाती है) अली!

लड़का : मैं बूढ़े बाबा को पुल पार करना सिखा रहा हूँ।

गाँधी : बिलकुल! और क्या तुम बाँस के पत्ते पर लिख सकते हो?

लड़का : मैं?...और लिखना?

गाँधी : वह तुम्हें मैं सिखाऊँगा।

औरत : (गाँधीजी के क़दमों में गिर पड़ती है) माफ़ करना साहब! वो नादान है। पता नहीं है किससे बात कर रहा है।

गाँधी : मेरा मन है सभी लोग मुझसे इस लड़के की तरह ही मिला करें। अल्लाह ने तुम्हें बड़ा प्यारा बच्चा दिया है। बेशक ये पैग़म्बर हुज़ूर के वारिस का नाम पाने लायक़ है।

औरत : आपको भी कोई रंज नहीं होना चाहिए साहब! उसने आपको इतनी लम्बी उमर बख़्श दी है—और आप पुल पर भी टहल रहे हैं—और इतना लम्बा सफ़र करने की ताक़त आपमें है। (अपने पति से क्षमा-सी माँगते हुए जो अब झोपड़ी से बाहर आ चुका है।) अली इनको नहीं पहचान पाया तो इसमें क्या

ताज्जुब! सचमुच ये एक बूढ़े जैसे ही तो हैं।

आदमी : (झुक कर) आपका स्वागत है साहब!

गाँधी : आपका भी स्वागत है। सलाम अलैकुम!

लड़का : (एक बड़ा-सा ढेला उठा कर, कराहते हुए कहता है) देखो बाबा! (ढेले को पटक देता है।)

गाँधी : हूँ। तुम ताक़तवर बनना चाहते हो, है न?

लड़का : मगर मैं तो ताक़तवर हूँ। बस, ये पत्थर हाथ से फिसल गया।

गाँधी : अच्छा, तुमको पता है पैग़म्बर साहब ने किसको सबसे ज़्यादा ताक़तवर बताया है?

लड़का : पैग़म्बर साहब ने?

गाँधी : तुमने अभी तक नहीं सुना? अच्छा तो मैं बताता हूँ। अल्लाह ने जब धरती बनायी, तो उसको ख़ूब ज़ोर से हिलाया। इस तरह पहाड़ बन गये, ताकि धरती मज़बूत क़दमों पर खड़ी रहे। तब फ़रिश्तों ने अल्लाह से पूछा—परवरदिगार! क्या पहाड़ से भी ज़्यादा ताक़तवर कोई चीज़ इस क़ायनात में है? लोहा—अल्लाह ने जवाब दिया। क्योंकि वो पहाड़ को तोड़ सकता है। और लोहे से ज़्यादा ताक़तवर? आग—क्योंकि वो लोहे को गला सकती है। और आग से ज़्यादा? पानी—जो आग को बुझा देता है। और पानी से ज़्यादा ताक़तवर? हवा—वो पानी को हिला देती है। फ़रिश्ते बोले—क्या इन सबसे बढ़कर ताक़त वाली कोई और चीज़ भी है क्या? अल्लाह ने फ़रमाया—हाँ, एक नेक इन्सान! जो ज़कात देता है। और अगर वो दाहिने हाथ से जो दान देता है, उसके बारे में बायें हाथ को पता भी नहीं लगने देता—तो वह दुनिया में सबसे ज़्यादा ताक़तवर है। (लड़का उन्हें ताकता रहता है। हिचकता है कि हँसे या नहीं।)

गाँधी : तुम जानते हो न ज़कात का मतलब? ज़रूरतमन्द के लिये तुम जो भी दया का काम करो, वही ज़कात है। जैसे तुम किसी राहगीर को रास्ता दिखा दो, या उसे देख कर मुस्कुरा दो, या जैसे किसी बूढ़े के बैठने के लिये कोई पत्थर बिछा दो... (लड़का देखता रहता है फिर शरमा कर भाग जाता है।)

आदमी : आप तो हमारे दीन को अच्छी तरह जानते हैं साहब! (वह दहलीज़ पर उकड़ूँ बैठ जाता है।)

गाँधी : इसमें हैरत की तो कोई बात नहीं है। काठियावाड़ में मैं मुसलमान और पारसी बच्चों के साथ स्कूल में पढ़ता था। दक्षिण अफ्रीका में जिस मुवक्किल का केस मैं कोर्ट में लड़ रहा था, वह व्यापारी और उसके सारे दोस्त मुसलमान थे। उन लोगों को मैं अच्छी तरह समझ सकूँ, इसी की ख़ातिर मैंने क़ुरआन शरीफ़ पढ़ी। बाद में भी, जैसे दोस्त लोग आपस में एक-दूसरे को ग़लीचे या हीरे-जवाहर भेंट में देते हैं, मेरे मुस्लिम दोस्तों ने ख़ुश होकर मुझे पैग़म्बर साहब के और सन्त-महात्माओं के अनमोल बोल उपहार में दिये थे।
आपके प्रधानमन्त्री सुहरावर्दी साहब ने भी मुझे तीन अनमोल बोल सुनाये थे जब मैं इस सफ़र पर निकल रहा था। उनमें एक तो ये था—"दुनिया में एक ऐसे मुसाफ़िर की तरह जियो जो मौत के घर से आता है, और फिर वहीं लौट जाता है।"

[जब वे बोल रहे हैं, गाँव के लोग एक-एक कर आते जाते हैं और ज़मीन पर बैठते जाते हैं या खड़े रहते हैं। मनु एक हिन्दू औरत का हाथ पकड़े आती है।]

मुस्कुराता मुसलमान : ज्ञान की कहनात है। मुसाफ़िर पर मौजूँ।

गाँधी : ज़ाहिर है पैग़म्बर साहब यही कहना चाहते थे कि हमें किसी भी चीज़ पर आसक्त नहीं होना चाहिए। जैसे मैं अभी यहाँ शापुर में हूँ। बस। इतना ही। इससे ज़्यादा नहीं। जो भी हमारा काम है उसे अभी और यहीं, ज़िन्दगी के किसी भी दौर में, कर डालो—और फिर अपनी लाठी उठा कर चलते बनो! यही मान कर, कि ये दुनिया अपना घर नहीं है।

नाराज़ मुसलमान : पैग़म्बर साहब के वचन आप बड़े ख़ूबसूरत ढंग से समझाते हैं। मगर अगर हममें से कोई गीता की व्याख्या करने लगे तो आप एक हिन्दू के नाते क्या कहेंगे?

गाँधी : यही सवाल कुछ दिन पहले लीग के एक बड़े नेता ने एक

भाषण के दौरान उठाया था। उन्हें ताज्जुब था कि मुझको त्रिपुरा में किसी नहर में क्यों नहीं फेंक दिया गया! (लोग हँसते हैं।) लेकिन मैं आपकी पाक किताबों की व्याख्या नहीं कर रहा। मैं तो बस यह बता रहा हूँ कि मैंने अपने लिये उनसे क्या सीखा।

मुस्कुराता मुसलमान : हाँ, आप सही कहते हैं। पैग़म्बर हुज़ूर ने अपनी वाणी कोई मौलवियों और अमीरों को नहीं, बल्कि उन सभी को सुनायी थी जो उन्हें समझ सकें।

गाँधी : वैसे अगर कोई मुझे भगवद्गीता समझाने लगे तो मैं उस आदमी से क्या कहूँगा? मैं तो इसको एक गौरव की बात समझूँगा और उससे कहूँगा : आप उसे पढ़ा कीजिए, आपको लाभ होगा। क्योंकि कोई अगर सिर्फ़ अपने ही मज़हब को जाने, तो वह सोचेगा कि उसी का धर्म सबसे सच्चा है। आख़िर जो-जो व्यक्ति जिस-जिस धर्म में पैदा हुआ है, उस धर्म को तो वो सत्य ही मानेगा। इसी से तो हम एक दूसरे पर इतना ग़ुस्सा करने लगे हैं। क्योंकि हमें डर लगने लगता है कि कहीं हमारा धर्म डगमग बुनियादों पर तो नहीं खड़ा! लेकिन जो आदमी सभी धर्मों का अध्ययन कर लेता है—जैसा कि दक्षिण अफ्रीका में मैंने किया, जहाँ ईसाई मत में भी कम से कम दस अलग-अलग धाराएँ थीं—तो वह आदमी यह समझ जाता है कि सारे धर्म सत्य हैं, क्योंकि वे सभी ईश्वर तक पहुँचाते हैं।

नाराज़ मुसलमान : तब अल्लाह ताला ने ये हुक्म क्यों दिया कि बुतों की पूजा मत करो! तब हिन्दू लोग मूर्तियाँ क्यों बनाते हैं?

गाँधी : कोई हिन्दू ये नहीं कहता कि सिर्फ़ मूर्ति की पूजा करो। मगर जिस तरह छोटे बच्चे तसवीरें देख कर सीखते हैं, या जैसे कुछ लोग सुन-सुन कर सीखते हैं, उसी तरह ईश्वर अपने भक्तों को कभी मूर्तियों के माध्यम से, तो कभी उनके बग़ैर अपने क़रीब बुलाता है।

एक औरत : और गाय? आप एक जानवर की पूजा कैसे समझाएँगे?

गाँधी : हम गाय की पूजा नहीं करते—उसमें अपनी श्रद्धा प्रकट करते हैं। और सिर्फ़ उसी पर नहीं, हम पूरी प्रकृति के लिये श्रद्धा का भाव रखते हैं जो कि गाय में भी मूर्तिमान है। ईसाई कहते हैं—अपने पड़ोसी से वैसा ही प्यार करो जैसा ख़ुद से। लेकिन वेद इनसे भी आगे बढ़ कर यह निर्देश देते हैं : हिंसक पशु तक पर श्रद्धा रखो, क्योंकि वह भी ईश्वर की सृष्टि है।

मुस्कुराता मुसलमान : यही होना भी चाहिए। महात्मा जी ने सही फ़रमाया। नेक इन्सान तमाम तरह के रास्तों से ईश्वर तक पहुँच जाता है।

औरत : (प्रोफ़ेसर से) अरे ये शख़्स तो नास्तिक है। नेकी पर बात करने की हिम्मत उसे कैसे हुई?

नाराज़ मुसलमान : अख़बार में तो ये भी निकला था कि जब आप दक्षिण अफ्रीका से आये, तब आपने एक आदमी से कहा कि आप मुसलमान हैं। लेकिन आप यह बात ज़ाहिर नहीं होने देना चाहते।

गाँधी : उस आदमी ने मेरी बात का ग़लत मतलब समझा। मैंने कहा ये था कि मैं मुसलमान हूँ, लेकिन मैं हिन्दू भी हूँ और पारसी भी। सो इसलिए कि मुझे तो सभी धर्मों में कुछ न कुछ फ़ायदा महसूस होता है।

नाराज़ मुसलमान : तब आप हिन्दुओं की हिमायत क्यों करते हैं?

गाँधी : जो कमज़ोर है, मैं उसी की हिमायत करता हूँ। फिर वो हिन्दू हो या मुस्लिम। और एक हिन्दू हूँ, क्योंकि—हालाँकि सभी रास्ते अच्छे हैं लेकिन—ईश्वर ने मुझे इसी रास्ते पर भेजा है। अगर मैं उसी पर चलता हुआ ईश्वर तक नहीं पहुँचा तो यह एक अधूरापन होगा।

मुस्कुराता मुसलमान : आप ठीक कहते हैं। हरेक को अपने ही रास्ते चलना चाहिए। बाक़ी सबको भी अपने-अपने रास्ते पर।

औरत : (ग़ुस्से से) अब मैं और नहीं सुन सकती। इसने तीन आदमियों को क़त्ल किया है। (हिन्दू औरत की तरफ़ इशारा करके) उस औरत के भाई को भी।

प्रोफ़ेसर : क्या तुम्हें पक्का पता है?

औरत : अगर मुझे डर ना होता तो मैं उसके मुँह पर कह देती।

प्रो.फ़ेसर : (एक चिट पर कुछ लिख कर गाँधीजी के सामने रख देते हैं। उसे पढ़ कर गाँधीजी मनु की तरफ़ देखते हैं।)

गाँधी : अच्छा, कोई ठिकाना मिला?

मनु : यह बाई अपनी झोपड़ी देने को तैयार है।

गाँधी : क्या तुम्हें कोई मुसलमान नहीं मिला जो हमें पनाह दे सके? (वे मुस्कुराते मुसलमान की तरफ़ देखते हैं, मगर वह आगे बढ़ कर उनके ठहरने का कोई प्रस्ताव नहीं रख पाता।)

मुस्लिम किसान : अगर आपको मेरा घर नागवार ना लगे तो कहीं और जाने की ज़रूरत नहीं है।

गाँधी : (हिन्दू औरत से) आपके आमन्त्रण के लिये धन्यवाद! लेकिन मैं नोआखाली में शान्ति चाहता हूँ, इसीलिए एक मुसलमान के घर सोना ज़्यादा पसन्द करूँगा। (उठते हैं) तो अब हम प्रार्थना के समय मिलेंगे। तब तक अलविदा!

[लोग जाने लगते हैं। झोपड़ी के मालिक और उसकी स्त्री के साथ प्रो.फ़ेसर तथा मनु भीतर झोपड़ी में जाते हैं। इसी बीच टेलर आ पहुँचता है और गाँधीजी के पास जाता है।]

गाँधी : (उसे देखते हुए) क्या तुम साइकिल-सवार वही आदमी हो जो हमें जगतपुर में तलाश रहा था?

टेलर : हाँ, वही। पिछले दो दिनों से हम लोग एक-दूसरे का चक्कर लगा रहे हैं। आप चल पड़े तभी मैं कारपार पहुँचा। मगर मेरा टायर पंक्चर हो गया, इसलिए मैं आपके पीछे-पीछे नहीं जा पाया।

गाँधी : मुझे मालूम है। उन लोगों ने सड़क पर कील-काँटे और कूड़ा बिछा दिया था।

टेलर : लोगों ने बताया कि आप जंगल के रास्ते शापुर चले गये।

गाँधी : तो आपको भी इसका कुछ स्वाद चखने को मिल गया। लेकिन उनकी वो अदावत कोई आपके बरख़िलाफ़ नहीं थी, मिस्टर...

टेलर : ...टेलर। मैं कलकत्ता विश्वविद्यालय में रिसर्च स्कॉलर हूँ।

गाँधी : यानी आप प्रोफ़ेसर बोस के एक विद्यार्थी हैं न?

टेलर : (उसका चेहरा चमक उठता है) क्या उन्होंने मेरी चर्चा की थी? हाँ, मैं उनकी कक्षा में भी बैठता हूँ।

गाँधी : नृतत्वशास्त्र में, है न? अँधेरे से भरी इस नोआखाली में उस साइकिल पर सवारी से आपको नृतत्वशास्त्र का एक अच्छा सबक़ मिला होगा।

टेलर : बेशक उसमें भी। हालाँकि यहाँ मैं उस इन्सान की टोह में ही ज़्यादा हूँ।

गाँधी : तब तो हम दोनों एक ही राह के मुसाफ़िर हैं।

टेलर : प्रोफ़ेसर ने आपको ज़रूर बताया होगा कि मैं आपका कितना बड़ा अनुयायी हूँ। और अगर ये कहना भद्दा न लगे, तो कहूँ कि मैं आपका 'भक्त' हूँ।

गाँधी : यूरोप के लोगों के भीतर आस्था की जगह एक तरह का अभाव घर कर गया है। और कुछेक लोग उसको मेरे नाम से भरने लगे हैं। लेकिन ये कोरी ग़लतफ़हमी भी हो सकती है।

टेलर : अपनी श्रद्धा में मैंने किसी तरह का रहस्यवाद नहीं मिलाया है। आपकी तरफ़ मैं कुछ यूँ देखता हूँ—मिस्टर गाँधी!—जैसे कुछ हिन्दू पश्चिमी देशों में यात्रा करते समय पावर हाउस को देखते हैं। आप जिसे सत्याग्रह कहते हैं, उसका स्पर्श हमें भी मिलना चाहिए।

गाँधी : मिस्टर टेलर, सवाल सिर्फ़ यह है कि वो पावर हाउस काम कर रहा है या नहीं? और चूँकि हिन्दुस्तान पूरी दुनिया को प्रकाश देना चाहता है, इसलिए, ये सचमुच सत्याग्रह है भी या नहीं?

टेलर : आप यह सवाल अब कर रहे हैं जब हम भारत को छोड़ कर जा रहे हैं? और सो भी कोई साधारण ढंग से नहीं, बल्कि परास्त होकर!

गाँधी : (गम्भीरता से) मिस्टर टेलर, मेरा ख़याल ये है कि हमें सच

बोलना चाहिए, भले ही इससे हमारी साख गिर जाय। यहाँ नोआखाली में मैंने कुछ ऐसा देखा है, जिसको आपकी आस्था से छिपाकर रखना सही नहीं होगा।

टेलर : मिस्टर गाँधी, मेरे लिये यह गौरव की बात है।

गाँधी : मैं जिसे सत्याग्रह समझता था, वह वास्तव में कोरा निष्क्रिय प्रतिरोध मात्र था। आप इस फ़र्क़ को समझते हैं?

टेलर : (कुछ अनिश्चय से) मेरा ख़याल है कि हाँ!

गाँधी : सत्याग्रह ताक़तवर का हथियार है जबकि निष्क्रिय प्रतिरोध कमज़ोर का। सत्याग्रही कहता है, सत्य मेरे पक्ष में है, मैं उसके लिये जान दे सकता हूँ, मेरा हथियार अधिक मज़बूत है। निष्क्रिय प्रतिरोध वाला कहता है—हम कमज़ोर हैं। हमारे पास ऐसे हथियार नहीं हैं जिनसे हम लड़ सकें। इसलिए हम पीछे हटने को ही अपना हथियार बना रहे हैं—जब भी मौक़ा हो—और इसके लिये हम नाफ़रमानी बरतते हैं।

टेलर : यह नाफ़रमानी—जेल में, नमक की पदयात्रा में, पिछले २५ बरसों में—यह बिलकुल सत्याग्रह जैसी ही थी।

गाँधी : लेकिन इसका असली स्वरूप तो अभी प्रकट हुआ है। अब जब हम एक ज़्यादा बड़े दबाव से—आपके दमनचक्र से—मुक्त हुए हैं। और वह हत्यारा जो अब तक नाफ़रमानी के नीचे दुबका हुआ था, वह निकल आया है और सत्य के हिमायती की जगह पर आ बैठा है।

टेलर : मिस्टर गाँधी, ऐसे किसी विचार के लिये, जहाँ राजनीति को नैतिकता से जोड़ना है, पच्चीस बरस का ये समय बहुत थोड़ा है। मगर फिर भी, ये नोआखाली के जंगल को जीत तो सकता है।

गाँधी : (अपनी कटुता से किंचित् डिगते हुए) इसीलिए तो मैं १२५ बरस जीना चाहता था। हालाँकि शायद ज़्यादा असरदार तो ये होगा कि...(वह वाक्य पूरा नहीं करते।)

टेलर : उस नज़रिये से भी आपकी यह यात्रा एक प्रतीक है। आपके विचार इस जंगल को, और हमारे उपनगरों तथा

महानगरों को भी भेदेंगे।

गाँधी : लेकिन मिस्टर टेलर, इस बात में क्या एक भयानक ख़ुशफ़हमी नहीं छिपी ? एक लोकप्रिय नेता अपने उद्‌बोधनों से अवामों को जिस भावना में बहा ले जाता है, क्या वही भावुकता जब-तब उस नेता को भी गुमराह नहीं कर देती ? सवाल दरअसल ये है : मनुष्य का असली स्वभाव क्या है ? क्या वह जो वह ऐसे क्षणों में प्रकट करता है, या वह जो कि एक जले हुए घर और क़त्ल हुए बच्चे के बाद पैदा होने वाले प्रतिशोध से प्रकट होता है ?

टेलर : मिस्टर गाँधी, आपकी महानता तो यही है कि आप मनुष्य के देवत्व वाले स्वभाव में हमारी आस्था को फिर से स्थापित कर देते हैं।

गाँधी : अरे, हाँ हाँ ! लेकिन क्या वह आस्था मैं ख़ुद अपने भीतर बचा पाता हूँ ? बेशक, इससे इनकार नहीं कि इस ख़ौफ़नाक मंज़र के भीतर से भी कुछ अनोखे प्रसंग निकल आते हैं। अभी बम्बई के हाल के दंगों में एक हिन्दू ने अपने मुस्लिम दोस्त को, जिसे उसने अपने घर में पनाह दी थी, भीड़ को नहीं सौंपा, और नतीजतन वे दोनों साथ-साथ मरे।

टेलर : कलकत्ता में भी ऐसे बहुत सारे उदाहरण सामने आये हैं।

गाँधी : क्या सचमुच ? ज़रा मुझे बताइये ! मैं तो इनको अकाल में अन्न के दानों की तरह सँजो रहा हूँ। आदमी के कन्धों पर पंखों का उगना देखे बग़ैर मर जाना बहुत त्रासद होगा।

[गाँव की ओर से शोरगुल]

एक बूढ़ा : ये गाड़ी अपने आप चल रही है।

एक बड़ा लड़का : ये जीप है। इसको जीप कहते हैं।

टेलर : असम्भव ! यहाँ कोई आ ही नहीं सकती।

एक आदमी : लेकिन हाँ ! बाँध की तरफ़ से...

मनु : (आगे दौड़ती है फिर मुड़कर आ जाती है) बापू ! ये तो वो हैं।

गाँधी : कौन ?

आभा : जवाहरलाल नेहरू!

गाँधी : मगर वो तो इंग्लैण्ड में है।

नेहरू : (गाँव की तरफ़ से पास आते हुए) बापू!

गाँधी : जवाहरलाल, तुम? इस जंगल में?

नेहरू : हिन्दुस्तान की परेशानियाँ साथ लेता आया हूँ।

दृश्य : पाँच

[पुल के ऊपर और दोनों तरफ़ से लोगों की भीड़ जुट रही है। नदी के उस पार वे पटना के प्रार्थना-चौक को घेर कर खड़े हैं। जब मंच पर वे दिख रहे हैं और गाँधी, नेहरू, टेलर इत्यादि मंच से ग़ायब हो रहे हैं, उस वक़्त मंच का पिछला भाग बदला जा रहा है। चमकीला नीला आसमान, यहाँ-वहाँ कुछ झण्डे, मंच के सिरों पर झण्डे, और खम्भे फूलमालाओं से जुड़े हुए हैं। छोटा-सा लड़का जो पत्थर की शिला उठा लाया था वही तख़्त बन जाता है जहाँ से गाँधीजी भाषण करेंगे। जहाँ झोपड़ी थी वहाँ प्रार्थना-चौक में जाने का रास्ता बन गया है। केले का गाछ वहाँ रह सकता है। भीड़ है, समय पाँच बजे की प्रार्थना से कुछ पहले। हल्का शोरगुल।]

भीड़ में से एक : (अपनी कलाई घड़ी देखता हुआ) हमें बिलकुल ठीक वक़्त पर पहुँचने को कहा गया था। महात्मा जी कभी लेट नहीं होते।

भीड़ में दूसरा : प्रतिनिधि-मण्डल उन्हें आने ही नहीं दे रहे। अगर किसी हिन्दू की दाढ़ी से एक बाल भी नुच जाय तो उसकी शिकायत उन्हीं की आत्मा पर गाँज दी जाती है।

भीड़ में तीसरा : (उन्हें बताता है) वो पटना में नहीं हैं। मोटरकार से वो उनको कहीं ले गये हैं।

दूसरा : कैम्प में रो-रोकर वे उनके कान खा लेंगे।

पहला : मगर वो बिहार आये ही क्यों? क्या सिर्फ़ हमीं को खरी-खोटी सुनाने? पिछले चार महीनों से वैसे भी यहाँ तो कुछ

हुआ नहीं।

दूसरा : और क्या! उन्हें अगर सचमुच शान्ति करानी है तो पंजाब जायँ! वहाँ तो हिन्दुओं का ही ज़्यादा क़त्ल हो रहा है।

महासभा का आदमी : (टोक कर) लेकिन वहाँ उनका स्वागत ऐसे तोरण-वन्दनवारों से तो होगा नहीं। कुछ और ही होगा।

दूसरा : अब तो वो कहते हैं उनको नोआखाली से भी चले जाना चाहिए। जहाँ कहीं गये, रास्तों में गन्दगी भरी पड़ी थी। वो तो उन्हें नहर में फेंक देने की धमकी भी दे रहे थे।

[मंच पर बायें कुछ मुसलमान आते हैं।]

पहला मुसलमान : (पड़ोसी के कान में) तुमने कुछ सुना? क्या वो वही करेंगे?

दूसरा मुसलमान : नहीं, अब तो वे आ गये न! अब उन्हें हिम्मत नहीं होगी।

तीसरा मुसलमान : सुना है तारीख़ भी तय कर दी है—२३ मार्च!

पहला मुसलमान : अल्लाह ख़ैर करे! हफ़्ता बचा है। आज यहाँ हमारा आना हिमाक़त ही है।

दूसरा मुसलमान : हम जब लीग के नुमाइंदों के तौर पर उनसे मिले थे, तब वो बोले थे—मैं तुमसे भी वही कहता हूँ जो मैंने नोआखाली में हिन्दुओं से कहा था—बहादुर बनो! डरपोकपन से ज़्यादा कोई गुनाह नहीं है!

चौथा मुसलमान : (उनके पास आकर) क्या बतिया रहे हो? पंजाब दिवस?

तीसरा मुसलमान : चुप! वो आदमी दोनों कान लगाकर सुन रहा है।

[मंच के बीच औरतों का एक जत्था दिखता है।]

गहनों से लदी औरत : अख़बार में जब पढ़ा कि अपनी बूढ़ी काया को दलदल में किस तरह घसीट-घसीट कर वे चलते रहे, तो रुलाई आ गयी। बाँस के उन डगमगाते पुलों पर—उनमें बस एक तरफ़ रेलिंग रहती है—वो एक पर तो फिसल ही गये

थे। वो तो अगर उनको खींच न लेते तो वे कीचड़ में जा पड़ते।

दूसरी औरत : बेचारे वो तो शान्ति चाहते हैं। बावलों को फ़रिश्तों की भाषा सिखाना चाहते हैं। मगर जनता के बीच शान्ति है कहाँ?

हरिजन औरत : वो तो सिखाना चाहते हैं कि सारी दुनिया एक आश्रम बन जाय। सेवाग्राम आश्रम में मेरा भाई भी इनके साथ था। खादी आन्दोलन में था। वो तो आलू भी ऐसे पकाता था मानो पूजा-प्रार्थना कर रहा हो!

दूसरी औरत : (गहनों वाली से) ज़रा देख कर! ये अछूत औरत है।

एक आदमी : (टोक कर) देखो भई! कभी वक़्त पूजा-पाठ का होता है और कभी जंग का। जब जंग छिड़ी हुई हो, और कोई आदमी शान्ति-शान्ति चिल्लाये, तो शक होता है कि कहीं वो दुश्मनों का हिमायती तो नहीं है।

पहला आदमी : (हिन्दू जत्थे से) मैं हिंसा का हामी नहीं हूँ। मगर ये तो कहना ही पड़ेगा कि अगर नोआखाली दिवस का एलान न करते तो ये म्लेच्छ और भी सर चढ़ जाते!

महासभा का आदमी : बिलकुल सही है। बकरी की तरह मिमिया कर आप किसी शेर को पालतू नहीं बना सकते। वहाँ ज़रूरत होती है आग और भाले की।

तीसरा हिन्दू : (पहले हिन्दू से) ये आदमी शायद कोई फ़साद कराने आया है। ये महासभा वाला है।

[प्रवेश की तरफ़ कुछ शोरगुल]

आवाज़ें : जय हिन्द! गाँधीजी की जय!

[भीड़ के बीच रास्ता बन जाता है। एक लड़का माइक लेकर तख़्त जैसी पत्थर की शिला की तरफ़ दौड़ता है। कुछ औरतें साष्टांग लोट जाती हैं। एक हरिजन औरत गाँधीजी के अँगोछे का सिरा छूना चाहती है। महासभा वाले को छोड़ बाक़ी सभी जय-जयकार करते हैं।]

[गाँधी जाकर पत्थर की शिला पर खड़े हो जाते हैं। जेब से एक पुरानी घड़ी निकालकर देखते हैं।]

गाँधी : बारह मिनिट लेट हो गया। सफ़ाई के तौर पर यही कह सकता हूँ कि मैं शरणार्थी शिविर से चला आ रहा हूँ। अपनी व्यथाएँ सुनाना ही जिनके लिये एकमात्र सुकून हो, उनसे जुदा होना आसान नहीं होता। आज अपनी प्रार्थना हम क़ुरआन की एक आयत से शुरू करेंगे। (भीड़ में हल्लागुल्ला) क्या किसी को इस पर एतराज़ है कि हम अपनी प्रार्थना क़ुरआन शरीफ़ पढ़ते हुए शुरू करें?

[ख़ामोशी]

महासभा का आदमी : मुझे है। (लोग सहमकर गाँधी जी की ओर ताकते हैं। पता नहीं गाँधीजी क्या कहें! दूसरा हिन्दू उस उपद्रवी से कुछ दूर खिसक जाता है।)

गाँधी : किसे एतराज़ है? उधर—आपको?

महासभा का आदमी : यहाँ हम सब हिन्दू लोग हैं। हम हिन्दू पद्धति से ही प्रार्थना करेंगे।

एक आवाज़ : तुमको पसन्द नहीं तो चले जाओ यहाँ से! तुमको किसी ने बुलाया तो नहीं है।

हरिजन औरत : ये महात्मा जी का प्रार्थना चौक है। वही तै करते हैं कि हम भगवान की पूजा कैसे करें?

[शोरग़ुल में मिला-जुला रुख़]

महासभा का आदमी : आपने पूछा—क्या किसी को एतराज़ है। और मैंने जवाब दिया। और मैं अपनी बात वापस नहीं ले सकता, क्योंकि दूसरे सभी लोग ख़ामोश हैं, जो यह सुनकर सकते में हैं कि हम पंजाब के हत्यारों की पावन पुस्तक को पढ़ें। लेकिन आप कहें तो मैं अभी चला जाता हूँ।

गाँधी : यह वक्ता ठीक कह रहा है। अपने दिल के विरुद्ध किसी को भी पूजा-प्रार्थना के लिये मजबूर नहीं करना चाहिए। दूसरी

तरफ़, मुझको भी कोई ये फ़रमान नहीं दे सकता कि मैं उस प्रार्थना से शुरू नहीं करूँ जिससे मेरा दिल भर उठता है। हम साबरमती आश्रम के प्रार्थना-चौक में भी क़ुरआन का पाठ किया करते थे। वैसे ही, जैसे हम 'आइ ग्लोरिफ़ाइ माइ क्रॉस' वाला सुन्दर ईसाई भजन गाया करते थे। या कस्तूरबा के मरने पर हमने पारसी ज़ेन्द अवेस्ता के श्लोक पढ़े थे। मैंने ऐसा किया तो इसलिए नहीं कि मैं बचकाने ढंग से तमाम धार्मिक विश्वासों को बटोरना, या उनमें घालमेल करना चाहता था। मैं तो ये जतलाना चाहता था कि हमारे तमाम धर्मों के भीतर सबसे सुन्दर कौन-सी बातें हैं और जो हरेक धर्म में समान रूप से मौजूद हैं। इसी को हम अपने हिन्दुस्तान की मूल आत्मा के रूप में पहचानें। इसी को हम एक ऐसे वाद्य यन्त्र की तरह बजायें जिसमें कई सारे तार हैं। यह मैंने अपने गौरांग गुरु काउंट तोल्स्तोय से सीखा है। उन्होंने बुढ़ापे में, जब उनकी वय उतने बरस चढ़ चुकी थी जितनी कि मेरी अब है...उन्होंने उस वय में अपनी ज्ञान की पुस्तक में, ख़ुद अपने राष्ट्र के लिये और समूची मानव-जाति के लिये, तमाम सारे देशों और धर्मों के मनस्वी ऋषि-मुनियों के विचार संकलित किये थे।

महासभा का आदमी : मगर अभी और यहाँ कुरान का अर्थ मनुष्यों का धर्म नहीं, बल्कि एक उस राजनीतिक दल की तारीफ़ है जो हमारे लोगों का ख़ून बेरहमी से बहा रहा है।

रोष-भरी आवाज़ें : रोको इसको! ये महात्मा जी से ज़ुबान लड़ाने की जुरअत कर रहा है।

गाँधी : मेरी गुज़ारिश है कि आप उनको भला-बुरा मत कहिए। बाद में भी, उनके कहे के लिये उन्हें किसी तरह का नुक़सान न पहुँचाएँ। यहाँ बिहार में कुछ दूसरे लोगों से भी—और वे कोई मूर्ख नहीं हैं—मुझे यह सुनने को मिला है : धर्मों के बीच अमन का उपदेश देकर आप एक ग़लत जगह पर आग बुझाने की कोशिश कर रहे हैं। यह धर्मों का युद्ध नहीं है, यह एक

राजनीतिक संघर्ष है। यहाँ हम पाकिस्तान की बात कर रहे हैं, न कि गीता की या कलमा की।

[बेचैनी-भरी ख़ामोशी]

मुझे पता है यहाँ पर भी बहुत-से लोग यही सोचते हैं। मगर बदक़िस्मती से, नीति के और राजनीतिक के मसलों के बीच मैं कोई विभाजक रेखा खींच नहीं पाता; यह दरअसल एक पश्चिमी सोच है जो अँग्रेज़ों के साथ हमारे यहाँ पहुँची है। वे कहते हैं राजनीति भी अन्य अनेक विज्ञानों में एक विज्ञान है, और मशीन की तरह ही इसे बनाने के भी इसके अपने नियम हैं। उनका कहना है कि एक अच्छा राजनीतिज्ञ वह है जो कभी तो आस्था रखता है और कभी नहीं रखता; वह सच तो बोलता है, मगर जब राजनीतिज्ञ के पेशे का तथा उसकी पार्टी के हितों का तकाज़ा हो तो झूठ भी बोलता है। अगर हम हिन्दू इस पेशे के आगे घुटने टेक देंगे, तो फिर तो सिर्फ़ एक हिन्दुस्तान और एक ही पाकिस्तान नहीं, पता नहीं कितने और 'स्तान' बन जायेंगे। क्योंकि परस्पर-अविश्वास की माँग होगी नयी-नयी सरहदें खड़ी करने की। लोग सोचेंगे कि उन्हीं के भीतर वे सुरक्षित रह पायेंगे। दूसरी तरफ़ तोल्स्तोय जैसे लोग भी हैं जिन्होंने मनीषियों की सूक्तियों और विचारों को अपनी पुस्तक में संकलित किया है, और जो जानते हैं कि सद्विवेक एकल तथा अविभाज्य होता है—उसे विभिन्न देशों या शताब्दियों में बाँट कर दिखाना बड़ी भारी भूल है। वे यह चाहते हैं कि राजनीति में भी उस सद्विवेक के स्वर गूँजे।

[ख़ामोशी]

पिछली बार सात साल पहले मैं बिहार आया था। यह हमारे पुरातन योद्धाओं की पुण्यभूमि है। भारत में सत्याग्रह की भी सबसे पहली और महान विजय भी यहीं हुई थी—चम्पारन में,

जैसाकि आप जानते ही हैं, हिमालय की तलहटी में। मैं दक्षिण अफ्रीका से लौटा, मेरे महान गुरु गोखले की सलाह के मुताबिक़ मैं देश भर में घूमता रहा। कहीं कुछ बोला नहीं। फिर लखनऊ में एक किसान, राजकुमार शुक्ल मुझसे मिले और बोले—चम्पारन चलिये! मैंने कहा मेरे पास कुछ दूसरे काम हैं, मगर वे टस से मस नहीं हुए। वे मेरे पीछे ही पड़ गये और उनकी आस्था मुझे छू गयी। मैंने कहा मैं अमुक तारीख़ को पहुँचूँगा, और हम दोनों उस तारीख़ पर कलकत्ता में मिले और उस दुखियारी ज़मीन पर पहुँचे। वहाँ अँग्रेज़ ज़मींदार नील की खेती कराते थे। मगर जब जर्मनी के कृत्रिम नील ने उनके बाग़ान चौपट करा दिये, तो वे किसानों पर तक़ावी बढ़ाकर, उन्हें पीट-पीट कर, उन्हें देश निकाला देकर अपना नफ़ा बढ़ाने लगे।

मैंने पहले तो बाग़ान-मालिकों को समझाने की कोशिश की। मगर उन्होंने पुलिस की मदद से मुझको उस इलाक़े से ही बाहर कर देना चाहा। तब मैंने उनके वारंट पर ही लिख दिया कि मैं उनका आदेश नहीं मानूँगा। वो कुछ नहीं कर पाए, इसलिए मुझे धमकाने लगे। मगर दसियों हज़ार किसान अदालत के इर्द-गिर्द भी आ जुटे। कोर्ट ने मुझसे कहा कि इनका बन्दोबस्त करो जो मैंने फ़ौरन कर दिया। मैंने जज से कहा कि उनके क़ानून के अक्षर के मुताबिक़ मैं गुनहगार हूँ, मगर मुझे तो उससे भी ऊँचे एक क़ानून का पालन करना है। तब जज ने सुनवाई रोकने को कहा, पहले दो घण्टे के लिये, फिर दो दिन के लिये, और फिर अन्त में मुक़दमा ख़त्म हो गया। हिन्दुस्तान में आज़ादी के आन्दोलन की वह पहली जीत थी जिसे अकेले मैं कभी नहीं जीत पाता। हम जीत सके, क्योंकि चम्पारन की जनता ने बुद्धिमानी दिखायी, उन्होंने वह नहीं किया जो पटना में हुआ—हत्या, लूटपाट।

एक आवाज़ : बिलकुल सही है। (समर्थन में शोर)

गाँधी : बेशक, आज यहाँ बहुत सारे लोग पूछ रहे हैं—ये आदमी यहाँ

बिहार क्यों आया? ये पाकिस्तान क्यों नहीं गया, जहाँ आज भी हिन्दुओं का क़त्ल हो रहा है। लेकिन मैंने ये तो कभी नहीं कहा कि मैं कोई चमत्कारी पुरुष हूँ, या ऐसा औज़ार हूँ जिसका इस्तेमाल कोई भी, कहीं भी, किसी भी समय कर ले! आपमें से बहुतों को यह सुनना शायद रुचेगा नहीं, लेकिन मुझे इसकी परवाह नहीं है। मैं कहता हूँ, मेरे ख़िलाफ़ कोई चूक करे, इससे ज़्यादा अहम बात मेरे निजी तथा सार्वजनिक जीवन में यह है, कि मैं ख़ुद कोई चूक न करूँ। अब अगर बिहार में फिर वैसा ही बन्धुघात होनेवाला है, जैसाकि अक्टूबर में हो चुका है—और अफ़वाह है कि यहाँ पंजाब दिवस मनाया जायेगा—तो ये ऐसा बड़ा पाप होगा कि उसका अन्त कहाँ जाकर होगा, यह हम नहीं जान सकते हैं।

आप मेरा कहा जानते ही हैं: जितना बड़ा पापी, उतना ही बड़ा पाप। बिहार ने अगर यह पाप किया तो यह बहुत ही बड़ा होगा। दरअसल, नोआखाली में जो हुआ, उससे भी ज़्यादा विकराल यह था। हत्यारों की यह शेख़ी मैंने सुन रखी है—वे कहते हैं कि अक्टूबर में नोआखाली में तथा दूसरी जगहों पर, क़त्लेआम उन्होंने इसीलिए बन्द किया क्योंकि हमने सिर्फ़ दाँत के बदले दाँत नहीं तोड़े, बल्कि दाँत के बदले आँखें फोड़ दीं। बिहार के लोग अपनी पहचान चाहते हैं जो कि वाजिब है। लेकिन रामायण और महाभारत के हमारे शूरवीरों ने कभी निहत्थों पर वार नहीं किया। बहाना चाहे जो हो, लेकिन कमज़ोर को सताना हमेशा ही निन्दनीय है, और जो ऐसा करते हैं वे अपनी साख खो देते हैं। लेकिन क्या बिहार की जनता का आज यही इरादा है?

पटना के आसपास कई गाँवों में मैं यह देखकर दहल गया कि लुटे-पिटे घर आज भी उसी हाल में पड़े हैं। कोई आसार नहीं दिखा कि कोई भी वहाँ घर बनाने की लकड़ी ले गया हो, ताकि शरणार्थी लौटने का मन बना सकें। कोई ताज्जुब नहीं कि इसीलिए वे शिविरों में पड़े हुए हैं, भात का पतला

माँड़ पीना बेहतर समझते हैं—और बेरहमी में नहीं लौटना चाहते हैं।

गाँधी : (ग़मगीन स्वर में) मुझे एक एलान और करना है। मुझे नेहरू से यह ख़बर मिली है। ब्रिटिश हुकूमत के प्रधान मिस्टर एटली ने यह घोषणा की है कि अगले साल जून के महीने के बाद अँग्रेज़ किसी भी शर्त पर हिन्दुस्तान में नहीं रहेंगे। और महारानी विक्टोरिया के पोते, नौजवान एडमिरल माउंटबेटन को यह ज़िम्मेदारी दी है कि वे इस देश की हुकूमत इसी देश की जनता को सौंप दें। (ख़ुशी की लहर) यह एलान यहाँ के लोगों के लिये जितनी बेइंतिहा ख़ुशी लाया है, वैसी ही ख़ुशी देश के तमाम चालीस करोड़ बाशिन्दों को होगी।

मगर बिहार की जनता से मैं पूछता हूँ—लॉर्ड माउंटबेटन के हाथ से इस देश की बागडोर कौन अपने हाथों में लेगा? क्या नये-नये और ज़्यादा से ज़्यादा प्रतिशोध? ये पागलपन-भरा आवेश, या कि पुरातन भारत की वह आत्मा, जिसका वर्णन कवि ने गीता में किया है?—और जिसके कारण ही सारी दुनिया हिन्दुस्तान को आशा और सम्मान से निहारती है?

आवाज़ें : जय हिन्द! जय गाँधी!

[एक हिन्दू अपने पास खड़े मुसलमान को गले लगा लेता है।]

गाँधी : जैसाकि आप सब लोग जानते हैं, जहाँ भी मुमकिन हो—राष्ट्रीय सम्मेलनों में, रेल जंक्शनों में, प्रार्थना सभाओं में, या जहाँ कहीं साधु-सन्त कटोरे लेकर आ पहुँचते हैं—हर जगह मैं हरिजनों-अछूतों के लिये चन्दा माँगता रहा हूँ। सिर्फ़ पैसे इकट्ठा करने को नहीं, बल्कि दानदाताओं को अपने देश के इस कलंक की याद दिलाने के लिये भी। आज मैं अछूतों के लिये नहीं, शरणार्थी मुसलमानों के लिये चन्दा जुटाना चाहता हूँ। (गाँधी जी मनु से एक थाली लेकर हिन्दू जत्थे के बीच पहुँचते हैं। महासभा वाला आदमी खिसक जाता है मगर बाक़ी लोग थाली में पैसे डालते हैं। तब गाँधी जी उस सजी-

धजी औरत की तरफ़ बढ़ते हैं।)

गहनों से लदी औरत : अरे, मैं तो पैसे लायी ही नहीं।

[गाँधीजी जब कुछ और आगे पहुँचते हैं तो वह अपने हाथ का कंगन उतारती दिखायी देती है।]

गाँधी : (मुस्कुराते हुए) नेक दिल और पवित्रता ही स्त्री का सबसे सुन्दर आभूषण है।

दृश्य : छह

[नयी दिल्ली में वाइसराय के महल में एक बड़ा हॉल। बीच में एक टेबल, उसके तीन तरफ़ तीन बड़ी कुर्सियाँ। मंच के पीछे की तरफ़ उस महल की बालकनी में खुलनेवाले दो दरवाज़े। दरवाज़ों के बीच भारत का एक नक़्शा, जिसमें तीन प्रान्त तीन भिन्न रंगों में। किंग जॉर्ज पंचम का एक बड़ा-सा तैल चित्र बायीं ओर। एक बड़ा दो पल्लों वाला द्वार दाहिने। लॉर्ड माउंटबेटन टेबल पर; उनकी पत्नी बाहर जाने की वेशभूषा में पास में खड़ी हुई।]

लेडी माउंटबेटन : क्रिप्स बोले कि अगर लॉर्ड माउंटबेटन बीसवें की बजाय सत्रहवें या अठारहवें वाइसराय होते, तो ब्रिटिशों को भारत नहीं छोड़ना पड़ता।

लॉर्ड माउंटबेटन : एक चालाक शाबाशी! (अख़बारों की तरफ़ इशारा करके) हालाँकि हमारे अख़बार ज़रूर अच्छे हैं। और क्या उसने आगे यह नहीं जोड़ा कि इसका आधा श्रेय तो मनमोहिनी लेडी माउंटबेटन को है?

लेडी माउंटबेटन : अरे नहीं! तब तो वो महज़ शाबासी न रह जाती—और क्रिप्स कोई ख़ुशामदी इन्सान तो है नहीं।

लॉर्ड माउंटबेटन : सच्चाई यही है। पानी के जहाज़ में अपने सफ़र के दौरान पढ़ने के लिये हमें ई.एम. फ़ॉर्स्टर का उपन्यास दिया गया था न? क्या तुमने उसमें ये नहीं पढ़ा कि अक्सर अफ़सरों

की बीवियों के कारण ही ब्रिटिश नौकरशाही से लोग नफ़रत किया करते थे?

लेडी माउंटबेटन : मगर उन बेचारियों की हालत तो मुझसे बहुत ज़्यादा ख़राब थी।

लॉर्ड माउंटबेटन : क्योंकि वे सब बूढ़ी और रूखी-सूखी थीं।

लेडी माउंटबेटन : वो हमारी तरह ख़ुशख़बरी लेकर नहीं आती थीं। इसके अलावा, उन्हें ये कहाँ पता था कि उन्हें यहाँ रहना नहीं है।

लॉर्ड माउंटबेटन : तुम्हारी एक और तारीफ़ करने से मैं चूक गया। कल गाँधी से बात करते वक़्त तुम्हारा लहज़ा बेहतरीन था!

लेडी माउंटबेटन : उनके जैसी प्यारी-सी वयोवृद्ध आत्मा के साथ वैसा नहीं करना निहायत कठिन होता। क्रिप्स ने मुझे बताया था कि वो तो यहाँ एक देवता हैं। पता नहीं, मिथकों में क्या कोई भी ऐसा देवता होगा जो उनकी तरह इतना कम अनुष्ठान-प्रिय हो!

लॉर्ड माउंटबेटन : अरे! अरे! कहीं उसकी मुस्कान के झाँसे में मत आ जाना!

लेडी माउंटबेटन : वो अपना पूरा लबादा ओढ़कर आये थे। अकेले इसी बात से उन्होंने मुझ पर भारी उपकार कर दिया। चर्चिल तो उनको अधनंगा फ़कीर कहते थे। मैं सोच रही थी—वो कच्छा पहने होंगे। अपने ढीले-ढाले चोग़े में वे काफ़ी दर्शनीय थे। मुझे लगता है, दिल ही दिल में, वो हम ब्रिटिशों को पसन्द करते हैं।

लॉर्ड माउंटबेटन : करें तो ही ठीक है। उनकी महानता का आधा तो हमारी ही बदौलत है। ज़रा वो हिटलर के साथ अपनी नाफ़रमानी करके दिखाते!

लेडी माउंटबेटन : अपने लोगों के लिये उन्होंने वह सब हासिल कर लिया जिसके योग्य वे उन्हें समझते थे। और हमें भी वे वही दे देंगे जिसके योग्य हमें समझते हैं। मैंने एक अच्छी स्कूली लड़की की तरह उनसे कहा—मिस्टर गाँधी! मैंने आपकी आत्मकथा पढ़ी। मैं कह नहीं सकती कि अँग्रेज़ी भाषा को कौन ज़्यादा

निर्दोष ढंग से बरतता है—आप, या चर्चिल? मगर तब भी, आप न सिर्फ़ अँग्रेज़ बब्बर शेर को, बल्कि अँग्रेज़ी भाषा को भी हिन्दुस्तान से भगा देना चाहते हैं। वो बोले—''इसे सीखने में बहुत ज़्यादा शक्ति ज़ाया होती है।''

मैंने कहा—''मगर दुभाषी होकर हम एक उपयोगी तुलना भी तो कर पाते हैं।''

लॉर्ड माउंटबेटन : तुमने तो बड़ी चतुराई से जिरह की।

लेडी माउंटबेटन : इस पर उनका जवाब था—''यूरोप के देश भी तो दुभाषी होते थे, पर अन्त में उन्होंने लैटिन भाषा त्याग दी और ख़ुद अपनी बोलचाल की भाषा बरतने लगे।'' मैं बोली—''आपके यहाँ की तीस बोलचाल की भाषाओं में से आप किसको चुनेंगे?'' तब उन्होंने बड़ी बारीकी से समझाया कि हिन्दुस्तानी क्यों चुननी होगी। ''अच्छा, फिर बेचारी अँग्रेज़ी का क्या हश्र होगा।'' ''वो दुनिया की भाषा हो जायेगी।'' और इस तरह उन्होंने मुझे फ़ौरन हिन्दुस्तानी का हामी बना लिया।

लॉर्ड माउंटबेटन : मगर हम यह न भूलें कि उन्होंने अपने संघर्ष में हमारी संस्थाओं को शामिल करके जो भी सम्मान-भाव दिखाया हो, ब्रिटिश साम्राज्य का उनसे ज़्यादा कट्टर दुश्मन कोई नहीं हुआ।

लेडी माउंटबेटन : नेपोलियन से भी ज़्यादा कट्टर?

लॉर्ड माउंटबेटन : उनकी तुलना में तो नेपोलियन एक शेखचिल्ली बच्चे जैसा था। हमारे मिशन को अगर कोई नाकाम करा सकता है तो सिर्फ़ वही!

लेडी माउंटबेटन : कैसे?

लॉर्ड माउंटबेटन : मैं मिस्टर जिन्ना और काँग्रेस के साथ एक समझौता करूँगा, और हमेशा की तरह वे आमरण अनशन पर बैठ जायेंगे।

लेडी माउंटबेटन : और तब क्या होगा?

लॉर्ड माउंटबेटन : तब हिन्दू बेसब्र हो उठेंगे और नेहरू को समझौते से

मुकर जाना पड़ेगा।

लेडी माउंटबेटन : वे ऐसा न करें, इसके लिये उनको मनाने की कोशिश मैं करूँ? (वे हँसते हैं।) अच्छा तो आप तो मेरे साथ गोल्फ क्लब नहीं चल सकते। आपको उस मनहूस लम्बू जिन्ना की आवभगत करनी है—न जाने कितनी-कितनी दफ़ा!

लॉर्ड माउंटबेटन : अब ये छठी दफ़ा है।

लेडी माउंटबेटन : और आप वैसे ही—क्या कहा था—झरबेरी की झाड़ी की परिक्रमा करते रहेंगे!

लॉर्ड माउंटबेटन : अरे, हाँ! मैं बोलूँगा : "हम इण्डिया को बना रहने दें, मिस्टर जिन्ना!" वो कहेंगे : "हम इसको मज़हबों के आधार पर बाँट दें।" मैं—मगर तब वे मिले-जुले प्रान्त भी? वो—"लेकिन वो तो ऐतिहासिक तरक़्क़ी के नतीजे हैं।" "तब तो उसी आधार पर हम इण्डिया को भी बने रहने दें।"—और इस तरह मैं फिर से नये सिरे से वही बहस शुरू कर दूँगा। (सेक्रेटरी आता है) : मिस्टर जिन्ना!

लॉर्ड माउंटबेटन : अन्दर लिवा लाइए! (पत्नी से) जाओ तुम ई.एम. फॉर्स्टर की लेडीज़ के साथ मन बहलाओ। (सेक्रेटरी से) ज़रा एक मिनिट! अगर हम वार्तालाप में लगे हों और उस बीच मिस्टर गाँधी आ पहुँचें, तो बिना किसी हील-हवाले के उनके आने की इत्तिला दे दें।

सेक्रेटरी : जब मिस्टर जिन्ना भी मौजूद हों?

लॉर्ड माउंटबेटन : हाँ। इस दफ़ा आप ज़रा फूहड़पन से काम लें!

[सेक्रेटरी जाता है।]

लेडी माउंटबेटन : क्या आप उन्हें रू-ब-रू कराना चाहते हैं?

लॉर्ड माउंटबेटन : हाँ। अब तक वो हमेशा मेरी मार्फ़त ही एक दूसरे का गला काटते रहे हैं।

लेडी माउंटबेटन : (विदा में सिर हिलाकर) तुम्हारे वहशी तुम्हें मुबारक!

[वह छोटे वाले द्वार से निकल जाती हैं। जिन्ना का प्रवेश, वे हाथ मिलाते हैं।]

लॉर्ड माउंटबेटन : कैसे हैं मिस्टर जिन्ना!

जिन्ना : शुक्रिया, लॉर्ड माउंटबेटन! और आप कैसे हैं?

लॉर्ड माउंटबेटन : इस बीच क्या आपकी दोस्ती कुछ आगे नहीं बढ़ी? मेरी स्थिति को आप कुछ आसान नहीं करवा सकते?

जिन्ना : इस मसले पर मुस्लिम लीग को अपने रवैये में ज़रा-सा भी बदलाव बर्दाश्त नहीं।

लॉर्ड माउंटबेटन : मिस्टर जिन्ना, आप तो मुझसे पुराने सियासतदां हैं। आप जानते ही हैं कि सियासत में दो-टूक एलानों की वक़त पल भर की होती है। पिछले एक बरस के दौरान लीग का रवैया तो बदला ही है।

जिन्ना : माय लॉर्ड किस चीज़ को तब्दीली कह रहे हैं, मुझे नहीं पता।

लॉर्ड माउंटबेटन : बहुत अच्छा। हम इण्डिया को एकजुट छोड़कर न जायँ। फ़िरकावाराना अदावतों पर पार पाने के वास्ते यह प्रस्ताव था। (नक़्शे को दिखाते हुए) सेंट्रल इण्डिया, जो ज़्यादातर हिन्दू हैं, और उधर वो मिले-जुले प्रान्त हैं—एक तरफ़ पंजाब और दूसरी तरफ़ असम और बंगाल। इनकी अलग-अलग संवैधानिक इकाई बने, और बाद में अगर वे एक फेडरल इण्डिया बनाना चाहें तो मिल जायँ।

जिन्ना : मिस्टर गाँधी ने उसी वक़्त इसे ठुकरा दिया था।

लॉर्ड माउंटबेटन : मगर लन्दन में राउंड टेबल कांफ्रेंस के बाद काँग्रेसी नेताओं ने उसे मंज़ूर कर लिया था—एक तरह से गाँधी के पीठ-पीछे, वो तब तक नोआखाली जा चुके थे और आप भी तिहरे बँटवारे—ए बी सी—के ख़िलाफ़ जान पड़ते हैं।

जिन्ना : इस दरमियान चीज़ें इस प्लान से बहुत आगे निकल चुकी हैं।

लॉर्ड माउंटबेटन : लेकिन मिस्टर जिन्ना—कोई अपने-आप नहीं।

जिन्ना : मैं इस ज़िम्मेदारी के सवाल में नहीं जाना चाहता। वह काम हम इतिहास लिखने वालों पर छोड़ दें। वजूहात और नताइज—कार्य-कारण—के धागों से खेलने के लिये उन्हें भरपूर वक़्त मिलेगा। जो अभी है, उसी पर मेरी नज़र है।

लॉर्ड माउंटबेटन : और वो क्या है?

जिन्ना : दो कैम्प—एक दूसरे की आँखों में आँखें गड़ाए हुए, क़त्ल-ओ-ग़ारत पर तुले हुए—एक ही मुल्क की सरहदों के भीतर सिविल वार का ख़तरा उठाये बग़ैर ये नहीं चल सकता। इन दो कैम्पों को अलग-अलग करना ही पड़ेगा।

लॉर्ड माउंटबेटन : मगर आपके लिये वह करना मुमकिन कैसे होगा? अगर आप उन्हें अलग-थलग करना चाहते हैं तो आपको इण्डिया के हर शहर में एक मुस्लिम या हिन्दू झुग्गी-बस्ती खड़ी करना पड़ेगी। क्या ये अधिक अक़्लमन्दी नहीं होगी कि उन्हें शान्त किया जाय। उन्हें शान्तिपूर्वक साथ-साथ रहने की आदत डालने दी जाय! (जिन्ना उठने लगते हैं) ख़ैर आप तो संयुक्त इण्डिया के ख़िलाफ़ हैं। आप उसके भीतर अल्पसंख्यक होकर रहना नहीं चाहते। मगर आपको यह भी समझना चाहिए कि पंजाब और बंगाल में हिन्दू भी उसी तरह मज़बूती से उसके ख़िलाफ़ हैं।

जिन्ना : पंजाब और बंगाल क़ुदरती तौर पर बढ़े हैं और बहुत पुराने ज़माने से ऐतिहासिक रूप से मिले-जुले मुल्क रहे हैं।

लॉर्ड माउंटबेटन : यह बात तो इण्डिया पर और ज़्यादा लागू होती है। क्या आपको तार्किक अन्तरविरोध महसूस नहीं होता? जहाँ कुछ देना है, वहाँ आप ऐतिहासिक सिद्धान्त की दुहाई देते हैं; और जहाँ लेना है, वहाँ क़ौमी सिद्धान्त की।

जिन्ना : इण्डिया की असली इकाइयाँ तो सूबे ही हैं जिनको और नहीं बाँटा जा सकता।

लॉर्ड माउंटबेटन : ख़ैर, मिस्टर गाँधी के मुताबिक़ तो पूरा इण्डिया एक ही इकाई है जिसको काटना पाप है।

जिन्ना : (भड़क कर) मिस्टर गाँधी को वहम है कि वो इण्डिया के बाप हैं। नोआखाली तक उन्हें यह नहीं सिखा पायी कि कुछ बेटों को उनकी वल्दियत गवारा नहीं है।

लॉर्ड माउंटबेटन : मैं नहीं मानता कि मिस्टर गाँधी का नज़रिया किसी ख़ुशफ़हमी की देन हो सकता है।

जिन्ना : एक तरह से इधर-उधर से जोड़ कर एक मज़हब खड़ा करने

वाले के तौर पर, मिस्टर गाँधी ईसाई, पारसी, यहूदी और न जाने कौन-कौन से मज़हबों के बीच मौजूद तमाम फ़र्क़ हवा में उड़ा देते हैं। लेकिन हम मुसलमान क़ुरआन की उन चन्द आयतों की ख़ातिर—जिनको वे इबादत चौक में घालमेल खिचड़ी बनाकर परोसते रहते हैं—हम अपना मुकम्मिल दीन-ओ-ईमान और रवायतें छोड़ने से साफ़ इनकार करते हैं।

लॉर्ड माउंटबेटन : तब आपकी क्या तजबीज़ है मिस्टर जिन्ना? इण्डिया के टुकड़े होने चाहिए, मगर पंजाब के टुकड़े करना पाप है?

जिन्ना : हम हिन्दू अक़ल्लीयत (अल्पसंख्यकों) को वे सभी सियासी और मज़हबी आज़ादियाँ देंगे जिनका वादा युनाइटेड नेशन के चार्टर में किया गया है।

लॉर्ड माउंटबेटन : काँग्रेस इसे कभी बर्दाश्त नहीं करेगी। चार करोड़ हिन्दुओं को सौंपना!

जिन्ना : इण्डिया में भी उसी तादाद में मुसलमान रहेंगे।

लॉर्ड माउंटबेटन : मगर सरहदों पर, हमवार हुजूम की शक्ल में नहीं...ब्रिटिश हुकूमत अब छोटे-से पाकिस्तान के ख़याल की आदी हो चुकी है। और अपने तईं आप काँग्रेसी मिनिस्टरों को इस क़दर थकाने में कामयाब हो चुके हैं कि अब गाँधी के बावजूद शायद वे इस प्रस्ताव को मान लेंगे। लेकिन ब्रिटिश हुकूमत तक काँग्रेस को वैसा बँटवारा मानने को मजबूर नहीं कर सकती जैसी कि आपकी माँग है।

जिन्ना : हालात बिला शक उन्हें मजबूर कर देंगे।

लॉर्ड माउंटबेटन : क्या आपको ये डर नहीं लगता कि ब्रिटिश हुकूमत अब जब वादा कर चुकी है, हट जायेगी और आपको काँग्रेस राज के तहत छोड़ जायेगी?

जिन्ना : अगर उसने ऐसा किया तो हम लड़ेंगे। एशिया में एक और बड़ी ताक़त भी है जो इण्डिया के मामलों में लापरवाह नहीं है। (सेक्रेटरी आता है, लॉर्ड माउंटबेटन के कान में फुसफुसाता है : मिस्टर गाँधी!)

लॉर्ड माउंटबेटन : (जिन्ना की तरफ़ देखते हैं जो विरोध का, बल्कि भाग जाने का रुख़ दिखाते हैं) मिस्टर जिन्ना, आपने अभी जो कहा, वो सब मिस्टर गाँधी की मौजूदगी में दोहराने में क्या आपको मुश्किल होगी?

जिन्ना : मुझे नहीं लगता कि ऐसी कोई मीटिंग फ़ायदेमन्द होगी। मिस्टर गाँधी और मैं—हम दोनों एक दूसरे का नज़रिया बख़ूबी समझते हैं।

लॉर्ड माउंटबेटन : तब, आपके आख़िरी जुमले पर लौटें तो मैं उसे लीग का नज़रिया मानने से इनकार करता हूँ। उसे मैं सिर्फ़ आपके कड़वे जज़्बात का इज़हार भर मानता हूँ। (उठकर जिन्ना को विदा देने के लिये हाथ बढ़ाते हैं।) अफ़सोस है कि आप मिस्टर गाँधी से मिलना नहीं चाहते। हम अपने दुश्मनों का जो हौआ दिमाग़ में खड़ा कर लेते हैं, कभी-कभी उससे रू-ब-रू मिलने में कोई हर्ज नहीं है। बहरहाल, अगर आपको डर है तो...

जिन्ना : मुझे?...अगर आप चाहते हैं तो...(वह वापस कुर्सी पर बैठ जाते हैं। सेक्रेटरी चला जाता है। गाँधी आते हैं।)

लॉर्ड माउंटबेटन : (उठ कर हाथ मिलाते हैं) ज़रा घालमेल हो गया, मिस्टर गाँधी। ये मामला न जाने कितना खिंचेगा, यही सोच कर हमने वक़्त एक-दूसरे के काफ़ी क़रीब रख दिया था।

गाँधी : (पीछे हटते हुए) सेक्रेटरी महोदय से गपशप करना अच्छा लगेगा। उनके पास दक्षिण अफ्रीका के भी संस्मरण हैं।

लॉर्ड माउंटबेटन : नहीं। मिस्टर जिन्ना ने रज़ामन्दी दे दी है कि यह बातचीत आपकी मौजूदगी में, हम तीनों के बीच जारी रहे।

गाँधी : (जिन्ना से हाथ मिलाते हैं। उनका हाथ अपने हाथ में थामे रहते हैं।) यह सुनकर मुझे बेहद ख़ुशी है। क़ायद-ए-आज़म की शख़्सियत मुझे अपनी ज़िन्दगी के सबसे सुहावने दिनों की याद दिला जाती है, जब हम दोनों साथ-साथ पूरे मुल्क में ख़िलाफ़त मुहिम के दिनों में घूमे थे। उस वक़्त भी

इन संजीदा और पक्के इरादे वाली आँखों से एक लीडर झलकता था।

जिन्ना : मिस्टर गाँधी की जानी-मानी शराफ़त जताती है कि एक मन-माफ़िक याद की ख़ातिर वे इतनी दूर तक जाने को तैयार हैं।

गाँधी : वो कोई आख़िरी मुहिम नहीं थी जिसमें हम साथ-साथ लड़े। यह जानने को मैं बहुत कुछ दे सकता हूँ कि आख़िर मुझसे, या काँग्रेस के मेम्बरों से कहाँ चूक हो गयी, कि हमारे एक इतने पुराने साथी का दिल हमारी तरफ़ खट्टा हो गया।

जिन्ना : मिस्टर गाँधी, अगर आप ये सोचते हैं कि मैं भी दिल के सहारे सियासत करता हूँ तो आपका ख़याल ग़लत है। लीग किसी भी मायने में सियासत में जज़्बाती नहीं हो सकती।

गाँधी : मगर अक़ल्लीयत क़ुदरती तौर पर जज़्बाती होती है। और अकसरीयत को उसका मान रखना ही चाहिए। हम जब काम चलाऊ सरकार क़ायम करने की योजना बनाने लगे तो मैंने नेहरू से कहा—लीग को होम मिनिस्ट्री या प्रधानमन्त्री का पद क्यों न दे दिया जाय!

जिन्ना : अगर मैं यक़ीन कर पाता कि लीग का और काँग्रेस का रास्ता एक ही होगा, तो हमने चाहे जो नाइंसाफ़ियाँ झेली हों, मैं कभी अलग रास्ता चुनने की बात न करता।

गाँधी : ये एक सही बयान है। एक ज़्यादा ऊँचे क़ानून के मायने में जो एक है, उसे कमतर जज़्बात के बहाव में काट कर दो फाँक नहीं किया जा सकता।

जिन्ना : और जो वाक़ई दो ही हैं, उन्हें किसी भी ऊँचे उसूल के नाम पर जबरन एक नहीं किया जा सकता।

गाँधी : फिर भी, इन्सानी क़ौम के सामने यही फ़र्ज़ दरपेश है। उस आलातरीन उसूल को खोजना ही होगा, जिसके तहत छोटे-छोटे बहुत सारे क़ौमी और मज़हबी फ़िरकों के बीच हमवारी क़ायम हो सके—गो कि वो सारे फ़िरक़े ख़ुद अपने इलाक़ों में क़ुदरती तौर पर जायज़ और क़ाबिले-हक़ हैं।

जिन्ना : जब हमें वो उसूल दिखा दिया जायेगा, और वो हमारी हिफ़ाज़त भी करेगा, तो शायद हम ज़िद पर नहीं अड़ेंगे।

गाँधी : वो उसूल कोई और नहीं दिखा सकता। उसे तो हमें ख़ुद अपने बेहतर पहलू में से उभारना होगा।

जिन्ना : लगता है हम लीग वाले अभी तक अपने भीतर के उस बेहतर पहलू को उभारने में कामयाब नहीं हुए। या शायद हम इतनी मुश्किल से हासिल हुई अपनी आज़ादी को किसी तरह की बाज़ीगरी से बरबाद नहीं होने देंगे। (लॉर्ड माउंटबेटन की तरफ़ गर्दन करके) क्योंकि इसके अलावा पूरे मसले की जान ही क्या है? मिस्टर गाँधी अपनी ख़ास मोहिनी के ज़रिये तीस करोड़ हिन्दुओं को तो एक मज़हबी तजुर्बे में घसीट ही चुके हैं या घसीटना चाहते हैं क्योंकि सत्याग्रह...और मेरे ख़याल से सभी यह मानते हैं...दरअसल सियासी नहीं, एक मज़हबी उसूल है।

गाँधी : मज़हबी भी और सियासी भी।

जिन्ना : अगर मान भी लें कि ये कोरी बकवास नहीं है, या कि ये पूरी चीज़ किसी एक शख़्स की जादूगरी पर मुनहसिर नहीं है, तब भी—इसकी कामयाबी तो तभी दिखायी देगी जब ये आदमी के बुनियादी हालात को बदल कर दिखाए। हिन्दू लोगों के मन में तो इस तरह के तजुर्बे का रुझान हमेशा से रहा है, और मिस्टर गाँधी ने बेहद चतुराई से उसका भरपूर फ़ायदा भी उठाया है। और जैसाकि मानता हूँ और देख भी रहा हूँ—अगर इस तजुर्बे का भट्ठा बैठ गया, तो भी हिन्दुओं को मायूसी के एक पाठ के अलावा, ख़ुद-मुख़्तारी तो हासिल हो ही जायेगी। लेकिन अगर हम इस जोख़िम के फेर में पड़ गये—जैसाकि अपने बचपन के बरसों में लीग ने किया भी था, क्योंकि तब बहुत सारे लोग थे जो हमारी सियासत को इसी रास्ते ले जाना चाहते थे—तो हमारा भरम तो टूटेगा ही, उसके साथ-साथ हमारे लिये सिर्फ़ ज़ंजीरें बचेंगी। हम मुस्लिमों के पास ख़ुद अपना दीन-ईमान हैं और निहायत मुकम्मिल और पुरानी

रवायतें, मौजूद हैं। लिहाज़ा ये तो सियासी मुख़्तारी की ही निशानी है कि जिसे आप इण्डिया कहते हैं, उसको हम छोड़ जायँ—क्योंकि ये तो हक़ीक़त की बनिस्बत एक झूठा सपना ज़्यादा है।

लॉर्ड माउंटबेटन : (गाँधीजी से) ये तो ज़ाहिर है मिस्टर गाँधी कि आपकी मौजूदगी से मिस्टर जिन्ना वाक़ई पुरअसर तक़रीर करने लगे। वरना इतने साफ़ ढंग से यह कभी न समझा पाते कि ये दो मुल्क क्यों चाहते हैं, जबकि मिस्टर गाँधी सिर्फ़ एक ही चाहते हैं—और ब्रिटिश भी मानते हैं कि यह एक है।

गाँधी : सिर्फ़ उनकी ही बात नहीं है। अगर लॉर्ड माउंटबेटन एक पाश्चात्य तर्कवादी की बजाय एक ईसाई की तरह विचार करेंगे, तो उनको भी अपने धर्म में इसका कोई न कोई नाम मिल जायेगा।

जिन्ना : ख़ुदा का ख़ौफ़ और शैतान की अक़्ल!

गाँधी : ...वह सब जिसकी तलाश में आधी मानव-जाति उस पखेरू की तरह लगी हुई है, जिसकी आकांक्षा महज़ उड़ने की नहीं, बल्कि ऐसी ऊँची चीज़ की है जो उसके अस्तित्व के सारतत्व के अनुकूल हो। जबकि आधी मानव-जाति उस खोज को बाज़ीगरी मात्र मानकर यह सोच रही है कि नीचे गिरना तय है, लिहाज़ा घिसट-घिसट कर चलना ही अक़्लमन्दी है।

जिन्ना : यह एक और वजह है जिससे हमें ज़रूर अलग-अलग हो ही जाना चाहिए—घिसटती हुई लीग और परवाज़ भरती काँग्रेस!

गाँधी : सवाल ये नहीं है कि लीग और काँग्रेस क्या कर रही हैं—मैं समझता हूँ कि वे तो यूँ भी घिसटने की होड़ में लगी हैं—सवाल है इन्सान के सारतत्व का।—क्या अब भी इन्सान के पास पंख हैं, और क्या उसे मनाया जा सकता है...

जिन्ना : उस जन्नत की तरफ़ उड़ान भरने को, जिसका नक़्शा एक अवतारी पुरुष ने तामीर किया है...

गाँधी : ...कि उसके सामने कितने महान अवसर खुल रहे हैं। मेरा

मतभेद है आपसे—और लीग से तथा काँग्रेस से भी—इस बात में कि ख़ून की मूसलाधार बारिश का जो मंज़र जानबूझ कर खड़ा किया जा रहा है, उसमें भी मुझे इन्सान के पंखों पर यक़ीन है।

जिन्ना : बहरहाल, आप ख़ुद बख़ूबी देख सकते हैं कि ये ग़ैबी फ़लसफ़ा है, और एक अरसा हुआ जब मैं यूनिवर्सिटी में स्टूडेंट था। (उठकर जाने लगते हैं, फिर लौट आते हैं।)

जिन्ना : (लॉर्ड माउंटबेटन से) आपने कहा था कि लीग के नज़रिये में एक लॉजिकल कांट्राडिक्शन है। तो मैं लॉजिक को उसका हक़ देने को तैयार हूँ मगर मक्कारी को नहीं। (जाते हैं।)

लॉर्ड माउंटबेटन : मिस्टर गाँधी, आप समझे इसके क्या मायने हैं?

गाँधी : यह कि इस शख़्स को किसी न किसी वजह से ख़ुद पर ही गहरा शक है।

लॉर्ड माउंटबेटन : कि आपको यूनियन ऑफ़ इण्डिया में चार करोड़ हिन्दू मिल गये। मिस्टर जिन्ना लॉजिक को जो हक़ देने को तैयार हैं, वो है पंजाब और बंगाल का बँटवारा।

गाँधी : मुझे तो उन आठ करोड़ मुसलमान भाइयों से सहानुभूति है जिन्हें वो इस क़ीमत पर अपने साथ ले जा रहे हैं।

लॉर्ड माउंटबेटन : मौजूदा स्थिति में सबसे फ़ायदेमन्द यही समाधान है जिसकी आशा हम कर सकते हैं।

गाँधी : मगर आख़िर बात तो वही है—इण्डिया के दो टुकड़े कर दिये जायेंगे।

लॉर्ड माउंटबेटन : जहाँ तक मैं पटेल के और नेहरू के रवैये को जाँच सका, मुझे लगता है काँग्रेस ऐसे समाधान को स्वीकार कर लेगी।

गाँधी : जब तक मैं जीवित हूँ, मैं इसे कभी स्वीकार नहीं करूँगा।

लॉर्ड माउंटबेटन : मिस्टर गाँधी, मुझे यक़ीन है कि इण्डिया इस वक़्त आपके नहीं, मेरे पीछे है।

गाँधी : लॉर्ड माउंटबेटन, आप अभी इतने युवा हैं कि आपकी शेखी को मैं माफ़ कर सकता हूँ।

दृश्य : सात

[बंगाल के भूतपूर्व प्रधानमन्त्री सुहरावर्दी के घर में एक बड़ा हॉल, बेलियाघाट, कलकत्ता। पीछे मंच पर बालकनी के लिये एक बड़ी खिड़की और दरवाज़ा। दीवार पर चित्रपट तथा क़ुरआन की आयतें। एक कोने में गाँधीजी चरखा लेकर बैठे हैं। पास में प्यारेलाल डाक देख रहे हैं और शॉर्टहैण्ड में नोट्स ले रहे हैं। मनु खिड़की पर खड़ी है और पर्दा हटा कर बाहर देखती है। कलकत्ता शहर की रोशनी और बालकनी की लालटेनों से हॉल में जगमग प्रकाश है। दूर कहीं भीड़ का शोरगुल और घर के पास से रह–रह कर चीख़–पुकार सुन पड़ती है। थोड़ी–थोड़ी देर में रंग–बिरंगे पटाख़े आकाश में चढ़ते हैं।]

गाँधी : नेहरू और काँग्रेस के दूसरे मेम्बर उस दिन शिकवा कर रहे थे कि जेल की ज़िन्दगी बर्दाश्त करना मुश्किल है। मेरे लिये, जोहानेसबर्ग में अपने पहले कारावास से लेकर अब तक, वो वक़्त हमेशा पूर्ण विश्राम का रहा है। अपने ऊपर थोपे गये नियमों की आदत पड़ जाने के बाद, मैं पूरे अनुशासन में रहता था। मैं काम की चीज़ों में व्यस्त हो जाता था और अपने विचारों को व्यवस्थित करता था।

प्यारेलाल : (मुस्कुराकर) अब जब हम आज़ाद हो चुके हैं, हमें ऐसे विश्राम की उम्मीद कम ही होगी।

गाँधी : इसीलिए मैंने मौन दिवस शुरू कर दिये हैं। लोग यह नहीं समझते कि मुझे विश्राम चाहिए, मगर व्रत का मान रखते हैं। ऐसे दिनों में आत्मा दाँतों के सींखचों में अपने स्वनिर्वाचित कारागार में उड़ान भरती रहती है।

प्यारेलाल : मिस्टर फ़िशर ने हाल में जो लिखा है, उससे इस बात का पूरा मेल नहीं बैठता।

गाँधी : हाँ, उन्होंने लिख दिया कि मैं कोई पुरातन कर्मयोगी हूँ जो कभी विश्राम करता ही नहीं है। क्योंकि मुझे निरन्तर गतिविधि चाहिए। कि गाँधी दो–दो अख़बारों का सम्पादन करता है,

खादी आन्दोलन का, भाषा आन्दोलन का, कस्तूरबा संस्थाओं का संचालन करता है। उन्होंने सिर्फ़ चक्र का घूमना देखा, और वह चाबुक नहीं जो कि उसे घुमाता है। अगर संसार में ऐसा असहनीय दैन्य नहीं होता तो मैं भी पालथी मारकर निश्चल बैठ रहता।

प्यारेलाल : कामाकूरा की बुद्ध प्रतिमा की तरह? यह कल्पना दूभर है।

गाँधी : बोध होने तक ही बुद्ध उस तरह बैठे। ज्यों ही उन्होंने देखा कि अपना ज्ञान उन्हें ख़ुद तक समेट कर नहीं रखना है और तमाम लोगों में बाँटना है, तो वे परिव्राजक हो गये।

[शोरगुल बढ़ता है। 'गाँधीजी की जय!' ,'जय हिन्द' के नारे सुन पड़ते हैं।]

मनु : (घूम कर) शहर से और भी बड़े जत्थे आते जा रहे हैं। जो तमाशबीन थे, उनके भीतर उन्होंने जान फूँक दी है।

[गाँधी ख़ामोश रहते हैं।]

प्यारेलाल : आपने उस फ्रांसीसी पत्रकार से जो कहा, उस पर इस ख़त वाले ने एतराज़ जताया है—कि एक भी व्यक्ति को शारीरिक श्रम किये बग़ैर रहने की इजाज़त नहीं हो।

गाँधी : (हँसते हुए) हाँ, है न ये एक प्रतिक्रियावादी विचार! वैसे ही जैसे चरखा। तकनीकी तरक़्क़ी के युग में!

प्यारेलाल : (हँसते हैं) उसे एतराज़ है कि गाँधीजी—जिनकी उच्च नैतिक आचरण की माँग को वह भी सही मानता है—हिन्दू चिन्ताधारा को अपरिहार्य सभ्यता-विकास के ख़िलाफ़ कर देना चाहते हैं। दुनिया यान्त्रिक स्वचालन की ओर बढ़ रही है, और गाँधीजी भारतीय यूनियन के झण्डे में चरखा रखवा रहे हैं।

गाँधी : परमाणु रिएक्टर, या कम से कम डीज़ल मोटर ही ज़्यादा उपयुक्त होती! उन्हें लिख दीजिये कि चरखा तकनीकी विकास को नहीं रोकना चाहता, सिर्फ़ मानवीय आत्मा की प्राथमिकता, सुनिश्चित करने के लिये...

[शोर तेज़ हो रहा है]

मनु : (पुनः घूम कर कहती है) बापू, आप इसे तो देखिये ही। हिन्दू-मुसलमान एक-दूसरे की गरदन से चिपट रहे हैं, और फूलमालाओं से जुड़े हुए वे फेंस के क़रीब नाच रहे हैं।

प्यारेलाल : (उठते हैं और खिड़की पर आते हैं) और बच्चों की तरह, जिन्हें पता है कि आपको अच्छा लगेगा, वे आपका नाम ज़ोर-ज़ोर से पुकार रहे हैं।

[गाँधी चरखा रोक कर, अनिच्छा से बालकनी तक पहुँचते हैं। बहरा कर देने वाले शोर से बचने के लिये वे दरवाज़े को उँगलियों से ज़रा-सा खोलते हैं।]

हिन्दू पत्रकार (बरामदे में आकर फुसफुसाता है) : प्यारेलाल जी!

प्यारेलाल : (गाँधी की तरफ़ दिखा कर) आप फिर आ गये? आपको अन्दर किसने आने दिया?

हिन्दू पत्रकार : मुझे इण्टरव्यू नहीं लेना है।...मुझे मालूम है...महात्माजी का मौन है। मैं समझता हूँ और सम्मान करता हूँ। भारत आनन्द मना रहा है और महात्मा जी ने ख़ामोशी ओढ़ ली है...और ये...प्यारेलाल जी, ये...बस थोड़ी-सी जानकारी और...उन्होंने आज का दिन कैसे बिताया?

प्यारेलाल : उन्होंने खाया कुछ नहीं, सिर्फ़ फल का रस पिया। सुबह छह बजे से तीसरे पहर तक मौन रखा। बाङ्ला का पाठ पूरा किया... नोआखाली में ही यह भाषा सीखना शुरू कर दिया था। कुछेक ख़तों का जवाब लिखवाया, और बहुत सारे पत्रकारों को लौटा दिया।

हिन्दू पत्रकार : सचमुच, बहुत-बहुत शुक्रिया! आपने मुझ पर बड़ी मेहरबानी की है। बाहर जो हो रहा है, उसके ब्यौरे के साथ मेरा सम्पादक ज़रूर सन्तुष्ट होगा। मगर यह बताइये, कहीं वे बीबीसी को तो कोई बयान नहीं दे देंगे? उससे हिन्दुओं की हेठी होगी।

[गाँधी दरवाज़े से लौट कर चरखे के पास जा बैठते हैं। बी.बी.सी. का रिपोर्टर आता है।]

बी.बी.सी. रिपोर्टर : मिस्टर गाँधी, प्लीज़! सिर्फ़ तीन शब्द—बी.बी.सी. के लिये...

गाँधी : (मुँह पर उँगली रखते हुए) वो चुप है। वो अँग्रेज़ी बोलना भूल गया है।

बी.बी.सी. रिपोर्टर : ब्रिटेन में हमारे श्रोता इसे स्वीकार नहीं करेंगे। आज तो आप ही का दिन है। आपकी विजय का दिन। बाहर सब लोग पुकार रहे हैं—'गाँधीजी की जय!' और आप चुप हैं।

गाँधी : आपकी कोशिश फ़िज़ूल है। आप मुझे फुसला नहीं सकेंगे। मैं ये भी नहीं कहूँगा कि ये दिन मेरा दिन नहीं है। अगर बोल रहा हूँ तो सिर्फ़ शिष्टाचारवश; शब्द मुझसे किनारा कर चुके हैं। पत्रकार लोग शायद मेरी नक़ल करें।

बी. बी. सी. रिपोर्टर : बहुत अच्छा। मैं इसका उपयोग करूँगा। (सुहरावर्दी का प्रवेश। रिपोर्टर को देख सिर हिलाते हैं।)

बी. बी. सी. रिपोर्टर : (जाते-जाते सुहरावर्दी की ओर मुड़ता है) सुहरावर्दी साहब, बदक़िस्मती से, आपके हुक्म को चकमा देना बेकार गया। मेहरबानी करके, अपने कारिन्दों में किसी को गुनहगार न ठहराएँ!

सुहरावर्दी : गाँधीजी, माफ़ कीजियेगा। लगता है हमारे कारिन्दे भी भीड़ से चकरा गये। हालाँकि क्या पता, उनकी हथेलियाँ ही आदतन गुनहगार हों—और उनकी मुट्ठी में रखे रुपयों ने उनकी नज़रें पलट दी हों।

गाँधी : आप एक निहायत नफ़ीस मेज़बान हैं, सुहरावर्दी साहब! हम तो मानो किसी ग़ैबी बेड़े में आपकी मेहमान-नवाज़ी पर तैर रहे हैं।

सुहरावर्दी : मुक़द्दर सपने-जैसी चीज़ें गढ़ रहा है। कौन कह सकता था कि महात्मा जी हिन्दुस्तान की आज़ादी का जश्न मेरी छत के नीचे मनायेंगे—और मैं, जो अभी हाल तक बंगाल का

प्रधानमन्त्री था, ख़ुद अपने घर में आपका मेहमान हो रहूँगा...

गाँधी : आप जैसे इन्सान अगर यूनियन के भीतर बेघर होने का एहसास करें, तो इससे बढ़कर दुखदायी दुनिया में कुछ नहीं हो सकता, महज़ इसलिए कि हिन्दुस्तान को एक सेब की तरह दो फाँक काट दिया गया, और उसका बीज भाग—कलकत्ता—हमारे हिस्से में आ गिरा!

सुहरावर्दी : मुक़द्दर की लकीरों में भी अल्लाह के हरूफ़ पढ़ने की कोशिश हमें करनी चाहिए। और अगर सोचने लगें, तो ये समझना कोई मुश्किल नहीं है कि आपको पन्द्रह अगस्त का इन्तज़ार, बेलियाघाट के मेरे इस बँगले में क्यों करना पड़ा...

गाँधी : क्योंकि कलकत्ता हमेशा ही प्रचण्ड लपटों का गढ़ रहा है...

सुहरावर्दी : और मैं जो सबसे ज़्यादा बेहिफ़ाज़त हूँ, आपकी मौजूदगी के चोग़े में महफ़ूज़ हूँ...

गाँधी : (बाहर की तरफ़ इशारा करके) मगर शायद ये चोग़ा उतना ज़रूरी नहीं था। हत्यारे फूलमालाएँ पहने हुए हैं।

सुहरावर्दी : गाँधीजी, ख़ुशी बहुत सफ़ाई कर देती है। आदमी का सैकड़ों बरस का गन्द घण्टे भर में धुल सकता है।

गाँधी : मगर क्यों? क्या इसलिए कि यह इन्सान की फ़ितरत की गहराइयों से उभरी है? मैं त्रिपुरा, नोआखाली, बिहार गया लेकिन अमन-चैन के कुछ थिगड़े ही चस्पाँ कर सका। वाइसराय से, लीग से, काँग्रेस से—सभी से मैंने मशविरा किया, मगर मैं हम सबकी भारत माँ का अंग-भंग नहीं रुकवा सका। और अब ख़ुशी का ये दिन आया है जिसने समूचे उपमहाद्वीप को लबालब कर दिया है। मानो परीकथाओं की गोंद ने परस्पर ऐंठे हुए लोगों को एक-दूसरे से जोड़ दिया है। कल के हत्यारे अब ख़ुद-ब-ख़ुद गले लग रहे हैं और भाईचारा शुरू हो रहा है...

सुहरावर्दी : इन्सान पर आपका इतना गहरा यक़ीन देखकर मैं हमेशा भौचक्का हो जाता हूँ। सूरज की तरह आप अपनी ही बेइन्तिहा अच्छाई की झलक, तमाम इन्सानों की आत्माओं में देख लेते हैं।

गाँधी : केन अपने भाई के ख़िलाफ़ था, मगर उस द्वेष की धुन्ध में भी वही दिव्य तत्व मौजूद था।

[दूर लाउडस्पीकर से अस्पष्ट भर्रायी आवाज़ें]

प्यारेलाल : नयी दिल्ली में काँग्रेस की रात में बैठक।

मनु : (दौड़ती हुई कमरे में आती है।) बापू! जवाहरलाल जी की आवाज़!

सुहरावर्दी : (रेडियो की तरफ़ इशारा करते हैं) इसे चला देते हैं। (सब लोग गाँधी की तरफ़ देखते हैं।)

सुहरावर्दी : मनु जी, नये इण्डियन यूनियन का नागरिक, नये जनमे बच्चे की रुलाई सुनना चाहता है।

[गाँधी हामी में सिर हिलाते हैं। कोने में जा बैठते हैं। हाथों में माथा थामे हैं। सुहरावर्दी रेडिया चालू करते हैं।]

नेहरू की आवाज़ : ये हमारे लिये, पूरे एशिया के लिये, पूरी दुनिया के लिये क़िस्मत वाला दिन है। एक नया तारा उग रहा है, पूरब में आज़ादी का नया तारा। एक नयी उम्मीद पूरी हुई है, एक सपना जो लम्बे अरसे से पल रहा था, आज हक़ीक़त बन रहा है। इस दिन हमारा ध्यान सबसे पहले जाता है हमारी आज़ादी के निर्माता की ओर, हमारे राष्ट्र के पिता की ओर, जिन्होंने भारत की प्राचीन आत्मा के अवतार के रूप में आज़ादी की मशाल उठाए रखी और हमारे चारों तरफ़ स्वर्ग जगमगा उठा। कई बार हम लोग उनके नालायक अनुयायी साबित हुए हैं...(गाँधीजी उठ जाते हैं। प्यारेलाल रेडियो बन्द कर देते हैं)

गाँधी : सुहरावर्दी साहब, पल भर पहले मैं उसी बात पर विचार कर रहा था जो आपने कही है। कि आपने ख़ुद को ख़ुद अपने घर में मेहमान-जैसा महसूस किया। आपको क्या लगता है—आज के दिन कितने-कितने करोड़ लोग इसी तरह बेघर हो गये होंगे! दोनों पंजाब में, बंगाल में, नयी दिल्ली से हैदराबाद तक, पूरे इण्डियन यूनियन में! पाँच, दस, बीस? मुझे गिनती

ठीक से नहीं आयी। लेकिन मेरे लिये तो एक अकेली इकाई भी—वो चाहे सौन्दर्य की हो चाहे विकरालता की—करोड़ों के बराबर है। मगर आज इस हर्ष-उल्लास के परे, हमने जो किया है—जब मुझे उन लाखों-हज़ारों उखड़े हुए दिलों का ख़याल आता है—उस पर चक्कर आ रहा है।

[प्रथम खण्ड समाप्त]

२

द्वितीय खण्ड

दृश्य : आठ

[वही हॉल। पन्द्रह दिन बाद। रात हो चुकी है मगर चमचम प्रकाश नहीं है। मंच पर नीम-अँधेरा। एक बड़ी नदी की घरघराहट, जिससे बालकनी पर एक बड़े महानगर का एहसास होता है। सफ़ेद गाउन पहने मनु बालकनी की सीढ़ियों पर बैठी है, हाथों से अपने घुटने थामे हुए है। गाँधीजी एक खाट पर से उठ कर, रात की तैयारी करते, अपने दाँत धो रहे हैं। उन दोनों के बीच चाँदनी की एक पट्टी है जिससे मंच प्रकाशित है।]

मनु : और क्या उन्होंने कभी बग़ावत नहीं की?

गाँधी : एक बार की थी। लेकिन उसके बारे में पहले भी एक बार तुम्हें बता चुका हूँ। (कुल्ला करते हैं।) उन दिनों हम जोहानेसबर्ग में एक तरह से आधे यूरोपियन ढंग से रहते थे। मेरे कार्यकलापों से उस घर में तब तक कई अजीबोग़रीब बाशिन्दे आ बसे थे। उन दिनों कमरों में फ़्लश सिस्टम नहीं था, इसलिए हम हरेक कमरे में बाल्टी रख देते थे। लेकिन मैंने कह रखा था कि सफ़ाई करने कोई भंगी नहीं आयेगा। ख़ुद मैं या कस्तूरबा या दोनों बड़े लड़के उन्हें ख़ाली करते थे। कस्तूरबा को यह बात समझ में नहीं आती थी। आख़िर मैं पाँच हज़ार पाउंड सालाना कमा रहा था। और जब कस्तूरबा को एक एजेन्ट के कमरे की, जो ईसाई था मगर अछूत भी था, मैले से भरी बाल्टी ख़ाली करनी पड़ी तो वह बिफर पड़ीं।

मनु : दादी ? क्या बोलीं वे ?

गाँधी : कि इससे तो अच्छा है कि वो घर ही छोड़ जायँ!

मनु : और दादाजी ?

गाँधी : मैंने उनकी बाँह पकड़ी, घर के सामने बाहर ले गया, और बोला—फौरन चली जाओ!

मनु : मैं तो इसकी कल्पना भी नहीं कर सकती।

गाँधी : उन दिनों मैं ऐसा ही था। ज़ाहिर है, वो बेचारी रो पड़ीं। "तुम अच्छी तरह जानते हो कि इस देश में मेरा कोई भी नहीं है। और तुम मुझे निर्दय हो कर सड़क पर फेंक दोगे।" वैसे उनके बिल्ली जैसे पंजे भी थे उन दिनों। (बाहर आवाज़ें) क्या किसी के चीख़ने की आवाज़ आ रही है ?

मनु : नशेड़ी ही होंगे।

गाँधी : मुझे ये शहर नहीं सुहाता। ये एक बिल्ले जैसा है। इसकी घुरघुर के पीछे लगता है हम पर बस हमला करने ही वाला है।

मनु : मुझे तो दादी का उस आज्ञाकारी मगर तटस्थ-सी मुसकान के साथ, हमारे बीच अपने कर्तव्य पूरे करते रहना अच्छी तरह याद है।

गाँधी : कस्तूरबा ? हाँ। कस्तूरबा फ़ाउंडेशन पर उस अनपढ़ औरत का नाम यों ही तो नहीं है। वो आजीवन अनपढ़ रहीं। हमारे वैवाहिक जीवन ने उन्हें सचमुच साध्वी बना दिया। मेरी तरह नहीं, जिसको केवल पश्चिम के ही कुछ छैल-छबीले लोग साधु पुरुष मानते हैं।

मनु : साधु पुरुष कौन होता है बापू ?

गाँधी : साधु पुरुष वह है जिसे जीवन में किसी भी चीज़ का मोह नहीं होता, और जो दूसरों के भले के लिये सब कुछ करता रहता है।

मनु : लेकिन क्या उनको कोई मोह नहीं था ? दादा का भी नहीं ?

गाँधी : अगर वो किसी चीज़ पर मोह करतीं तो मैं अपने अविराम स्थान-परिवर्तनों से, फौरन उसे झटक देता, जैसे मकड़ी के जाले को झाड़ू हटा देती है। वे बस वही कर पाती थीं जो मैं

और आश्रम उन्हें करने देते।

मनु : और वे उससे ख़ुश रहती थीं?

गाँधी : ख़ुशी, नाख़ुशी...ये शब्द मोहमाया के हैं। साधुता में ऐसी कोई श्रेणी नहीं होती।

[अधिक ज़ोर का शोर जिसमें अलग-अलग चीख़-पुकार]

गाँधी : शादी की दावत हो चुकी। अभी पखवाड़े-भर पहले फेंस के पास वे नाच-गा रहे थे। और आज प्यारेलाल शहर में गड़बड़ी की ख़बर लेकर आये हैं। एक मुस्लिम दुकानदार को पीटा गया, उसकी दुकान लूट ली गयी।...ख़ैर, चलो, सो जायँ। तुम भी (मनु पर्दा गिराती है और कमरे के दूसरे भाग में खाट पर जा लेटती है। इसी समय घर के दूसरे हिस्से में दरवाज़ा पीटने की आवाज़ आती है। ज़ोर-ज़ोर से। कमरे में मिट्टी का एक ढेला आ गिरता है।)

गाँधी : (उछल पड़ते हैं) वो क्या था?

[बाहर बरामदे से चीख़-पुकार और झड़प का शोर। गाँधीजी के उठने से पहले ही एक माई बरामदे से दौड़ती आ जाती है और उनके पैरों के पास आ गिरती है।]

माई : महात्मा जी, अल्लाह को या फिर फ़रिश्तों को पुकारो। वरना हम सब ख़त्म हो जायेंगे।

गाँधी : मेरे तो कोई फ़रिश्ते नहीं हैं। मगर बताओ तो सही कि हुआ क्या?

माई : वो लोग कोई मुर्दा उठा लाये हैं। कहते हैं उसको किसी ने छुरा घोंपा था।

गाँधी : क्या वो इसीलिए दरवाज़ा खटखटा रहे हैं?

माई : वो उसे भीतर लाकर आपको दिखाना चाहते हैं।

मनु : मगर कौन?

माई : मुझको नहीं मालूम। गन्दे लोग, गुण्डे! हमें आप अपनी छाँह में रहने दीजिये!

[शोर बढ़ जाता है। प्यारेलाल आधे कपड़े पहने ही आ जाते हैं।]

प्यारेलाल : गुण्डों का गिरोह जबरन घर में घुस आया है। अपने साथ वे किसी को लाये हैं और कहते हैं कि किसी मुसलमान ने उसको छुरा घोंप दिया है।

गाँधी : मुझे भी यही लग रहा था...और वे उसे मुझको दिखाना चाहते हैं?

[शोर और क़रीब आता है।]

एक आवाज़ : हाँ हाँ! आओ—मुसलमानों के रखवाले, इसे देखो! हमारे अपने देश में वो हमसे क्या सुलूक कर रहे हैं।

[गाँधीजी शोर की तरफ़ बढ़ते हैं, प्यारेलाल उनके पीछे-पीछे]

गाँधी : (मनु से, जो उनके साथ आना चाहती है) तुम यहीं रुको! (वह प्यारेलाल के साथ आगे बढ़ने लगते हैं।)

माई : अरे! कुरान की वो थोड़ी-सी आयतें भी मेरी खोपड़ी से निकल गयीं।

गाँधी : (चिल्ला कर) ये सब क्या है? किसी अजनबी घर में आधी रात गये जबरन घुसपैठ?

माई : कितने ज़ोर से बोलते हैं! और देखो तो, कितने-से हैं! उनके भीतर का फ़रिश्ता दहाड़ा है। अब तो मुझमें भी दम आ गया। (सीढ़ी पर जाकर बाहर झाँकती है। फिर वापस दौड़ आती है।) उन्होंने लाश पटक दी है और कुछ बता रहे हैं। मगर वो लोग भी अब कुछ डर से गये हैं।

गाँधी की आवाज़ : फौरन घर से निकलो! हम सुबह जाँच करेंगे।

एक आवाज़ : नहीं, ऐसा नहीं हो सकता महात्मा जी! हम सुबह तक बैठे नहीं रहेंगे।

एक और आवाज़ : महात्मा जी, एक मुस्लिम के घर में आपका क्या काम है? क्या इसीलिए कि वो हम पर और भी बढ़-चढ़ कर हमला करते जायँ?

माई : (बाहर से वापस कमरे में आकर) या अल्लाह! सुहरावर्दी साहब और घर के बाक़ी लोग महात्मा जी के आगे आकर खड़े हो गये हैं। (चीख़ती है—अल्ला हु अकबर! और घर के भीतर भाग जाती है। मनु उसका हाथ थामती है)

माई : पता नहीं क्या था। उन्होंने उनके ऊपर एक लाठी फेंककर मारी। (मनु बाहर दौड़ती है)

[इसी वक़्त सड़क पर ज़ोर-ज़ोर से हूटिंग सुन पड़ती है।]

माई : (अब अकेली है) ये क्या है? अल्लाह ने अपने फ़रिश्ते भेज दिये? देखूँ क्या? या कहीं छिप रहूँ? (लौटी हुई मनु से पूछती है।) क्या हुआ है?

मनु : (शॉल लपेटते हुए) उनका निशाना नहीं लग पाया।

माई : मगर वो सीटियाँ? आपने सुनी नहीं?

मनु : पुलिस की ही होंगी। किसी ने इत्तिला दे दी है।

पुलिस कमिश्नर : (गाँधीजी को लाते हुए) ये आपका कमरा है, गाँधीजी? कृपा करके यहीं रहिए। तब तक हम भीड़ को तितर-बितर कर देते हैं। (मनु की तरफ़ झुक कर) आँसू गैस से एक मिनिट में सब ठीक हो जायेगा।

बाहर से चीख़-भरी आवाज़ : गैस! वो हमें ज़हर दे रहे हैं। चलो, बग़ीचे से होकर भाग निकलें।

[गाँधी निश्शब्द अपनी खाट पर बैठ जाते हैं। मनु उन्हें चुपचाप ताकती है। बाहर भीड़ छँटने की आवाज़ें।]

सुहरावर्दी : (संयत स्वर में) वो लोग घर से निकल गये। पुलिस बिलकुल ठीक समय आ पहुँची।

गाँधी : लगता है कि आज़ाद हिन्दुस्तान में अब मेरी हिफ़ाज़त पुलिस को करनी होगी।

सुहरावर्दी : टेलीफ़ोन की लाइन काटने की कोशिश की थी, मगर मेरे सेक्रेटरी ने होश नहीं खोया। पुलिस को वक़्त पर ख़बर कर दी।

गाँधी : सुहरावर्दी साहेब, आप सभी का बर्ताव शानदार था।

सुहरावर्दी : मेरा ख़याल है, वो आपको बस अपना दबदबा दिखा रहे थे। लेकिन अगर वैसी ही बात होती, तो आप जैसे मेहमान की हिफ़ाज़त में अपनी जान देना फ़ख्र की बात होती।

गाँधी : हालाँकि आपकी क़द्दावर पीठ के पीछे दुबका मेहमान ख़ुद बड़ा बेचारा नज़र आया होगा। कोई पैराशूट न खुले तो त्रासद होगा, मगर अगर कोई नैतिक पैराशूट बन्द पड़ा रहे जिस पर बैठकर भीड़ के सिर से तैरते जाना था, तो हास्यास्पद होगा। नोआखाली वालों से मैंने कहा था—हिम्मत दिखाओ तो गुण्डे भी सहम जाते हैं।

सुहरावर्दी : बहरहाल, ये गुण्डे नहीं थे। ये दंगे भड़काने पर आमादा लोग थे।

प्यारेलाल : उस लाश को वो उठा ले गये, वह अकारण नहीं। कहते थे छुरा घोंपा है, पर उसके शरीर से एक क़तरा ख़ून भी नहीं निकला।

सुहरावर्दी : कोई भी मुसलमान अब ऐसा बौराया हुआ नहीं है कि छुरा घोंपता फिरे।

गाँधी : फिर भी यह एक नया तज़ुर्बा था : बौरायी भीड़ का सामना इस क़दर शर्मिन्दगी से करना! बिलकुल उसी तरह, जब मैंने डर्बन में वकालत शुरू ही की थी, और भीड़ मुझ पर पत्थर बरसा रही थी...

सुहरावर्दी : मगर गाँधीजी, आपने तो इस बार भी जब वे आपके ऊपर लाठी फेंक रहे थे, ऐसी हरकत की थी जिसे मैं कभी भूल नहीं सकूँगा।

गाँधी : मैंने ?

सुहरावर्दी : आप सिर हिला कर उन्हें बरज रहे थे।

पुलिस कमिश्नर : (आकर सलाम बजाता है) हमने घर और आसपास की जगह ख़ाली करा दी है। पड़ोस की सड़कों पर घर के चारों तरफ़ गार्ड तैनात कर दिये हैं। अगर कुछ हुआ तो पुलिस की दो कारें तैयार खड़ी हैं।

गाँधी : आपका शुक्रिया! पुलिस कमिश्नर के तौर पर आपने पुलिस का कर्तव्य शानदार ढंग से पूरा किया है। (उससे हाथ मिलाते हैं।) अब बतौर गाँधी, मुझे ही वह करना है जो कि मुझे करना चाहिए।

पुलिस कमिश्नर : सुहरावर्दी साहब, एक मिनिट, प्लीज़।

[सुहरावर्दी उसके साथ चले जाते हैं।]

प्यारेलाल : ये लाश कोई लाशों के समुद्र से नहीं निकली थी। अकेली एक घटना को बड़े पैमाने की घटना नहीं मान लेना चाहिए।

गाँधी : क्या पता! पलीता जल रहा है और देश बारूद का ढेर बन चुका है। फिर भी, हमें जल्दबाज़ी में नतीजा नहीं निकालना है।

प्यारेलाल : सुबह हम कुछ ज़्यादा साफ़ देख पायेंगे। पौ फटते ही मैं पता करूँगा कि ऐसी घटनायें कहीं और भी हुई हैं क्या?

गाँधी : किसी चमत्कार की प्रत्याशा से मेरा ख़ुद को भरमाना बेकार था। देश के बँटवारे ने आग की ढेरियाँ दसियों गुना बढ़ा दी हैं। चार करोड़ बेघर लोग प्रतिशोध लेने और लूटपाट के लिये उतावले हैं। ऐसे में ऐसी एक लाश काफ़ी है, और चारों तरफ़ अफ़वाह है कि हिन्दुओं का क़त्ल हो रहा है। जो लोग अपने पड़ोसी की बेटी की शर्म या किसी दुकान को लुटता देख चुके हैं, वे बदला लेने के नाम पर पाप कर बैठते हैं। क्रिया-प्रतिक्रिया की सचमुच एक चेन बन गयी है! और इसके बरक्स क्या किया जा सकता है?

प्यारेलाल : सुबह के उजाले में शायद हम ख़ुद को इतना बेसहारा महसूस नहीं करेंगे।

गाँधी : अगर मैंने ख़ुद को नपुंसक महसूस किया तो समझो ख़ात्मा ही है।

प्यारेलाल : अब आख़िर स्टेट की पूरी की पूरी ताक़त...

गाँधी : स्टेट की ताक़त? वह तो ख़ात्मे का भी ख़ात्मा होगा, अगर हम उससे चिपटे। वो लाठी, भले ही मेरा सिर फोड़ने के लिये

न चली हो, मगर वह हिंसा की चुनौती थी। हमें जवाब उसका देना है।

प्यारेलाल : आप क्या करना चाहते हैं?

मनु : (सामने आ जाती है, मानो गाँधीजी को उन्हीं के निर्णय के ख़िलाफ़ आगाह करने के लिये) बापू!

गाँधी : मेरा आख़िरी और सबसे बड़ा हथियार!

प्यारेलाल : क्या आप अनशन करेंगे?

गाँधी : कल सुबह नौ बजे मैं उपवास शुरू कर दूँगा और जब तक पूरे बंगाल में भाई-भाई की हत्या का ये सिलसिला ग़ायब नहीं हो जाता, तब तक उपवास नहीं तोड़ूँगा।

मनु : आमरण उपवास?

प्यारेलाल : आप अपना जीवन असम्भाव्य से बाँध रहे हैं।

गाँधी : जो दूसरे लोगों को असम्भव जान पड़ता था, मैं हमेशा उसी से ख़ुद को बाँधता आया हूँ। (मनु से, बिलकुल अलग अन्दाज़ और लहज़े में) अब जब मैं अपनी बात कह चुका तो ख़ुद अपने साथ मेरा तालमेल बैठ गया है।

दृश्य : नौ

[अँधियारे मंच पर कब्जों के सहारे शीशे के दरवाज़े रखे जा रहे हैं। अब हम एक रेलवे स्टेशन पर हैं। अभिनेता उस दरवाज़े से होकर गाँधीजी की खाट लेकर स्टेशन के बरामदे की ओर जा रहे हैं। पिछले दृश्य में ही दीवारों के पटचित्र हटाये जा चुके हैं। एक आदमी और उसकी पत्नी एक बेंच ले आते हैं और उस पर गुड़ी-मुड़ी बैठ जाते हैं। नयी दिल्ली रेलवे स्टेशन का यह एक छोटा-सा, दूरस्थ वेटिंग रूम है।]

माँ : (अपनी बेटी के साथ बरामदे से आकर दरवाज़ा खोलती है।) यहाँ तो कोई भी नहीं है और अँधेरा-सा है।

बेटी : आपने टिकट ले ली?

माँ : टिकट की चिन्ता मत करो...बस उस गठरी के पीछे छिपी

बैठी रहो...कैसा ख़ौफ़ है! डर के मारे आँसू तक बर्फ़ हो रहे हैं। हम अपने मरने वालों के लिये रो तक नहीं सकते।

स्त्री यात्री : (बेंच पर बैठी है, वहीं से) आप नयी दिल्ली की हैं?

बेटी : (अपनी माँ से) कोई है यहाँ। (थोड़ी देर बाद) आपने मुझसे कुछ पूछा?

स्त्री यात्री : मैंने कहा, आप दिल्ली की हैं?

[वे जवाब नहीं देतीं]

पुरुष यात्री : इस शहर में क्या हुआ है? एक ज़माने की हसीन दिल्ली आज पहचानी नहीं जाती। सौदागर हूँ, सो कितनी ही बार आया हूँ, और स्टेशन लोगों से और कहकहों से भरा रहता था।

माँ : साहब, मुझे ख़ुद नहीं मालूम। मुझे तो एक रेल पकड़नी है। क्या आप यहाँ के नहीं हैं?

पुरुष यात्री : नहीं, हम सोडनपुर के हैं, कलकत्ता के पास के। हम अहमदाबाद जाने के लिये गाड़ी का रस्ता देख रहे हैं।

स्त्री यात्री : अपनी छोटी बहन की शादी में हमें जाना है।

माँ : अच्छी बात है।

पुरुष यात्री : ऐसा लगता है यहाँ भी वही शुरू हो रहा है जो कलकत्ता में हुआ था।

माँ : कलकत्ता में?

स्त्री यात्री : आपने सुना नहीं कलकत्ता में क्या हुआ था?

माँ : हमें तो दिल्ली में क्या हुआ यह भी पता नहीं।

स्त्री यात्री : महात्मा?

माँ : गाँधीजी? क्या उनको मार डाला?

पुरुष यात्री : अरे नहीं। बिलकुल नहीं। तुमको तो यहाँ कुछ भी पता नहीं।

स्त्री यात्री : क्या आपने अनशन की बात नहीं सुनी? अख़बार में तो कोई और ख़बर ही नहीं है।

माँ : हाँ, कुछ-कुछ याद तो आती है।

स्त्री यात्री : यहाँ जो हुआ, वहाँ भी वही होने लगा था। एक गिरोह उनके

घर में घुस गया और बोला गाँधीजी, मुसलमानों की तरफ़दारी मत करो। आपको इसका बुरा अंजाम भुगतना पड़ेगा। और उन्होंने जवाब दिया : मैं शान्ति का तरफ़दार हूँ। और फिर एलान कर दिया जब तक कलकत्ता में अमन नहीं होगा, मैं मुँह में एक कौर भी नहीं लूँगा, सिवाय थोड़े-से नीम्बू के रस के। भले ही मर जाऊँ।

माँ : वो भगवान के भक्त हैं।

स्त्री यात्री : (सन्देह से) क्या आप मुस्लिम नहीं हैं?

माँ : नहीं। मगर उनको भूखा रखकर मरने तो नहीं दिया है ना?

स्त्री यात्री : नहीं, क़तई नहीं। समूचा शहर उनसे मिन्नत करने पहुँच गया। जनता ने, अधिकारियों ने, यहाँ तक कि महासभा और आर.एस.एस. वालों तक ने—सबने क़समें खाईं। आपको पता है आर.एस.एस. वाले कौन हैं?

माँ : जानती हूँ, जानना स्वाभाविक है।

स्त्री यात्री : सबसे टेढ़े वही हैं। लेकिन उन तक ने कहा कि कलकत्ता की आत्मा पर गाँधी की मृत्यु का कलंक नहीं लगने देंगे। भले ही हमें वादा करना पड़े कि हम उन बदमाश मुसलमानों का बाल भी बाँका नहीं होने देंगे।

माँ : वो महान आत्मा सौ-सौ शरीर क्यों नहीं धारण कर लेती?

[तभी रेल की पटरी की तरफ़ से एक रेलवेमैन के साथ आर.एस.एस. का आदमी आ जाता है।]

आर.एस.एस. वाला : उन्हें रेल में बैठने नहीं देना है। जो ज़िन्दा बचें, पैदल ही जायँ। जैसे हमारे लोग करांची से चलकर आये। हारी-बीमारी वालों को भैंसागाड़ी मिल जाय तो वे क़िस्मत वाले होंगे। मैंने देखा था एक आदमी अपनी गर्दन पर अपने बूढ़े रिश्तेदार को टाँग कर, बहावलपुर से चलकर आया था। (सोडनपुर के दम्पति पर टॉर्च की लाइट फेंकता है।) उधर वो कौन लोग हैं?

पुरुष यात्री : हम मुसाफ़िर हैं जी! कलकत्ता के, भगवान के भक्त, व्यापारी।

हमें अहमदाबाद वाली गाड़ी का इन्तज़ार है।

आर.एस.एस. वाला : कलकत्ता से? मैंने सुना है कि नकेल डाल कर तुम्हें अच्छा सबक सिखा दिया गया है। सुना है कि अपने मुसलमान भाइयों को ख़ुश करने के लिये तुम लोग गोमांस तक खाने को तैयार थे! ज़रा तुम उनसे हमारी सुलह कराओ—करांची के शरणार्थियों से! जिसने अपनी आँखों के आगे अपनी बच्ची से बलात्कार होते देखा था।

रेलवेमैन : दफ़्तर में कह रहे थे वो कलकत्ता से चल चुके हैं।

आर.एस.एस. वाला : और ये कि वो पंजाब के रास्ते में हैं। ज़रा वहाँ जाकर तो देखें। उनका मन अगर वो पलट पाएँ, तो मैं ख़ुद उनके पैर छू लूँगा। लेकिन वहाँ जाने से पहले वो सौ बार सोचेंगे। ख़ैर, चलो, शहर चलते हैं। ज़रा क़साई का काम भी कर लें।

[जाता है।]

यात्री स्त्री : सुना तुमने? कैसे बोल रहा था उनके बारे में। मुआ! और कहता था कि क़साई का काम करेगा।

यात्री पुरुष : लोग-बाग़ बदहवास हैं। तुमने सुना नहीं, उन कम्बख़्त गाय खाने वालों ने पंजाबियों के साथ क्या-क्या किया?

रेलवेमैन : मुझे मालूम है। लाहौर से दिल्ली तक, पूरा रास्ता डेढ़ सौ मील लम्बा कारवाँ बना हुआ है।

[पाँच-छह लोगों का जत्था वेटिंग रूम में घुसता है।]

जत्थे का नेता : (रेलवेमैन से) क्या वो आ गये?

रेलवेमैन : कौन?

जत्थे का नेता : अरे वही। रेडियो ने एलान किया कि वो कलकत्ता से चल पड़े हैं, और यहाँ लगभग पाँच बजे पहुँच जायेंगे।

रेलवेमैन : १०२० कलकत्ता गाड़ी। अगर समय पर आयी। (कुछ अफ़सराना अन्दाज़ में अपनी हाथ घड़ी देखता है) पन्द्रह मिनट में आ जाना चाहिए। (मज़ाक़-सा उड़ाते हुए) आप लोग शायद उनका स्वागत करेंगे?

पहला शरणार्थी : स्वागत नहीं, आगाह करेंगे।

दूसरा शरणार्थी : लाउडस्पीकर ने एलान किया है कि ट्रेन तुरन्त करांची रवाना हो जायेगी।

तीसरा शरणार्थी : अभी तो उनका भी वहाँ जाना ठीक नहीं होगा।

रेलवेमैन : आप रिफ़्यूजी हैं?

जत्थे का नेता : हाँ, हम सिन्ध से हैं। महात्मा जी ने तय किया है कि बंगाल के बाद अब वो पंजाबियों के ख़िलाफ़ अनशन करेंगे, इसलिए हम कुरुक्षेत्र के नये कैम्प से उन्हें ख़बर देने आये हैं।

पहला शरणार्थी : अगर वो हर क़ीमत पर अपनी जान जोख़िम में डालना चाहते हैं, और अगर भगवान ने पाकिस्तानियों को सलटा लिया—जिसका भरोसा मुझे नहीं है—तब भी, उन सबका सफ़ाया तो होना ही चाहिए जो भड़काने वाले...

चौथा शरणार्थी : (टोक कर) वो शैतान! अली ख़ान।

तीसरा शरणार्थी : हमें वापस भेजने की इतनी ज़हमत न करें वे! चाहो तो किसी चीते को पुचकार कर नर्स बना सकते हो, मगर हमें लौट कर फिर से उन मुए मुसल्लों के साथ रहने को राज़ी करना नामुमकिन है।

दूसरा शरणार्थी : ऐसा है तो बेहतर हो कि वो सरकार को हुक्म दे दें—इधर मुसलमानों की हिफ़ाज़त बन्द करे और उनको फ्रंटियर की तरफ़ रवाना करा दें।

चौथा शरणार्थी : क्योंकि ये तो अधर्म है—हमें अपने तम्बुओं में कम्बल नहीं मिलते, हमें उनके बग़ैर रहना पड़ रहा है, और इधर हिन्दुस्तान में इन्हीं मुसल्ले कुत्तों को रेशमी ग़लीचों पर गरम-गुदाज़ रखा जा रहा है।

[एक रेल अधिकारी दो सिपाहियों के साथ आता है।]

रेल अधिकारी : अब ये वेटिंग रूम ख़ाली होना चाहिए।

पहला सिपाही : हाँ, ये उनके लिए भी अच्छा रहेगा।

[अफ़सर बरामदे की तरफ़ बढ़ जाता है।]

दूसरा सिपाही : सुना नहीं? वेटिंग रूम ख़ाली करना है।

पुरुष यात्री : आप क्या ख़ाली करा रहे हैं? ये तो प्रतीक्षा घर ही है।

दूसरा सिपाही : अरे अब यहाँ सरकार के मन्त्री लोग प्रतीक्षा करेंगे, तुम लोग नहीं।

जत्थे का नेता : सुना तुमने? सरकार के मन्त्री लोग! (दूसरे सिपाही से) मन्त्रियों की तरह हमें भी उन्हीं का इन्तज़ार है।

दूसरा सिपाही : (उन्हें खदेड़ता हुआ) तुम बाहर इन्तज़ार करो।

[माँ-बेटी के अलावा सब निकाल दिये जाते हैं। बेटी गठरी के पीछे छिपी हुई है। एक रेल अधिकारी पटेल, राजाजी, कृपालानी...आदि को लेकर आता है बरामदे की तरफ़ से।]

रेल अधिकारी : ज़्यादा देर नहीं है। आगरा से सिग्नल हो चुका है।

पटेल : कैसे भला! गाँधीजी कभी भी चार-पाँच घण्टे से कम की देरी किये बग़ैर कहीं नहीं पहुँचते। हम जब मद्रास गये थे, वहाँ हरेक स्टेशन पर लोगों को हड़का कर भगाना पड़ता था। बन्दरों की तरह वे उनकी बोगी के ऊपर रेंगते रहते थे।

राजाजी : हो सकता है उधर भी लोग कुछ दूसरे कामों में लग गये हों।

कृपालानी : नेहरू कहाँ हैं?

पटेल : किसी को पता नहीं। लॉर्ड माउंटबेटन के बुलावे पर उनसे मिलने गये थे। वाइसराय लॉज के बाहर खड़ी टैक्सी में कूद कर जा बैठे, वहाँ ड्राइवर नहीं था, और चिल्ला कर कह गये कि वो ख़ुद टैक्सी वापस पहुँचा देंगे।

राजाजी : ऐसा वही कर सकते हैं। हमारे नेता लोग अक्खड़पन में एक दूसरे को मात कर रहे हैं। गाँधीजी चले पंजाब, और ये जनाब मुसलमान की हत्या रोकने को, या फिर किसी आर.एस.एस. बैठक पर निगाह रखने को चल पड़े।

कृपालानी : लेकिन क्या हम गाँधीजी को पंजाब में क़दम रखने दें? और किसी पागल फ़सादी की तलवार का मुक़ाबला करने को छोड़ दें?

पटेल : मनाही से उनके मन में बरख़िलाफ़ प्रतिक्रिया होती रही है।

कलकत्ता की इस महान विजय के बाद वे सोचने लगे हैं कि कुछ भी कर दिखा सकते हैं...जो कि वे सचमुच कर दिखाते हैं।

कृपालानी : यहाँ तक कि जो असम्भव हो!

राजाजी : बिलकुल...असम्भव ही तो!...हमें उन्हें समझाना पड़ेगा कि दरअसल उनकी ज़रूरत यहाँ है।

पटेल : जो कि वास्तव में है भी! चमत्कार हो जाय तो बात और है, वरना सरकार लगाम नहीं रख पायेगी। शहर में रिफ़्यूजी के रेले पर रेले चले आ रहे हैं, और उनकी कहानियाँ सुनकर हर कोई भड़क उठता है।

राजाजी : आर.एस.एस. ने एलान किया है कि सारे मुसलमान देशद्रोही हैं और उनसे वैसा ही सुलूक होना चाहिए।

कृपालानी : आज दिल्ली का जो नज़ारा है—एक मुर्दार शहर का—शायद उन्हें यहीं रोक रखे। (दबी आवाज़ में) बशर्ते कि पंजाब उन्हें ज़्यादा लुभावना ना लगे! बिहार में जब उनसे पूछा गया—यहाँ की बजाय आप पहले पंजाब क्यों नहीं गये? तो उन्होंने जवाब दिया था—मैंने ऐसा तो कभी दावा नहीं किया कि मैं हर जगह सेवा करने में समर्थ हूँ। मगर अब, जब उन्होंने पंजाब जाना तय कर लिया है...

राजाजी : कोई ग़ैबी ताक़त होगी जो उन्हें ऐसे किसी मंज़र पर उत्फुल्लता से भर देती है।

कृपालानी : या किसी उत्फुल्ल हताशा से!

रेल अधिकारी : (बाहर से पुकारता हुआ) महामहिम! ट्रेन! (मन्त्री जाते हैं। दोनों सिपाही उन्हें ताकते हैं।)

स्त्री : मेरा आदमी, मेरा बेटा, उन्होंने दोनों को मार डाला। मेरी बड़ी लड़की को भी...पता नहीं...

पहला सिपाही : (वेटिंग रूम के अन्दर झाँकने को मुड़ता है।) अरे यहाँ, कौन है यहाँ? (औरत पर झपटता है।)

स्त्री : मेरे आदमी को, मेरे बेटे को, दोनों को मार दिया। मेरी बड़ी बेटी—पता नहीं कहाँ है? तुम तो क़ानून के रखवाले हो। मुझे

महात्माजी के चरण छू लेने दो।

पहला सिपाही : क़ानून का रखवाला हूँ, गन्दे मुसलमानों को छिपानेवाला नहीं।

दूसरा सिपाही : इस वेटिंग रूम को रिज़र्व करा देना चाहिए।

स्त्री : वो आपसे नाराज़ नहीं होंगे। वो तो दया की मूर्ति हैं।

पहला सिपाही : चलो निकलो यहाँ से!

स्त्री : हत्यारों के सामने जाने को? कम से कम मेरी बेटी को यहीं रहने दो!

पहला सिपाही : डरो मत। उसको कोई नहीं मारेगा। (ठहाका लगाते हुए उसे बरामदे की तरफ़ धकेल देता है।) दफ़ा हो! स्टेशन पर दिखायी मत देना!

दूसरा सिपाही : कहते हैं कलकत्ता में सिपाहियों ने भी अनशन रख लिया था उनके साथ।

पहला सिपाही : बकवास!

दूसरा सिपाही : मगर हुआ यही था। पूरे दिन भर। अँग्रेज़ फ़ौजी तक। उनके अनशन से वो इस क़दर हिल गये थे!

पहला सिपाही : होगा। लेकिन इधर उनके लिये कोई भी फ़ाका नहीं करेगा। (गाँधी, पटेल, राजाजी, कृपालानी प्लेटफ़ॉर्म पर आते हैं। उनके पीछे-पीछे वेटिंग रूम में आने को आतुर भीड़ को पुलिस के सिपाही वापस ठेल देते हैं। उनमें कुछ रिफ़्यूजी भी हैं। पूरे दृश्य में खिड़कियों के पास से गर्जन-तर्जन करती आवाज़ें और चेहरे गुज़रते रहते हैं।)

गाँधी : (मानो सदमा लगा हो) दिल्ली! जहाँ काँग्रेस अपनी मीटिंगें करती है। पूरे मन्त्रिमण्डल की आँखों के सामने!

पटेल : शहर की क़िलाबन्दी करके रिफ़्यूजी लोगों को शिविरों में रखने से कोई फ़ायदा नहीं हुआ। वे लगातार शहर के भीतर आते रहते हैं और अत्याचारों के क़िस्से अपने साथ लेते आते हैं।

गाँधी : हिन्दुस्तान का दिल, देश का सर्वश्रेष्ठ शहर—और ये इस पागलपन पर अंकुश नहीं लगा सकता।

पटेल : यहाँ कलकत्ता से भी ज़्यादा कठिनाई है। धरती बनी, तब से अब तक आबादी की, लोगों की, और वहशियाना यादों की ऐसी विकराल आवाजाही कभी नहीं हुई। वे सबके सब उमड़-उमड़कर यहीं चले आ रहे हैं।

राजाजी : और अब ऐसे काँग्रेसी भी हैं जो कहते हैं कि मुसलमानों को चाहिए कि वे इन लोगों को जगह दें।

गाँधी : अपने पीछे इतना पाप छोड़ कर मैं भला पंजाब कैसे जाऊँ? रेल में बैठते हुए मैं सोच रहा था कि पश्चिम बंगाल में हमने शैतानों को खदेड़ दिया है, और पाकिस्तान को अपना फ़र्ज़ अदा करना चाहिए। मैं कहता—लो, मैं तुम्हारे बीच आ गया। दो लड़कियों का सहारा लेकर, एक इकहरे कपड़े में लिपटा हुआ। तुम चाहो तो मुझे काट फेंको!

पटेल : यहाँ उसी की धुन्धली-सी नक़ल है जो पंजाब में हो रहा है।

गाँधी : दोष हमें दूसरों में नहीं देखना चाहिए। हिन्दुस्तान में भी बहुत सारे मुसलमान क़त्ल किये गये हैं। मगर ख़ुद काँग्रेस अपने दायित्व का निर्वाह नहीं कर सकती, तब अवाम से हम क्या उम्मीद रखें? राजसत्ता पाकर लोग बौरा जाते हैं।

कृपालानी : मेरी राय में, बेहतर हो अगर आप कुछ दिन यात्रा स्थगित कर दें।

गाँधी : क्या करूँ मैं? क्या मैं दिल्ली के ख़िलाफ़ भी फ़ाका शुरू कर दूँ? और हैदराबाद और बम्बई और इलाहाबाद के ख़िलाफ़? और फिर अन्ततः तमाम सात लाख किसानी गाँवों के ख़िलाफ़ भी?

राजाजी : आज पहले कुछ ज़्यादा शान्ति थी। अगर लोगों को पता लगेगा कि महात्मा जी ने यात्रा रोक दी है, तो दिल्ली में हरेक व्यक्ति महसूस करेगा कि उनकी नज़र उसी पर है।

गाँधी : नहीं। मैंने पहले जो एलान किया था, उसमें संशोधन करना पड़ेगा, यात्रा के कार्यक्रम में नहीं। बंगाल में शान्ति बहाल हुई है, लेकिन दिल्ली ने तो कराची की तुलना में कटे पर और भी नमक छिड़क दिया है। मैं उसका प्रायश्चित करने आया

हूँ। नेहरू कहाँ हैं? मैंने उन्हें लिखा था कि मैं आ रहा हूँ।

पटेल : कल दोपहर से ही उनकी कोई ख़बर नहीं है।

राजाजी : लगता है वे फ़सादियों को समझाने-बुझाने गये हुए हैं।

गाँधी : ऐसे शर्मनाक समय में, किसी भी नेता को इतना तो कम से कम करना ही चाहिए। जान जोख़िम में डालिये। अगर सुनने को मिले कि मज़लूम मुसलमानों की हिफ़ाज़त करते हुए सौ काँग्रेसी कूद पड़े—आठ दस भी—तो दिल्ली का माथा ऊँचे उठ जायेगा।

[नेहरू एक रेल अधिकारी के साथ आते हैं।]

रेल अधिकारी : वे यहाँ हैं।

गाँधी : (लस्त-पस्त, उत्तेजित नेहरू को देख कर) जवाहरलाल!

नेहरू : देर के लिये माफ़ी चाहता हूँ, बापू! मैं जामिया मिल्लिया इस्लामिया से चला आ रहा हूँ।

गाँधी : ज़ाकिर हुसैन साहब को तो कुछ नहीं हो गया?

नेहरू : नहीं। मैं वहाँ से चला तब तक तो नहीं। मगर उनके हालात बेहद ख़तरनाक हैं। स्कूल के चारों तरफ़ रिफ़्यूजी भरे पड़े हैं। तम्बू पर तम्बू। गाँव के लोग भड़के हुए हैं। स्कूल एक क़िला बन गया है। स्टूडेन्ट दीवारों पर पहरा देते हैं। और ये दाढ़ीदार आलिम एक फ़ौजी जनरल की तरह उनसे रिपोर्ट सुनता है।

राजाजी : उनके पास पहुँचना तक आपके लिये आसान नहीं रहा होगा। हालाँकि आप देश के प्रधानमन्त्री हैं।

पटेल : इनको तो सबसे ज़्यादा दुश्वारी हुई होगी। हम सभी की गिनती मुस्लिमों के हिमायतियों में होती है।

नेहरू : रात मैंने उन्हीं के साथ बितायी। गाँधीजी स्थिति को समझते हैं। दीवारों से लग कर जमना बह रही है। अत्याचारियों के आगे-आगे, जान बचा कर भागते लोग जब दरिया में छलाँग लगाते हैं, तो उसकी छपाक की आवाज़—और काटे जाते गलों की गुड़गुड़...

गाँधी : नौबत यहाँ तक आ पहुँची? कि ज़ाकिर हुसैन जैसे विद्वान

और सुहरावर्दी जैसे राजनेता को आज़ाद हिन्दुस्तान में अपनी जान बचाने का डर लगने लगे? (नेहरू से) अच्छा हुआ कि प्रधानमन्त्री ये नहीं भूले कि जवाहरलाल का अर्थ है नगीना, और उन्होंने इस मसले को सबसे अहम मामले की तरह लिया। (प्यारेलाल से) भंगी बस्ती वाले घर की क्या ख़बर है?

पटेल : वहाँ रिफ़्यूजी हैं। और गाँधीजी वहाँ जाकर ठहरे तो भीड़...

गाँधी : भीड़! भीड़!

नेहरू : इसके अलावा, हमारा वहाँ पहुँचना भी इस समय कठिन होगा। पल-पल हालात इससे उस करवट बदल रहे हैं।

राजाजी : बिड़ला का घर ज़्यादा ठीक रहेगा। आपका स्वागत करके बिड़ला जी को प्रसन्नता होगी।

गाँधी : सम्मान के एवज़ में पुलिस? हरिजन बस्ती के एवज़ में एक करोड़पति का महल? बहरहाल, जो भी है ठीक है। इस बीच रात मैं ज़ाकिर हुसैन साहब के साथ गुज़ारना चाहता हूँ।

रेल अधिकारी : (आता है) गाँधीजी, ट्रेन का क्या करें?

गाँधी : मैं जर्नी ब्रेक करूँगा। मेरा सेक्रेटरी मेरा सामान उठा लायेगा।

दृश्य : दस

[बिड़ला हाउस में गाँधीजी का कक्ष। कमरे में, मंच के पिछले भाग में रहने की जगह है ओर सामने का हिस्सा प्रवेश कक्ष। प्रवेश कक्ष में शटर लगी एक काँच की खिड़की जो बाहर लॉन की तरफ़ खुलती है, जहाँ प्रार्थना-सभा होती है। रास्ते में बायीं तरफ़ एक दरवाज़ा। दो हिस्सों में बँटा एक परदा जो पूरा खुल सकता है। आवास कक्ष के ग़लीचे और दीवारों पर लगे पटचित्र गृहस्वामी की सम्पन्नता का परिचय देते हैं। पर्दा उठता है तब गाँधीजी एक तरह के सोफ़े पर बैठे हैं। एक रेडियो रिपोर्टर को वे सन्देश लिखवा रहे हैं। प्यारेलाल टेलीग्राम फ़ाइल करने में लगे हैं।]

गाँधी : (एकटक सामने देखते हुए) ...सुबह से ही एक के बाद एक

मेहमान चले आ रहे हैं। देश से और विदेशों से मुझे बहुत सारे तार मिले हैं। मुझे अपने ७८वें जन्मदिन पर बधाइयाँ मिल रही हैं। मगर मैं अपने आपसे पूछ रहा हूँ : इन तारों का क्या फ़ायदा? क्या अधिक सही ये नहीं होता कि मुझे शोक-सन्देश दिये जाते?...एक वक़्त था जब मैं जो भी कहूँ, लोग उस पर अमल करते थे। आज मैं क्या हूँ? मरुस्थल में एक अकेली आवाज़। जिस किसी तरफ़ देखूँ, सुनने को मिलता है : हिन्दुस्तान की यूनियन में हम मुसलमानों को बर्दाश्त नहीं करना चाहते। आज मुसलमान हैं, कल पारसी, ईसाई, यहूदी, तमाम यूरोपीय लोग...इस तरह के हालात में इन बधाइयों का मैं क्या करूँ? क्या ऐसी दुआ करना बेहतर नहीं होगा कि परमपिता परमात्मा मुझे इस दुनिया से उठा ले—ताकि इन्सान, जो जानवर बनकर क़त्लेआम कर रहे हैं, उनका असहाय साक्षी ना बनना पड़े।

रिपोर्टर : (गाँधी अपने आपमें डूबे हैं। उन्हें देखता हुआ) क्या आप कुछ और कहना चाहेंगे।

गाँधी : (चौंक कर) नहीं...मुझे और क्या कहना चाहिए?

रिपोर्टर : तब गाँधीजी, मेरी छोटी-सी बिटिया की ओर से...(अटैची से एक गुलदस्ता निकालता है।)

गाँधी : (मुस्कुरा कर देखते हुए) बहुत मेहरबानी!

रिपोर्टर : उसे पता था मैं किससे मिलने जा रहा हूँ। बोली, गाँधीजी के लिये ये ले जाइये! आपकी तस्वीर हमारे कमरे में है। (वह जाता है। गाँधीजी दूसरे गुच्छों में यह भी रख देते हैं। प्यारेलाल के साथ ज़ाकिर हुसैन और अन्य मुस्लिम शुभचिन्तक अन्दर आते हैं।)

ज़ाकिर हुसैन : (अपने मुस्लिम साथियों से) और कम से कम आज तो हम अपने गिले-शिकवों से उन्हें परेशान न करें। (गाँधी के आगे झुक कर) बुज़ुर्ग आलिम-फ़ाज़िल और नयी दिल्ली के मुसलमानों की तरफ़ से, आज भी हमारे जो हक़ बचे हुए हैं उनका इस्तेमाल करते हुए, आपके ७८वें जन्मदिन पर, बधाई

देते हुए चाहते हैं कि हमें और पूरी इन्सानी क़ौम को, आपके पुख़्ता क़दमों से ख़ुशियाँ हासिल हों, और इस धरती पर रहने वालों की आबरू में इज़ाफ़ा हो।

गाँधी : शुक्रिया डॉक्टर, धरती के नाम पर भी शुक्रिया। जामिया मिल्लिया की क्या ख़बर है?

ज़ाकिर हुसैन : वहाँ तशरीफ़ लाकर आपने उस जगह को मुक़द्दस (निष्पाप) कर दिया है। अब कोई हमें नहीं धमकाता।

पहला शुभचिन्तक : गाँधीजी, पूरे मुल्क के मुसलमान आपके चोग़े में पनाह चाहते हैं—ऐसे बच्चों की तरह कि जिनकी माँ नहीं रही।

गाँधी : इतने सब लोगों के लिये तो ये चोग़ा बहुत छोटा है।

दूसरा शुभचिन्तक : उन गुनहगारों को मुँह की खानी पड़ी जो कहते थे कि गाँधी मुसलमानों का सबसे बड़ा दुश्मन है। दुश्मन, महज़ इसलिए कि उन्होंने मुल्क के बँटवारे वालों को नहीं कह दिया। आज वही आपका दामन थामना चाहते हैं, क्योंकि आपके बग़ैर हम सभी शक-शुबहों के उफान में बह जायेंगे।

तीसरा शुभचिन्तक : क्योंकि आज सारे मुसलमानों को ग़द्दार माना जाता है।

ज़ाकिर हुसैन : अच्छा अच्छा! हम बधाई देने आये हैं, न कि शिकायत करने।

गाँधी : डॉक्टर उनको बोलने दीजिये। बधाई के तमाम गुलदस्तों से ऐसी ही शिकायतें उमड़ रही हैं।

तीसरा शुभचिन्तक : गाँधीजी, बेहतर हो कि हमसे साफ़ कह दिया जाय—कि हिन्दुस्तान में वो मुसलमानों को बर्दाश्त नहीं करेंगे। तब हम भी अपना बोरिया-बिस्तर उठा कर, दूसरे हज़ारों लोगों की तरह, फ्रंटियर की तरफ़ कूच कर देंगे।

चौथा शुभचिन्तक : मगर हद तो ये है कि लीडर हमसे कहते हैं—जहाँ हो, वहीं रुके रहो! काँग्रेस उन सबकी हिफ़ाज़त करेगी जो गुनहगार नहीं होंगे। तब भी, सिक्ख एक मुस्लिम घर में अपनी ख़ून-सनी तलवार लेकर घुस आता है, और कहता है—सर्दी आ

रही है। किसान को रहने की जगह दो। और अगर वह क़ानून का हवाला दे, तो उसे घर से बाहर फेंक दिया जाता है—या उससे भी बदतर कुछ हो सकता है उसके साथ।

तीसरा शुभचिन्तक : अभी-अभी करोल बाग़ में क्या हुआ! हमारा एक हमपेशा सौदागर आपकी बात मानकर—कि जो चला गया वह वापस लौट आये—अपने घर पहुँचा, तो देखा वहाँ एक रिफ़्यूजी टिका हुआ है।

दूसरा शुभचिन्तक : या इब्राहिम का ही मामला देख लो!

ज़ाकिर हुसैन : अली! हम यहाँ इस वास्ते नहीं आये थे। चलो, हमारा वक़्त हो गया।

गाँधी : डॉक्टर, ऐसी शुभकामनाओं पर मुझे हक़ है। उन्हें अपना बोझ मुझ पर डाल देने दो। (शुभचिन्तकों से) मुसलमानों से कहिए, उनकी परेशानियाँ मेरी शर्म से ज़्यादा बड़ी नहीं हैं। और गाँधी कभी भी लाचारी के आगे नहीं झुका है।

पहला शुभचिन्तक : हम जानते हैं महात्मा जी, कि बंगाल में तुम्हारे जाने के बाद से अमन क़ायम है। तुमने एक अनूठी करामात कर दिखायी है।

चौथा शुभचिन्तक : क्या तुम यहाँ भी थोड़ा फ़ाका नहीं कर सकते?

ज़ाकिर हुसैन : इस ख़ुदग़र्जी से बाज़ आओ! आज हम जिन हालात से गुज़र रहे हैं, उन्हें हम अपने और भाइयों के गुनाहों से उबरने का मौक़ा समझें!

प्यारेलाल : (इस सिलसिले को रोकने के लिये) काँग्रेस अध्यक्ष अपने तीन साथियों के साथ आ चुके हैं।

गाँधी : कृपालानी? मैं उनसे एकान्त में मिलना चाहता हूँ। काँग्रेसजनों को चाहिए कि वे मुसलमानों की शिकायतें सुनें और उनकी तहक़ीक़ात करें। (ज़ाकिर हुसैन से) आप सड़क पर जायेंगे और मुझे पता नहीं कि आपके नेक दिल में कोई चाक़ू न घुसेड़ दें—उस दिल में जो कि हरेक अच्छी और वाजिब चीज़ करने को तैयार है। आप यक़ीन करें, आपसे भी ज़्यादा मेरे लिये यह बड़ा ख़तरा है।

ज़ाकिर हुसैन : मैं जानता हूँ गाँधीजी कि आप कौन हैं।

कृपालानी : (आकर गाँधी से लिपट जाते हैं) काँग्रेस की ओर से, मगर उससे भी ज़्यादा मेरी ओर से!

गाँधी : (मेज़ से एक ख़त उठाते हैं।) मद्रास से श्री पाण्डु ने मुझे यह ख़त भेजा है। वो लिखते हैं, काँग्रेसजन देश का मनोबल तोड़ने में सबसे आगे हैं। धनवान बनने की वासना से जुड़कर स्वच्छन्दता ने उनको ग्रस लिया है। वे जमाख़ोरी और कालाबाज़ारी में जुटे हुए हैं और उन्हें निर्वाचन क्षेत्र के लोगों से ख़ाली वोट बटोरने में दिलचस्पी है। अगर उन जैसा आदरणीय बुज़ुर्ग ऐसा लिखता है तो काँग्रेस कैसी बदबू में लिथड़ी हुई होगी?

कृपालानी : श्री पाण्डु के लिखे एक भी शब्द का मैं प्रतिवाद नहीं कर सकता।

गाँधी : तब मुझे बताओ, मैं बधाइयों के जवाब में धन्यवाद कैसे दूँ? यानी दिल से निकली बधाइयों का? बल्कि उन्हें तो चाहिए कि मेरे मुँह पर कह दें, ऐन वही जो एक पत्रलेखक ने मुझे लिखा है—मेरा काम था हिन्दुस्तान को आज़ाद कराना, और अब शान्तिपूर्वक रिटायर हो जाने का सबसे उम्दा वक़्त है। शायद मुझे आँखें मूँद ही लेना चाहिए, ताकि ये लूटपाट न देखनी पड़े।

कृपालानी : हो सकता है कि कुछ लोग, जिन्हें ये कहने की हिम्मत तो नहीं होती, लेकिन सोचते हों कुछ ऐसा ही। लेकिन मैं उनमें नहीं हूँ। मैंने उनसे ख़ुद को अलग करना तय कर लिया है।

गाँधी : अध्यक्षता?

कृपालानी : आज उत्सव वाले दिन मैं ऐसी चर्चा नहीं छेड़ना चाहता था। मगर अब जब हम इस पर बोल ही रहे हैं, तो बता दूँ कि मैं अध्यक्षता से इस्तीफ़ा दे दूँगा।

गाँधी : मैं आपकी बात समझता हूँ। आपके जैसे नफ़ीस मिज़ाज वाला दलालों और कालाबाज़ारियों का अध्यक्ष नहीं हो सकता।

कृपालानी : बन पड़ा तो मैं इसके ख़िलाफ़ लड़ूँगा। मगर असली ताक़त

तो नेहरू और पटेल के हाथों में है, और मुझको यानी काँग्रेस अध्यक्ष को, अपने पक्ष का तीसरा भागीदार बनाने की उन्होंने ज़रा-सी भी इच्छा नहीं जतलाई है।

गाँधी : पाप अपने सहभागी तलाशता है, और चन्द ईमानदार लोग एक-दूसरे को पटखनी दे रहे हैं।

कृपालानी : सरदार जन्मजात राजनीतिज्ञ हैं, और नेहरू में वही बनने लायक समझ तो है ही, मगर मैं अब फिर से पट्टी नहीं पढ़ सकता। मुझसे पूछते हैं तो मैं कोई राजनीतिक मशविरे की बजाय उन्हें कोई नैतिक संकोच या संशय सुझाता हूँ। "अन्तरात्मा तो हमारे पास भी है," शायद यह सोच कर वे पुनः मुझसे नहीं पूछते।

गाँधी : अगर ऐसा है तो...

कृपालानी : गाँधीजी, उन जैसे लोगों के लिये काम करके मैंने बहुत कुछ बरबाद किया है, इसके बावजूद आपकी सेवा में मुझे अपने जीवन का मक़सद मिल चुका है। मैं निश्चिन्त हो गया था—जहाँ तक कोई अपने लिये ऐसा कह सकता है। मगर इस राजसत्ता की गिरफ़्त ने मेरे भीतर सभी कुछ गड्डमड्ड कर दिया है। अब आपके वफ़ादार शिष्य के नाते मैं कम से कम अपने जीवन के उत्तरार्ध को बचाने के लिये अत्यन्त व्याकुल हूँ।

गाँधी : काँग्रेस देश की अगुआई करने में अधिकाधिक अयोग्य होती जा रही है। राजसत्ता की गन्ध पाकर और जेलयात्रा से उकताकर उनमें जो सर्वश्रेष्ठ थे उन तक ने अविभक्त भारत का ध्येय त्याग दिया और राजनीतिक सूझबूझ के नाम घुटने टेक दिये। अब वे आकण्ठ इसी में डूब चुके हैं। निस्वार्थ भाव से समाज सेवा करने के लिये जो संस्थाएँ बनायी गयी थीं, उन सबको जोड़ कर एक नया संगठन बनाना पड़ेगा। काँग्रेस ने जो विश्वासघात किया है, उससे उबारने का बीड़ा उसे उठाना पड़ेगा—तीस करोड़ किसानों की रक्षा!

कृपालानी : रचिये उसे, गाँधीजी! उसमें मुझे आप एक मामूली फ़रसे या कुल्हाड़ी की तरह बरतें तो भी मुझे ख़ुशी होगी।

प्यारेलाल : (प्रवेश करके) लेडी माउंटबेटन आयी हैं आपको बधाई देने।

गाँधी : लेडी माउंटबेटन? यह तो बड़ी मेहर है। (उठते हैं)

लेडी माउंटबेटन : (गुलदस्ता उन्हें थमाते हुए) एक सौ पच्चीसवें वर्ष के लिये, मिस्टर गाँधी!

गाँधी : तो मेरी गुस्ताख़ मनोकामना के बारे में आप भी सुन चुकी हैं? सज़ा देने वाली छड़ के ख़ौफ़ से मैं पहले ही उससे तौबा कर चुका हूँ। अब तो कामना ये है कि अगर ईश्वर अपने औज़ार की तरह मेरा उपयोग नहीं कर सकता, तो बेहतर हो कि मुझे तोड़ फेंके!

लेडी माउंटबेटन : मिस्टर गाँधी, यह तो आप उन्हीं पर छोड़ दें! हिन्दू फ़लसफ़ा की जो कुछ थाह ले पायी हूँ, अनासक्त को न तो एक सौ पच्चीस बरस के मोह का अधिकार है, न ही मृत्यु के मोह का।

गाँधी : (हँसते हुए) सच है कि हमारे लिये जो विधि का विधान है, उसे क़बूल करना ही बेहतर है। मगर आप बाइबिल से भी जानती ही होंगी कि ईश्वर से चिपटे रहते हुए भी, उससे लड़े बिना नहीं रहा जा सकता।

लेडी माउंटबेटन : मैं समझ रही हूँ कि आप इन भयानक घटनाओं से बुरी तरह विचलित हैं। लेकिन क्या यह बेअदबी होगी, अगर मैं कहूँ कि आज यहाँ आप जो यन्त्रणाएँ झेल रहे हैं, उन्हें पचास या सौ साल बाद किस रूप में देखेंगे? तब लोग आपके इस मौजूदा रवैये के बारे में क्या सोचेंगे?

गाँधी : क्या आप सोचती हैं कि भारत की शर्म पर विलाप करते समय, मैं ख़ुद का चेहरा अमरता के दर्पण में अंकित कर रहा हूँ? शायद मेरे जितने नाटकबाज़ आदमी के बारे में यही सोचा जाना चाहिए।

लेडी माउंटबेटन : इतिहास को जितना जानती हूँ, उसके आधार पर मैं सोचती हूँ : हिन्दुस्तानियों की शर्म भी गाँधी के गौरव का ही अभिन्न हिस्सा है, जैसे मालपुये में मेवे...

गाँधी : आपका आशय क्या है?

लेडी माउंटबेटन : हमारे ब्रिटेन में कोई हमारा गाँधी नहीं है, मगर यहाँ जैसे क़त्ले आम की भी वहाँ कल्पना नहीं की जा सकती।

गाँधी : आप सोचती हैं कि ये दोनों किसी एक ही डाल की उपज हैं?

लेडी माउंटबेटन : हम एक निहायत सूखे-संरक्षित समाज बन चुके हैं। हम सुसभ्य हैं। यहाँ ख़ून जल्दी खौलने लगता है, और पुण्य कमाने के लिये ये ज़रूरी है।

गाँधी : इसीलिए हिन्दू-मुसलमान एक दूसरे का क़त्ल करते रहें?

लेडी माउंटबेटन : मध्य युग में जब हमारे यहाँ भी सन्त हुआ करते थे, हम एक-दूसरे का गला ज़्यादा आसानी से काट देते थे।

गाँधी : अच्छा लेडी माउंटबेटन! ईमानदारी से बताइये—अगर आप चुन पातीं, तो आप हमारी या अपनी, कौन-सी भौतिक परिस्थिति को अधिक प्रसन्नता से चुनतीं?—जिसके भीतर से तमाम गाँधी जनम लेकर फल-फूल रहे हैं?

लेडी माउंटबेटन : मिस्टर गाँधी, मैं आपसे झूठ बोलने की जुरअत नहीं कर सकती। मैं एक लद्धड़, सुसभ्य, अँग्रेज़ औरत होना ही चुनूँगी...

गाँधी : ...बजाय एक दिलचस्प जंगली के, जिसे राग-रंग और मौज-मस्ती पसन्द है...(गम्भीर होकर) हमारे यहाँ जो हो रहा है, उसकी वजह से अगर आप तथा अन्य यूरोपीय लोग हमें हिकारत से देखते हैं तो वह उचित ही है। मगर एक और बात पर भी आप लोग ग़ौर करें। कि हमारी ये हिन्दू-मुस्लिम अदावत एक यूरोपीय तोहफ़ा है।

लेडी माउंटबेटन : आपका क्या मतलब है?

गाँधी : ये कि अँग्रेज़ों ने हमें बाँटने और फिर हम पर हुकूमत करने के लिये ही इसे भड़काया था।

मुग़लों के ज़माने से हिन्दू-मुसलमान यहाँ शान्तिमय सहअस्तित्व में रहते आ रहे थे। हमारे ख़िलाफ़ मुस्लिम लीग को ताश का पत्ता बनाकर खेला गया। और ख़ून-ख़राबे भी कई क़िस्मों के होते हैं। लेकिन जैसाकि जलियाँवाला बाग़ में...आपके पति से आपने सुना होगा...

लेडी माउंटबेटन : जहाँ सम्राट के एक जनरल ने चारों तरफ़ से बन्द एक

मैदान में मशीनगनें दाग़ी थीं, फिर औरतों और मर्दों, तमाम प्रदर्शनकारियों को पेट के बल कीड़े-मकोड़ों की तरह रेंगने पर मजबूर किया था। उसने हिटलर को भी मात कर दिया। यूरोपीय लोगों ने दुनिया में बहुत अन्याय किये हैं, इससे कोई इनकार नहीं कर सकता। तब भी बचाव की दलील हमारे पास है। हम भाँति-भाँति के लोग हैं, और हमारे बीच राक्षसी लोगों के अलावा, उदारमना, यहाँ तक कि उन्मादी भी हमेशा मिल जायेंगे। (कुछ रुककर, पुनः बोलती हैं)...बाग़ के रक्तपात के बारे में मैंने कहाँ सुना था? मेरे पति ने उस पर कोई डींग नहीं हाँकी थी। मुझे रोमाँ रोलाँ की किताब से पता लगा। यही नहीं, आप कौन थे (कृपालानी से) क्षमा करें मिस्टर कृपालानी, इसकी सच्ची क़द्र यूरोपीय भी कभी ज़रूर करेंगे। (उठती हैं और गाँधीजी को चूम लेती हैं।) क्षमा करें, मैं आपकी राष्ट्रवादी भावनाओं को ठेस नहीं पहुँचाना चाहती थी। (प्यारेलाल के साथ बाहर निकल जाती हैं।)

कृपालानी : भारत जो अब उपनिवेश की जगह पाँच बजे की 'हाइ-टी' पर गपशप का शग़ल हो जायेगा।

गाँधी : (विचारमग्न) अँग्रेज़ भी तरह-तरह के हैं, उनकी औरतें भी। दो अँग्रेज़ महिलाएँ मेरी सेक्रेटरी रह चुकी हैं। आपको शायद मिस स्लेड का ध्यान हो? ऐसी कोई सेक्रेटरी मुझे हिन्दुस्तान में मुश्किल से ही मिल पाती।

[बिड़ला मनु और प्यारेलाल के साथ आते हैं।]

बिड़ला : बरस-दर-बरस मेरे अतिथि बन कर मेरे घर का मान बढ़ाइए! अपने जन्मदिन की भेंट तो आप चुन ही चुके हैं। कुरुक्षेत्र के शरणार्थी शिविर के लिये एक सौ कम्बल।

गाँधी : समुद्र में बूँद भर। (हँस कर) आप एक सौ और नहीं जुटा सके?

बिड़ला : आप सच्चे टैक्स कलेक्टर हैं जिनका विरोध करने की हिम्मत मुझमें नहीं है। (हाथघड़ी देखकर) हमारी कवयित्री सरोजिनी

नायडू ने मुझे ये ज़िम्मा दिया है कि आपको उनकी बधाई सुनवाऊँ।

गाँधी : एक और बधाई?

प्यारेलाल : रेडियो पर। मैंने आपसे ज़िक्र किया था।

गाँधी : ज़रूर! उनको रेडियो का डायरेक्टर मुक़र्रर किया गया है। चलो, अपनी पुरानी वफ़ादार दोस्त की बात सुनें।

प्यारेलाल : (रेडियो चालू करके) ये शुरू हो चुका है...

सरोजिनी नायडू : (रेडियो पर उनकी आवाज़) पहले विश्वयुद्ध की शुरुआत के समय हमने सुना कि दक्षिण अफ्रीका से एक अजीब-सा आदमी आया हुआ है। इंगलैण्ड में हमने बड़ी उत्सुकता से उनकी प्रतीक्षा की थी। लोग कहते थे कि उनका सन्देश आधुनिक और प्राचीन, दोनों तरह की दुनिया से अलग क़िस्म का है। उस आदमी का नाम था गाँधी। मैं उनसे मिलने जिस घर में पहुँची, वह लन्दन के किसी मशहूर इलाक़े में नहीं था। मैं एक खुले दरवाज़े की दहलीज़ पर जा खड़ी हुई। भीतर एक गद्देदार चादर पर एक आदमी बैठा हुआ था। उसके चारों तरफ़ अजीब-से बक्से रखे थे, जिनमें से वह एक लकड़ी के चम्मच से कुछ अजीब-से खाने के टुकड़े निकाल रहा था। मैंने पूछा : आप ही हैं? और ख़ुद आधा जवाब दे बैठी : आप कैसी-कैसी अजीब चीज़ें खाते हैं!

गाँधी : बिलकुल ऐसा ही हुआ था—कम से कम इतना सच है।

नायडु : इस तरह हमारी दोस्ती शुरू हुई जो तब से लगातार गाढ़ी होती जा रही है।

[बग़ीचे की तरफ़ से शोरगुल, मानो बड़ी भीड़ आ धमकी हो। बिड़ला और प्यारेलाल दरवाज़े पर जाते हैं।]

नायडू : (आवाज़ जारी है) हमें पता था कि उन्होंने जनरल स्मट्स पर किसी छोटे मसले पर एक बहुत बड़ी नैतिक विजय हासिल की थी। (गाँधी सिर हिलाते हैं और मनु रेडियो को बेहद धीमा कर देती है।)

गाँधी : कैसा शोर है?

बिड़ला : बधाई देने पर आमादा लोग आये हुए हैं, गाँधीजी! प्रार्थना चौक खूँदते हुए वे अपने माथों पर कोई तख़्ती उठाये हुए हैं।

प्यारेलाल : रिफ़्यूजी...तख़्तियों से लगता है कि बुलावर के हैं।

गाँधी : उन्हें समझाइये कि बिड़ला जी के लॉन का ध्यान रखें। अभी मुझे रेडियो पर कुछ सुनना है, और फिर मैं जल्दी ही बाहर निकूलँगा।...बेसहारा लोगों की तरफ़ से मिलने वाला एक फूल भी, लेडी माउंटबेटन और काँग्रेस को मिला लें तब भी उनसे ज़्यादा बेशक़ीमती है। (मनु रेडियो चला रही है। इस बीच कुछ शरणार्थियों को लेकर प्यारेलाल अन्दर आ गये हैं।)

नायडू की आवाज़ : ...उन्हीं की तरह वे भी नाउम्मीद लोगों को उम्मीद, भयभीत लोगों को सुरक्षा, गिरे हुए लोगों को उद्धार, संजीदगी और इन्सानियत खो चुके लोगों की वहशी उद्दण्डता को शान्ति का स्पर्श प्रदान कर रहे हैं। ईसा की तरह वे भी सिखा रहे हैं कि दया ही धर्म का परिपालन है, पैग़म्बर मुहम्मद की तरह...

[गाँधी जी कमरे में घुस आयी भीड़ को देखते हैं। वे लोग उस ख़ूबसूरत कमरे तथा गाँधीजी एवं अन्य लोगों की मौजूदगी से कुछ देर भौंचक्के रह जाते हैं। उनमें से एक गाँधी को साष्टांग प्रणाम करने लगता है लेकिन एक दूसरा आदमी उसे उठा देता है। इस बीच एक तख़्ती कमरे के भीतर लायी जाती है। जिस पर लिखा है—'बुलावर में सत्तर हज़ार हिन्दुओं की रक्षा करो!' सिर हिलाकर गाँधी मनु को रेडियो बन्द करने का इशारा करते हैं।]

गाँधी : अब हम जश्न बन्द करें। लगता है कि सीमा पार से कुछ ज़्यादा महत्त्व की चीज़ आ पहुँची है।

जत्थे का एक सदस्य : क्षमा करें साहब, हम कुछ सही क़ायदे से आपके पास नहीं आ सके। हमारे साथ हमारा नेता है जिसने आपकी आवाज़ रेडियो पर सुनी है।

गाँधी : (जत्थे के नेता से) अच्छा आप इनके नेता हैं। जी, बताइये!

जत्थे के नेता : हमने सुना है साहब कि आप अपना जन्मदिन मना रहे हैं। हम दुआ करते हैं कि ज़िन्दगी के जो बरस शरीर को सुखा देते हैं और आत्मा की आग पर राख बिछा देते हैं—उनके मुक़ाबले आप ज़्यादा मज़बूत हों!

गाँधी : मुझे ये दिन महत्त्वपूर्ण नहीं लगता। आदमी को तो हर रोज़ नया जन्म लेना पड़ता है।

जत्थे का नेता : सच है। आनेवाला कल मशक़्क़त माँगता है जबकि आज वाला दिन दर्द में दम तोड़ता है। हमें इसका एहसास है क्योंकि बिना किसी छत के हम रात में तारे गिनते रहते हैं।

नाराज़ किसान : हामीलाल, ये लच्छेदार बातें मत करो!...(गाँधीजी से) महात्मा हमने तुम्हारा रेडियो वाला भाषण सुना है। तुम बोले कि सिन्धी गन्दगी के लिये मशहूर हैं, इसलिए हमको साफ़-सफ़ाई पर ध्यान देना चाहिए, वरना टायफ़ॉइड का बुख़ार हम सबको ख़त्म कर देगा। और ये भी कि हमें अनुशासन रखना चाहिए और हर चीज़ की तवक़्क़ो सरकार से नहीं करनी चाहिए। और ये भी कि जो पढ़े-लिखे लोग कोई हुनर जानते हैं, उनको कैम्प नहीं छोड़ना चाहिए बल्कि हमारे साथ रहना चाहिए। हमने तुम्हारा रेडियो भाषण सुन लिया, मगर अगर सच सुनना चाहते हो तो बताएँ कि हम आजिज़ आ चुके हैं उससे। क्योंकि हमको डर टायफ़ायड बुख़ार का नहीं, उस बारिश का है जो तम्बू के पल्लों से अन्दर आ जाती है। और तुम सरकार की भी चिन्ता मत करो। वो हमें मुटल्ला करने वाली नहीं है। और जो पढ़े-लिखे हैं, उन्हें तुम्हारी चेतावनी सुनने की फ़ुरसत नहीं थी। कहीं भी उन्हें जगह दिखी तो फौरन वे हमको छोड़ कर चलते बने।

बिड़ला : तुम किस तरह से बात कर रहे हो!

जत्थे का नेता : आप ठीक कहते हैं, इस तरह तो कोई बात नहीं बनेगी। (वे दूसरे वक्ता को आगे ठेलते हैं।)

पहला किसान : महात्मा, मसला ये है कि यह बात हमें न ऐसे समझ आ रही है, न वैसे। बुलावर से जिन्ना साहब ने ये कह कर हमको

खदेड़ दिया कि यहाँ हिन्दुओं की कोई जगह नहीं है। जो नहीं जायेंगे उनको हम काट फेकेंगे।

दूसरा किसान : (टोकते हुए) सो उनको भी, जो चले गये।

पहला किसान : साहिबों ने यही तो तय किया था। तो हमने अपने भैंसे जोते और चल पड़े। लेकिन अब यहाँ वो कहते हैं कि गाँधी बाबा ने, यानी महात्मा तुमने कह दिया है कि मुस्लिमों को पश्चिमी सरहद की तरफ़ भेजने का भारी गुनाह हिन्दुओं को नहीं करने देंगे।

गाँधी : तुम कहते हो वही बात है। दूसरे लोग हत्या करें तो मुझे भी हत्यारा नहीं बन जाना है। अगर वे अपराध करते हैं तो हमें अपराधी नहीं बनना है। ये तो स्पष्ट है।

पहला किसान : लेकिन तब हमारा क्या होगा? क्या हम उनके पाप और अपने पुण्य के बीच पिस जायँ?

गाँधी : समझे नहीं? बदले के बदले और भी बदले लिये जायेंगे। यह सिलसिला कभी नहीं थमेगा। लेकिन हम हट जायँ और उन्हें शर्मसार करें तो उनकी तरफ़ भी अन्याय रुक जायेगा।

नाराज़ किसान : भगवन, ये तो सपना है। जितना झुकोगे, उतना ही वो अकड़ेंगे।

बूढ़ा आदमी : विनम्रता अच्छी चीज़ है महात्मा! उन्होंने हमारे छोटे-छोटे बच्चे तक मार डाले, लेकिन हम तो उन्हें क़त्ल नहीं करना चाहते। बस उनको रेल में भर दो और देश से बाहर भेज दो। तभी हमें यहाँ दिल्ली में, और बाक़ी जगहों पर पनाह मिलेगी, और तब हम वैसा ही करने लगेंगे जैसी माँग तुम हमसे कर रहे हो।

गाँधी : (ज़ोरदार ढंग से) जो चाहेंगे वे चले जायेंगे। लेकिन सरकार हिंसा का जवाब हिंसा से देगी।

बूढ़ा आदमी : तो हमारी अपनी सरकार हम पर इतनी बेरहम हो गयी है? मेहरबानी करके जवाहरलाल से कहो कि हम पर रहम करे!

स्त्री : (आगे आ कर) बकवास! बुढ़ऊ इधर मत किलपो! चमचमाते पर्दों के बीच ठकुरसुहाती सुनना और अकाल से कराहते पेट

को पाप की नसीहत देना आसान है।

बूढ़ा आदमी : इस पुण्यात्मा पर चोट मत करो!

स्त्री : (उसे धकेल देती है) सुन रहे हो महात्मा, मैं तुमसे क्या कह रही हूँ? अगर तुम ऐसे बड़े भारी सन्त हो तो चले जाओ हिमालय! और हिन्दुस्तान को ठीक करने का काम हम पर छोड़ दो!

गाँधी : हिमालय? भगवान से प्रार्थना करो कि मुझे वो वहाँ जाने दे!

दृश्य : ग्यारह

[वही कमरा। एक सोफ़े पर गाँधीजी और नेहरू मंच के पिछले भाग में बैठे हैं। कमरे के अग्र भाग में खिड़की के पल्ले बन्द हैं इसलिए लगभग अन्धकार। पीछे की खिड़की से आती रोशनी दोनों राजनेताओं पर।]

गाँधी : पिछले चार महीनों से मैं यहीं बैठा हूँ और दिल्ली छोड़ने की हिम्मत मुझे नहीं हो रही।

नेहरू : क्या ये उलाहना है बापू?

गाँधी : ऐसी कोई प्रार्थना-सभा नहीं जाती जब मुझे मिलने वाली पर्चियों में, किसी न किसी पर्ची पर घसीट कर ये ना लिखा हो—महात्मा जी, तुम पंजाब कब जा रहे हो?

नेहरू : घटिया भड़काऊ लोग!

गाँधी : ...उन्हें विश्वास है कि गाँधी तमाम लोगों को मरने के लिये उकसा कर, कायरता के कारण ही ऐसा कर रहा है। सच ये है कि मैं तुम्हारे इस बारूदी ढेर को छोड़कर नहीं जा सकता।

नेहरू : आपकी पंजाब यात्रा से मैं तो कभी सहमत नहीं था। लेकिन यहाँ दिल्ली में सितम्बर में जो हाल था, उससे निश्चय ही अब हालत बेहतर है।

गाँधी : नहीं है। तुम्हारे से ज़्यादा संवेदनशील राडार यन्त्र मेरे पास है जो ये बता रहा है। हालाँकि हत्याएँ कम हो रही हैं, लेकिन शहर हमारे हाथों से फिसलता जा रहा है। लपटें उठने से पहले

जलाऊ लकड़ी की तरह सब कुछ धुँधुआ रहा है।

नेहरू : अगर मुझे इम्कान होता कि बँटवारे के बाद ऐसे नतीजे होंगे—तो मैं उसे कभी स्वीकार न करता, हालाँकि उसकी माँग अकाट्य दिखती थी।

गाँधी : नोआखाली के जंगलों में भटकते हुए मुझे समझ में आया कि मुझसे क्या भूल हुई। मैं जिसको सत्याग्रह मानता था—यानी एक ताक़तवर का सत्य से मोह—वह लाखों लोगों का निष्क्रिय प्रतिरोध मात्र था, और कमज़ोरों की वह हिकमत उस वक़्त तुरन्त कायराना पशुबल में तब्दील हो गयी जब उन्हें लगा कि वे काफ़ी ताक़तवर हो गये हैं। लेकिन सम्भ्रान्त वर्ग के बारे में मेरी क्या ग़लतफ़हमी थी—जो लोग मेरे वचनों को एक नये उपनिषद् की तरह उद्धृत करते थे और आत्मबलिदान के जोश में जेल चले जाते थे ? क्या वे लोग उसी वक़्त से सत्ता का दाँव लगाने लगे थे ? अब जब जनता का निष्क्रिय प्रतिरोध सक्रिय नरहत्या अभियान बन गया है, स्वैच्छिक आत्मबलिदान की साधना भी राजसत्ता के सुखभोग में परिणत हो गयी है। इन सत्याग्रहियों की बनिस्बत अँग्रेज़ नौकरशाहों ने ज़्यादा ईमानदारी से हिन्दुस्तान का शासन चलाया था।

नेहरू : क्योंकि उनका लालन-पालन उसी में हुआ था। किसी और से सत्ता की बागडोर हाथ में लेना एक तरह की आध्यात्मिक परीक्षा है उन्हें उससे नहीं गुज़रना पड़ा था।

गाँधी : सत्ता में हो या उसके बाहर—एक सत्याग्रही हमेशा सत्य का हाथ थामता है।

नेहरू : सत्याग्रही ! वो भी तो आदमी ही हैं बापू ! हम भले ही अपने आदर्शों को चाहे जितना बचाएँ, हमें आदमियों को हमेशा उन सम्भावनाओं के गणित से ही जाँचना पड़ेगा जो कि औसतन इन्सानों के भीतर रहती हैं।

गाँधी : जो कि दूसरे शब्दों में, हमारे छोटे-से देसी पाखण्ड पर निथरा हुआ यूरोपीय मैकियावेली-वाद मात्र है।

नेहरू : मैंने हमेशा कहा है कि गाँधी और मैं—हम दो लोग दो अलग-

अलग भाषाएँ बोलते रहे हैं।

गाँधी : और मैं कहता रहा हूँ कि भाषाओं का विभेद आपसी समझदारी में बाधा नहीं बन सकता।

नेहरू : जी हाँ! पटेल गाँधीजी के यस-मैन थे और मैं नो-मैन! और तब भी उन्होंने मुझे अपना वारिस नामजद किया। मेरा ख़्याल है कि उनकी चमत्कारी अन्तरदृष्टि से ही ऐसा हुआ होगा, क्योंकि नये ज़माने के लिये ऐसी ख़ूबियाँ दरकार थीं जो कि किसी बूढ़े नेता में स्वभावतः ही नहीं पाटी जा सकतीं।

गाँधी : मेरे चयन में, सहज आन्तरिक प्रेरणाओं के भीतर क्या मौजूद था और क्या ग़ैर-मौजूद—उसमें अन्तरदृष्टि का दम्भ कौन कर सकता है?

नेहरू : मगर फ़र्ज़ कीजिये कि इसमें आपसे ग़लती हो गयी हो?

गाँधी : जो कुछ हुआ, उसके बावजूद मैं अपने चयन को सही मानता हूँ।

नेहरू : तब भी मुझे शक है कि हमारे बीच इतनी सारी बहस का जन्म सिर्फ़ भाषायी विभेद के कारण हुआ है। क्या स्थिति इसके ठीक उलट नहीं है? मेरा मतलब है, कि हालाँकि अच्छा हुआ या बुरा, मगर हमने प्राचीन भारत तथा एक अतुल्य पुरुष के प्रति सम्मान-भाव के कारण एक ही भाषा में बोलना सीख लिया है—फिर भी हम नहीं जानते कि जो शब्द दोहराते रहते हैं, उनमें अन्तरनिहित विचारों का क्या करें?

गाँधी : (मुस्कान के साथ) उदाहरण के लिये, ईश्वर...

नेहरू : तो ठीक है, ईश्वर पर ही बात करें। उस दिन आपने कहा—"सत्य जिसे आम तौर पर ईश्वर कहते हैं।" मगर मैं इतना यूरोप-दीक्षित तो हूँ ही कि जब मेरा आशय हो 'सत्य' तो मैं कोई और शब्द नहीं कहूँगा।

गाँधी : तुम एक ईश्वर-भीरु आदमी हो, जवाहरलाल!

नेहरू : शायद, हूँ। तब भी मुझे 'उस' में आस्था नहीं है। आधा ये और आधा वो—आधा तीतर, आधा बटेर—ऐसी चीज़ पहले ही पल में नाकाम हो जाती है। हैरो स्कूल का लड़का या कि

फ़कीर—बतौर प्रधानमन्त्री मैं क्या बनूँ? एक ऐसा शख़्स, जिसका फ़र्ज़ है अपने भीतर निहायत विभिन्न माँ-बाप के गुणों तथा स्वभावों में सामंजस्य बैठाना?

गाँधी : ये मसला न तो पुरखों का है न शिक्षा-दीक्षा का। मसला ये है कि तुमने शुरुआत वैसे की है जैसे यूरोपीय करते हैं, समझौते और तात्कालिक फ़ायदे से। और जब तुम्हारा बेहतर अर्धांश तुम्हारे बदतरीन अर्धांश से नुकसान उठा चुका है, तब कृपालानी ने पहले ही किनारा कर लिया है।

नेहरू : लेकिन मैं इतना कमज़ोर व्यक्ति नहीं हूँ। तमाम मुश्किलों के बावजूद मैं अपनी लड़ाई लड़ रहा हूँ और मैं दोनों का ही इस दरमियान परीक्षण कर रहा हूँ—गाँधी और यूरोप का, चरखा और सभ्यता का। आपने बेशक बेहतर भूमिका चुन ली है। आपकी सहज अन्त:प्रेरणा ने आपको सत्ता में शिरकत करने से रोक दिया है। इसीलिए आप भारत की अविभाज्यता से एक उसी तरह चिपटे रहे जैसे एक नट अपने झूले से। जहाँ हम दिन-रात खटते हैं, वहीं गाँधीजी ऊपर विराजमान हैं, हमारे बरख़िलाफ़। शायद एक तरह से यह अच्छा ही है...

गाँधी : क्या तुम्हें लगता है मैं अपनी प्रतिष्ठा को बचाने में लगा हूँ?

नेहरू : नहीं, अपने अस्तित्व की आभा को।

गाँधी : यह करने का हक़ हर एक को है।

[प्यारेलाल बग़ीचे की तरफ़ खिड़की का शटर खोलते हैं।]

गाँधी : क्या लोग इकट्ठा होने लगे? (अपनी घड़ी देखते हैं।) समय हो गया। (नेहरू से) हमारी फिर एक बढ़िया झड़प हो गयी। (दोनों लड़कियाँ आती हैं। उनके कन्धों पर झुके गाँधीजी फिर मुड़कर कहते हैं) सावधान! बुड्ढा अन्त तक लड़ेगा।

नेहरू : (हँसते हुए) संस्थाओं का महासंघ? (गाँधी दोनों लड़कियों का सहारा लिये जाने लगते हैं।)

नेहरू : (प्यारेलाल से) मगर मुझे आशा है कि पंजाब यात्रा के बारे में वे गम्भीर नहीं हैं।

प्यारेलाल : मुझे लगता है जैसा नोआखाली के मामले में हुआ, वैसे ही वे किसी दिन सुबह एलान कर देंगे।

नेहरू : एक असम्भाव्यता में छलाँग! (वे दूसरे दरवाज़े की तरफ़ बढ़ते हैं। कुछ दस्तावेज़ उठाकर प्यारेलाल भी मंच से चले जाते हैं। बाहर से इस भजन का स्वर सुनायी पड़ता है—'आई प्रेज़ माय क्रॉस!' भीतर से बिड़ला और देवदास आते हैं।)

बिड़ला : (बत्ती जलाते हुए) यहाँ तो कोई नहीं है। लगता है प्रार्थना शुरू हो गयी। (दरवाज़ा खोलकर सुनते हैं।) यह उनका प्रिय भजन है। मुझे भी सीखना पड़ा। एक पूँजीपति के मुँह से यह अटपटा लगता है। आपके पिता किसी से भी कुछ भी करा लेते हैं।

देवदास : इस घर के स्वामी इन दिनों उनके लिये जो-जो कर रहे हैं, उनमें यह बात कोई बहुत बड़ा बलिदान जैसी नहीं लगती।

बिड़ला : प्यारे देवदास! हम कर ही क्या सकते हैं? दैन्य अपार है, और एक कारख़ानेदार की क्षमताओं के बारे में गाँधीजी की तथा ज़्यादातर आदमियों की राय कुछ अस्पष्ट सी है। (वह हँस पड़ते हैं।) वैसे आपको अपनी सरोजिनी नायडू का कथन मालूम ही होगा—''गाँधी को ग़रीब बनाये रखने में दोस्तों को बड़ी लागत लगानी पड़ती है।'' अमीर औरत के नाते उनके अपने ही अनुभव होंगे।

देवदास : गाँधीजी की सेवक-मण्डली में—अगर मैं कुछ अपनी शिकायत जोड़कर कहूँ, तो—उनके दोस्तों की नियति कोई सबसे कठिन नहीं है।

बिड़ला : मैं आपकी बात समझता हूँ। सख़्त माँग करने वाला आदमी जिसका पिता हो! मतलब हुआ कि प्रति वर्ग इंच वायुमण्डल का बेहद भारी दबाव! दूसरी ओर ये भी मानना पड़ेगा कि आप जैसे चार-चार सपूतों को उन्होंने पाला है, मगर आपके अलावा कोई और उनके ज़्यादा काम का नहीं है।

देवदास : बिड़ला जी, मुझे भी आप अपवाद मत समझिए!

बिड़ला : हरिलाल से पूछने की मुझमें हिम्मत नहीं है।

देवदास : पी-पीकर वे ख़ुद को बरबाद किये दे रहे हैं। मणिलाल दक्षिण अफ्रीका में हिन्दुओं के बीच एक छोटे गाँधी की भूमिका अदा कर रहे हैं। रामदास सबसे सयाने हैं : वो एक उद्योग संस्थान के एजेन्ट हो गये। आप देखिए—पैतृक दबाव सहनीय बनाने के लिये, सभी बेटे हर तरह का उपाय अपना रहे हैं। मैं सबसे छोटा हूँ, जिसको उन्होंने अपने प्रयोगों के लिये चुना है—मगर मैंने उनके आतंक को सबसे सहजता से झेला है।

बिड़ला : सचमुच। मुझे याद है इंग्लैण्ड में आप अपने पिता के बहुत बढ़िया सेक्रेटरी थे।

देवदास : ख़ैर, धीरे-धीरे उन्होंने मुझे मुक्त कर दिया। महादेव भाई और प्यारेलाल, दोनों ही बेहतर सेक्रेटरी साबित हुए! क्या अब वे ज़्यादा सहनशील हो गये हैं, या फिर वे दोनों उनकी कठोरता बेहतर ढंग से सँभाल लेते हैं?

बिड़ला : गाँधीजी अब जीवन के उस दौर में हैं जब लोग पिता से बेहतर नाना या दादा साबित होते हैं।

देवदास : आप ऐसा सोचते है? ऐसा है, यह जान कर कुछ तकलीफ़ होती है। सिर्फ़ अपने लिये ही नहीं। लगता है मैं ही एकमात्र ऐसा हूँ जो उन्हें गाँधी नहीं, बल्कि एक ऐसा एकाकी बूढ़े की तरह पसन्द करता है जिसे बहुत कुछ झेलना पड़ा है। (बिड़ला को देखते हैं) क्या वे व्यथित हैं?

बिड़ला : हैं ही। सपना साकार हुआ रक्त के समन्दर में।

देवदास : इसीलिए मैं कुछ दिन अपना परिवार छोड़कर यहाँ आया हूँ। हालाँकि इसे कोई धृष्टतापूर्ण दावा कह सकता है, पर उनके साथ उनके पास रहने की इच्छा हुई। उनके व्यवहार में मुझे एक नया और क्रूरता वाला लक्षण दिख रहा है। वे ख़ुद अपने प्रति और दूसरों के प्रति अधिकाधिक अड़ियल होते जा रहे हैं।

बिड़ला : हमारे भीतर से, लेकिन ख़ुद अपने भीतर से भी वे जो कठिनाइयाँ हैं, उन्हीं के समकक्ष उपलब्धियाँ निचोड़ लेना चाहते हैं। मगर ऐसे मानदण्डों से देखें तो पायेंगे कि अकेले वे ही ऐसी मशीन

हैं जिसकी क्षमता बढ़ायी जा सकती है।

देवदास : प्यारेलाल से मुझे पता लगा कि नोआखाली जाते समय प्यारेलाल बीमार पड़ गये और उन्होंने बापू को सन्देशा भेजा कि बहन डॉक्टर सुशीला नायर को भेज दें। लेकिन बापू ने कहला भेजा कि अपना इलाज प्यारेलाल ख़ुद करें, या वहीं मर जायँ! और अब ये पंजाब की यात्रा! अपने साथ वे मनु और आभा को भी ले जाने की बात कर रहे हैं। मगर यह सोचना ही कितना हौलनाक है!

बिड़ला : उस यात्रा की चर्चा अब भी हवा में है।

देवदास : उसी को रोकने मैं आया हूँ।

बिड़ला : यात्रा का प्रण अगर एक बार कर लिया, तो फिर...

देवदास : या कम से कम अपनी भतीजियों का जाना रुकवाने। उन्हें वे साथ न ले जाय।—हत्या...या उससे भी बदतर नौबत आ सकती है...

बिड़ला : (उसाँस छोड़ते हुए) विकराल ज़माना है। आज हमें अपनी वो ब्रिटेन यात्रा कितनी दूर की चीज़ लगती है। वे, नायडू, प्यारे देवदास तुम, और मैं। मैक्डॉनॅल्ड जो सम्मेलन कराना चाहते थे वह तो फ़ेल हो गया, और डोमीनियन स्टेटस की जगह हमारी गिरफ़्तारी के वारंट निकल पड़े! मगर पूरा ब्रिटेन—जॉर्ज बर्नार्ड शॉ से लेकर गोदी कर्मचारी तक—हमारे मामले में व्यग्र थे।

देवदास : तब हम नौजवान ही थे।

बिड़ला : और आज़ाद भी नहीं हुए थे।

[प्यारेलाल बग़ीचे की तरफ़ से परेशान से आते हैं।]

बिड़ला : क्या कोई बात है?

प्यारेलाल : गाँधीजी ने अभी-अभी अनशन का एलान कर दिया। आमरण उपवास।

बिड़ला : (विस्मित होकर) लेकिन कैसे? इतने अचानक? नेहरू जी से अभी हम इस कमरे के बाहर मिले थे और इसका उन्हें कुछ

भी पता नहीं था।

प्यारेलाल : लगता है प्रार्थना के दौरान ही उन्होंने वहीं ये तय किया।

देवदास : मगर क्यों? क्या कोई विशेष कारण उन्होंने बताया?

प्यारेलाल : वही जो कल था या पन्द्रह दिन पहले था।

देवदास : मगर ये तो सरासर पागलपन है। ज़रा-ज़रा-से मसले पर वे फ़ाका करने लगे हैं। इस तरह तो इस हथियार को भी भोथरा कर देंगे।

बिड़ला : मगर ख़ास तौर से ख़ुद को। उनकी सेहत बहुत ख़राब है।

प्यारेलाल : कलकत्ता में, इतनी विजय के बावजूद, उन्हें वापस लाना लगभग नामुमकिन था।

देवदास : और अगर विजय ना हुई तो? अगर लोग उनकी बात हू-ब-हू मान लें...उनकी शर्तों को?

[गाँधीजी, दोनों लड़कियों के सहारे बग़ीचे से आते हैं। वे पहले से कुछ अधिक शान्त, या कम से कम यह दिखावा करते हुए। अपने बेटे को देख उसे निर्विकार भाव से अंक में लेने की चेष्टा करते हैं।]

गाँधी : सुन्दरी लक्ष्मी ने तुम्हें आने की छुट्टी दे दी? अभी कल ही राजाजी अपने नातियों के साथ उसकी तस्वीर दिखा रहे थे। वे लोग ठीक तो हैं?

देवदास : जी हाँ, सब भले-चंगे हैं (कुछ क्षण वे निःशब्द एक दूसरे को ताकते हैं।) बापू, क्या ये अटल है?

गाँधी : अच्छा, तुमने ऐसी बातें पूछने की आदत नहीं छोड़ी जिसके जवाब तुम्हें पहले ही पता हैं?

देवदास : मैं इसका समर्थन करने में असमर्थ हूँ। क्षमा करें, लेकिन इस एक बार तो आपने धीरज खो दिया।

गाँधी : ज़ाहिर है तुम नहीं जानते कि ऐसे संकल्प कैसे जन्म लेते हैं।

देवदास : वो आवाज़—मैं जानता हूँ। इस मामले में तो इस एक बार अधैर्य ही ईश्वर की आवाज़ बनकर आ गया।

गाँधी : (इस सम्भावना को सोच कर उन्हें झटका-सा लगता है) अकेली यह हक़ीक़त, कि उस आदेश के वज्रपात की आग

में सुलगता हुआ मैं तुम्हारी फटकारें सुन रहा हूँ, अनन्त धैर्य और विनम्रता की ही निशानी तो है।।

देवदास : मगर बापू, आपका ध्यान सिर्फ़ उन्हीं घटनाओं पर केन्द्रित है, जो दर्दनाक हैं और अब भी हो रही हैं। इस तरह आप सिर्फ़ विफलता ही देख पा रहे हैं, जबकि आपको अद्‌भुत सफलताएँ भी हासिल हुई हैं।

गाँधी : (कुछ व्यंग्य से) मैंने भारत को आज़ाद करा दिया।

देवदास : आप मौजूदा धार्मिक संघर्ष के दौरान, हरेक दिन हज़ारों जानें बचा रहे हैं, और अगर आप अपनी अभ्यस्त सहनशक्ति का दुरुपयोग करके ध्वस्त न हुए, तो और भी हज़ारों को बचा सकते हैं।

गाँधी : ये फ़ैसला अचानक था, मगर बग़ैर सोच-विचार के नहीं।

देवदास : आप ताश के एक अकेले पत्ते पर सब कुछ दाँव पर लगा रहे हैं। अगर आप न रहे, तो खेल ही ख़त्म हो जायेगा।

गाँधी : ऐसे आँकड़े कोई नहीं जुटा सकता कि मैंने दिल्ली में कितनी जानें बचायी हैं। या भविष्य में कितनी बचा पाऊँगा। लेकिन मैं नहीं मानता कि दिल्ली की स्थिति आश्वस्त कर रही है या करेगी। वास्तव में इसका प्रतिलोम ही सच है। यहाँ इस समय हर चीज़ दाँव पर है। और अगर हमने दिल्ली को खो दिया, तो पूरे भारत को भी खो देंगे—और उसी के साथ पूरी दुनिया में भारत के मिशन को भी।

यह कहना कि अधैर्य मुझ पर हावी है, एक सतही और असहिष्णु दावा है। मैं लगातार पाँच महीनों से यहाँ धीरज की मूर्ति बन कर बैठा हुआ हूँ। अब जब मैं आरज़ू-मिन्नत, तर्क-वितर्क, और दोहरा-दोहरा कर हार गया, तब मैंने अपने इस आख़िरी हथियार को उठाया है। मैं चाहता हूँ कि अपनी मौत भेंट में देकर मैं दोनों डोमीनियनों की अन्तरात्माओं को कुछ देता जाऊँ। तुम मेरे बेटे हो, मगर यह नहीं जानते कि ऐसे संकल्प की पूर्व-शर्तें क्या होती हैं, कि ये व्याकुलता तथा भावनाओं के घात-प्रतिघात से परे होते हैं।

भारत के बँटवारे पर नेहरू, काँग्रेस और वायसराय...सभी घबड़ाये हुए थे कि कहीं मैं अनशन करके उनके समझौते को रद्द न करा दूँ। लेकिन मेरा संकल्प तो एक तलवार है, उसे तब तक म्यान से बाहर नहीं निकलना चाहिए जब तक कि घनघोर पाप का, राष्ट्रीय अधोगर्त का प्रसंग न हो—जो कि इस वक़्त उपस्थित है। आज यह चीत्कार आसमान तक पहुँच रही है और गाँधी उसके साथ एक पल भी ज़िन्दा नहीं रह सकता। (कुछ देर ख़ामोशी) मैं तुम्हारे साहसिक धैर्य की सराहना करता हूँ और तहे-दिल से मानता हूँ कि तुम्हारी गुज़ारिश सच्ची परोपकारिता की निशानी है। लेकिन तुम्हें यह समझना चाहिए कि जब हमारा निर्णय इतने बड़े-बड़े हेतुओं से निर्धारित होता है, तब इस तरह का एतराज़ उठाना दम्भ और असहिष्णुता का परिचायक है।

दृश्य : बारह

[वही दृश्य। पर्दा कमरे के लगभग बीचों-बीच तक खिंचा है। खिड़की से आती रोशनी में मनु नज़र आती है। अपनी खाट पर गुड़ी-मुड़ी, भ्रूण जैसे सिकुड़े गाँधीजी कुछ अधिक अँधेरे में...मंच में सामने की तरफ़ पर्दे और दरवाज़े के बीच एक टेबल, टेस्ट-ट्यूब, रसायन द्रव्य और ढेर सारे टेलीग्राम टेबल पर। बहिन-भाई, प्यारेलाल और डॉ. सुशीला भी कमरे में हैं। डॉ. सुशीला गाँधीजी के पेशाब की जाँच कर रही है। प्यारेलाल तार खोल खोल कर छाँट कर रख रहे हैं।]

प्यारेलाल : (बहन की तरफ़ देख कर) एसीटोन?

सुशीला : उसके बाद हम कहाँ पहुँचे? दूसरे और तीसरे दिन वह ख़तरे की घण्टी थी। आज...छठे दिन गुर्दे ने काम करना बन्द कर दिया। (वह टेस्ट-ट्यूब को देखती हैं) या लगभग बन्द जैसा ही।

प्यारेलाल : मतलब जीवन को फ़ौरी ख़तरा?

सुशीला : महात्मा के ऊर्जा स्रोतों की कोई सीमा नहीं है। चौथे दिन उनकी आवाज़ लौट आयी, और वे माइक पर बोले भी, इस तथ्य को किसी आध्यात्मिक आणविक विस्फोट के रूप में ही समझा जा सकता है। फिर भी, जल्दी करें।

प्यारेलाल : (एक टेलीग्राम खोल कर) ये भी ख़ूब रही।

सुशीला : पाकिस्तान से?

प्यारेलाल : मृदुला बेन ने लाहौर से भेजा है। मुसलमान यह जानने को व्याकुल हैं कि गाँधीजी को उनसे क्या अपेक्षा है?

सुशीला : आज तो उन्होंने पानी लेने से भी इनकार कर दिया। एक चाबुक की तरह वे अपनी मृत्यु को हमारे ऊपर, पूरे हिन्दुस्तान और पाकिस्तान के ऊपर घुमा रहे हैं।
(वह पर्दे के पीछे देखती हैं, सिर हिलाती हैं, और क्षण भर को मनु बाहर निकल आती हैं।) क्या वे नींद में है?

मनु : हल्की नींद में।

प्यारेलाल : मुझे लगा वे फुसफुसा कर कुछ कह रहे थे?

मनु : मुझसे बस यही कहा कि उन्हें इतना अच्छा कभी नहीं लगा जितना अब।...छठे दिन...

[वह गाँधीजी के बिस्तर की तरफ़ लौट जाती हैं।]

सुशीला : वे तो शायद मृत्यु के क्षण में भी ऐसा अनुभव कर सकते हैं। (वह भी पर्दे के पीछे जाती हैं। देवदास कृपालानी के साथ घर के भीतर से आते हैं।)

देवदास : मैं मानता हूँ कि अनशन का ऐसा ज़बरदस्त असर होगा, यह विश्वास मुझे नहीं था।

कृपालानी : अवाम की रुद्र वीणा पर झनझनाती झनकार पैदा करने वाला कोई और फ़नकार नहीं है।

देवदास : मैं उनसे जिरह करने लगा था—कोई बेटा ये करे, यह ढिठाई ही थी—और कह रहा था कि उन्होंने बड़ी हड़बड़ी में उपवास शुरू कर दिया है।

कृपालानी : हड़बड़ी में? दरअसल, हताशा में। और वे जीतेंगे, क्योंकि वे

खोने को तैयार दिखते हैं।

देवदास : मनुष्यों पर उनकी आस्था असीम है। और ऐसी निष्ठा का असर देखकर लगता है, मानो दिव्य या कि बालसुलभ आत्मविश्वास भी चमत्कार पैदा कर सकता है।

कृपालानी : बालसुलभ आत्मविश्वास, जो कि एक बहुत बूढ़े आदमी के गहन ज्ञान से मण्डित है। (प्यारेलाल से) क्या उनके उपवास तोड़ने की कोई उम्मीद है?

प्यारेलाल : कैसे बताऊँ? पाकिस्तानियों को पचपन करोड़ हमने लौटा दिये—जब यह ख़बर उन्होंने सुनी तो बहुत ख़ुश हुए।

कृपालानी : (देवदास से) नेहरू ने सचमुच से बड़ा काम किया है। भारतीय बैंक के स्वर्ण का वह हिस्सा, जो पाकिस्तान को मिलना था, हमने रोक रखा था। जो अब दे दिया—ताकि उपवास टूटे।

देवदास : और पाकिस्तान को भी सन्तुष्ट करने का बहुत अच्छा उपाय है।

प्यारेलाल : उनके इस उपवास में कुछ नयी बात है और शायद इसीलिए वे इसे तोड़ना नहीं चाहते। कुछ है जो उन्हें ग़लत लग रहा है। शायद वे सोचते हैं कि एक तरह से इसको ब्लैकमेल तो नहीं माना जा रहा है?

देवदास : और कुछ मायनों में वह ऐसा है भी। मानो वे कह रहे हैं : अगर तुमने प्रायश्चित नहीं किया तो तुम मेरी हत्या कर दोगे।

कृपालानी : जिसे अलग-अलग लोग, अलग-अलग तरीक़े से समझ रहे हैं : "महात्मा ने प्रायश्चित के लिये कहा है, सो मैं कर लूँगा।" या "चलो, थोड़ा-सा पछतावा करके उस बूढ़े बेचारे की जान बचा लें।" या फिर "उनके ख़ून का दाग़ हम पर न आये—वरना लगेगा मानो हमने ही उनकी हत्या की हो।"

देवदास : इस तरह के बड़े परिदृश्य में इरादों का घालमेल होना लाज़िमी है।

कृपालानी : अभी इसी से तो वे ख़ौफ़ज़दा थे। कि सत्याग्रह निष्क्रिय प्रतिरोध था, कि बन्दी जीवन राजसत्ता का रास्ता था, कि उपवास—जैसाकि प्यारेलाल कह रहे हैं—ब्लैकमेल की

महामारी फैला रहा है।

[पर्दे के पीछे से बातचीत की आवाज़]

सुशीला : (गाँधीजी पर झुककर) प्यारेलाल को बड़े अच्छे टेलीग्राम मिले हैं।

प्यारेलाल : (पर्दा हटा कर बिस्तर तक जाते हैं) मृदुलाबेन ने लाहौर से तार किया है कि उनके दोस्त लोग गाँधीजी की सेहत के बारे में चिन्ता कर रहे हैं। वे जानना चाहते हैं कि आपकी उनसे, और उस देश के राजनीतिज्ञों से आपकी क्या अपेक्षा है? वे क्या करें?

गाँधी : (धीमे मगर आविष्ट स्वर में) गुजरात में एक रिफ़्यूजी कारवाँ पर उन्होंने फिर से हमला किया है।

प्यारेलाल : (महात्मा के पास झुक कर) वह उपवास शुरू करने से पहले हुआ था। रिफ़्यूजी मामलात के वज़ीर ग़ज़नफ़र अली ख़ाँ ने कहा है कि गाँधीजी के अनशन ने सबकी आँखें खोल दी हैं। बहुत जल्द हिन्दुस्तान और पाकिस्तान में हर आदमी को समझ में आ जायेगा, कि वे किस शर्म के गर्त में जा गिरे हैं।

गाँधी : (कुछ ठहर कर) अली ख़ाँ का यह बयान अच्छा है।

कृपालानी : डेढ़ सौ मुसलमान जुलूस की शक्ल में सब्ज़ी मण्डी पहुँचे थे, और उस इलाक़े वालों ने उनका हँसी-ख़ुशी स्वागत किया। उन्हें फल दिये।

गाँधी : (धूमिल मुस्कान के साथ) मेरी ही तरह। टेलीग्राम में लिपटा फलों का, दया-भरे शब्दों का, बिरादराना पैग़ाम। और जो आदमी उपवास करता है, वो एक बेसहारा और अपंग की तरह फल निगल लेता है...उनकी बड़ी तादाद में ज़रूरत है...उन लोगों पर उसे यक़ीन हो सके, इसके लिये एक पूरा बाज़ार भर देने लायक फल...(प्यारेलाल से)

राजेन्द्र प्रसाद जी के यहाँ...वह मीटिंग?...(कृपालानी से) काँग्रेस-अध्यक्ष, आपके उत्तराधिकारी ने पूरी दिल्ली को अपने घर बुला भेजा है...ज़ाहिर है वो कोई सुलह नहीं करा पाए...

प्यारेलाल : आज सुबह वे फिर से जमा हुए थे।

गाँधी : अगर महासभा के लोग वहाँ नहीं हैं तो फिर उसका कोई अर्थ नहीं।

प्यारेलाल : वे तो ज़रूर वहाँ रहे होंगे।

[नेहरू आते हैं।]

गाँधी : कौन है? नेहरू हैं क्या? जवाहरलाल, मेरे लिये तुम किस क़िस्म का फल लेकर आये हो? नहीं, नहीं, मैं अभी इतना मरभुक्खा नहीं हूँ। पाकिस्तान को तुमने पचपन करोड़ रुपये सौंप दिये। कोई राजनेता ख़ुद अपनी बाँह काट कर भेज दे, उससे भी यह ज़्यादा है। एक तरफ़ यह पैसे की बात थी, और दूसरी तरफ़ एक बदला हुआ फ़ैसला।...और वैसा करना कभी ख़ुशगवार नहीं होता।

नेहरू : बापू, हमें छोड़ कर आपको हम जाने नहीं देंगे। आप जो भी आश्वासन माँगें, हम देंगे। राजेन्द्र प्रसाद जी के यहाँ वे सब मौजूद हैं जिनका होना कुछ मायने रखता है।

गाँधी : वे सारे आश्वासन...जिनके सहारे तुम मेरा प्रतिरोध भंग कर सको? मगर तब भी एक वो नहीं, जिससे कि मेरी आत्मा को चैन मिलता। कलकत्ता में हमने क्या देखा था? कितना सारा भाईचारा? और फिर भी ख़ून की बाढ़ थमने का नाम नहीं लेती।

नेहरू : मगर कलकत्ता में तो नहीं। दूसरी जगहों पर अब भी पागलपन ज़रूर सवार है, लेकिन पूर्वी और पश्चिमी बंगाल ने जो वादा किया था, उसे निभाया है।

गाँधी : सो तो है। लेकिन फिर भी, अगर हिन्दुस्तान का दिल— दिल्ली शहर भी अगर वैसी ही नज़ीर पेश कर पाता...(मंच पर सुदूर फ़ोन बजता है।)

प्यारेलाल : हाँ, वे जागे हुए हैं। जवाहरलाल जी से बात कर रहे हैं। (बिस्तर के पास आकर) काँग्रेस अध्यक्ष थे। सम्मेलन सम्पन्न हो गया। वे बिड़ला हाउस आकर गाँधीजी के सामने अपना

निवेदन करना चाहते हैं।

गाँधी : (सिर्फ़ सिर हिला देते हैं। प्यारेलाल लौट कर फ़ोन उठाते हैं) दया-माया तो है...लेकिन मेरी दलीलें स्वीकार करने में वे असमर्थ हैं। पूरे उपमहाद्वीप ने उदारतापूर्वक यह दिखाया है कि मेरी बात समझ में आयी है। मगर मैं अब ख़ुद अपने को भरमाने नहीं दूँगा। हमें भीतर की रोशनी जगानी है। मेरी माँग शुद्धीकरण है।

[पस्त होते हुए वे लेट जाते हैं। कमरे में मौजूद लोग ख़ामोशी से उन्हें ताकते हैं। बाहर से पदचाप। जल्द ही बीस-पच्चीस लोगों की लम्बी क़तार में प्रतिनिधि-मण्डल आ पहुँचता है। सबसे आगे राजेन्द्र प्रसाद हैं। वे आकर नेहरू के पास गाँधीजी की बग़ल में खड़े हो जाते हैं। बाक़ी लोग बिस्तर के इर्द-गिर्द या खिड़की के पास खड़े हो जाते हैं। कुछेक मंच के अग्रभाग में।]

राजेन्द्र प्रसाद : हमारे प्यारे गाँधीजी! अपने पराक्रम से आपने हमारी आत्मा को गहरे सरोकार और ज़िम्मेदारी से भर दिया है, और दुनिया के लिये जारी मेडिकल बुलेटिनों के बाद वे और भी विस्तृत एवं गहरी हो गयी हैं। उन्हीं का तक़ाज़ा था कि काँग्रेस-अध्यक्ष, दिल्ली के मजिस्ट्रेट, शहर के सबसे अधिक परेशान इलाक़ों के—करोल बाग़, सब्ज़ी मण्डी और पहाड़गंज के—प्रवक्ता, तथा अन्य अनेक संस्थाओं-संगठनों के प्रतिनिधि मेरे आवास पर एकत्र हुए। तक़ाज़ा था कि वे सब मिल-जुल कर सोचें कि यह दिल्ली शहर किस तरह के आश्वासन दे कि जिससे आप सन्तुष्ट हों, और अपना उपवास समाप्त करें जो कि हमारी अन्तरात्मा को कचोट रहा है।

गाँधी : राजेन्द्र बाबू, आप आगे कुछ कहें, उससे पहले मैं आपको तथा आपके साथ आये सब लोगों को आगाह कर दूँ, वरना कहीं हम एक-दूसरे को गुमराह न करने लगें। सत्य के लिये जब-जब मैंने उपवास रखा है, वे दिन मेरे जीवन के सबसे सुखमय दिन रहे हैं। उपवास रख कर मैंने जीवन में सबसे

अधिक ख़ुशी पायी है। इसलिए मेरी छीजती हुई काया पर उपजी दया से कोई इस धोखे में न पड़े कि मैं क्या-क्या बर्दाश्त कर सकता हूँ। और मुझे भी धोखे में नहीं रहना है (आवाज़ इतनी धीमी हो जाती है कि सुनायी ही नहीं पड़ती)...

सुशीला : (उनके ऊपर झुक कर, उनके शब्द दोहराती है।)...कि मैं वक़्त से पहले ही अपना व्रत तोड़ने को राज़ी हो जाऊँ...

राजेन्द्र प्रसाद : गाँधीजी, आप उससे न डरें। हमने विचार कर लिया है कि हम क्या वादा कर सकते हैं, और चूँकि कुछ महत्त्वपूर्ण दस्तख़त अभी बाक़ी थे...

गाँधी : (टोक कर) आर.एस.एस. के प्रतिनिधि यहाँ हैं?

राजेन्द्र प्रसाद : हाँ, वे हैं। गोस्वामी गणेश दत्त ने आर.एस.एस. की तरफ़ से, और नारायण दास ने हिन्दू महासभा की ओर से क़रार पर दस्तख़त किये हैं, और गाँधीजी, आपकी इजाज़त से मैं वही आपको पढ़ाकर सुनाना चाहता हूँ।

गाँधी : जी, सुनाइये!

राजेन्द्र प्रसाद : (पढ़ते हैं) यहाँ एकत्र सभी लोग अपनी इस हार्दिक अभिलाषा की घोषणा करते हैं कि हिन्दू, मुस्लिम तथा अन्य सभी धार्मिक समुदायों के लोगों को पुनः पूर्ण सद्भाव से भाइयों की तरह मिल-जुल कर रहना चाहिए, और गारंटी देते हैं कि सभी मुस्लिमों के जीवन, सम्पत्ति तथा धर्म की हम रक्षा करेंगे, और दिल्ली में जो घटनाएँ हुई हैं वे दोबारा कभी नहीं होंगी...

गाँधी : (स्वयं से ही) एवमस्तु!

राजेन्द्र प्रसाद : हम गाँधीजी को वचन देते हैं कि फूल वालों की सैर का मेला, पिछले तमाम बरसों की तरह इस बरस भी लगाया जाय। सब्ज़ी मण्डी, करोल बाग़, पहाड़गंज तथा दूसरे इलाक़ों में भी मुसलमान पहले की ही तरह आज़ादी से घूम-फिर सकते हैं। जो मस्जिदें मुसलमानों ने ख़ाली कर दी थीं तथा जिन पर अभी हिन्दुओं एवं सिखों का क़ब्ज़ा है, वे उन्हें लौटा दी जायेंगी। और जो जगहें मुसलमानों के लिये आरक्षित हैं,

उन पर जबरन क़ब्ज़ा नहीं किया जायेगा। जो मुसलमान दिल्ली से बाहर चले गये थे उनकी वापसी को हम नहीं रोकेंगे, और जो लौटना चाहें वे पहले की ही भाँति अपने धन्धे व्यापार जारी रख सकेंगे। हम वचन देते हैं कि यह सब हम अपने निजी प्रयत्नों से सम्पन्न करेंगे और पुलिस अथवा सैन्य अधिकारियों से किसी तरह की सहायता नहीं ली जायेगी। हम महात्माजी से प्रार्थना करते हैं कि वे अपना उपवास त्याग दें और हमें पहले ही की तरह अपना नेतृत्व प्रदान करें।

[लम्बी चुप्पी]

गाँधी : अभी-अभी मैंने जो सुना, उसने मेरे हृदय को गहराई तक छुआ है। वास्तव में आपने वह सब दे दिया जो मैंने माँगा था लेकिन इसका अर्थ अगर ये है कि आप सिर्फ़ दिल्ली में ही धार्मिक शान्ति की ज़िम्मेदारी मानते हैं और देश के दूसरे हिस्सों में जो हो रहा है उसमें आपको दिलचस्पी नहीं है...तब आपके आश्वासन फ़िज़ूल के हैं। (तुर्शी से, मगर आवाज़ कमज़ोर होती जाती है।) यहाँ इस अख़बार में आप पढ़ सकते हैं कि इलाहाबाद में क्या हुआ। अगर आर.एस.एस. और महासभा के प्रतिनिधियों के हस्ताक्षर धोखाधड़ी और पाखण्ड की देन नहीं हैं, तो आदमियों में पागलपन के इन विस्फोटों के प्रति आप उदासीन नहीं रह सकते—सिर्फ़ इसलिए कि वे दिल्ली में नहीं हो रहे। दिल्ली तो भारत का दिल है, और जो लोग यहाँ मौजूद हैं वे दिल्ली के सिरमौर हैं। अगर दिल्ली इस महाद्वीप में यह विश्वास नहीं जगा सकती कि इसके बाशिंदे भाई-भाई हैं, तो क्या होगा...(साँसें उखड़ जाती हैं।)

प्यारेलाल : (उनके अनसुने शब्द दोहराते हैं) ...''दोनों डोमीनियन में ?''

सुशीला : और अगर वे दंगों में डूबे रहे तो हिन्दुस्तान की क़िस्मत में आगे क्या-क्या बदा है। (चुप्पी)

गाँधी : (पुनः ताक़त बटोर कर) इससे बड़ी कोई भूल नहीं हो सकती

कि लोग यह सोचें कि हिन्दुस्तान सिर्फ़ हिन्दू के लिये और पाकिस्तान सिर्फ़ मुसलमान के लिये है। रिफ़्यूजी लोगों को समझना होगा कि वे अगर यहाँ दिल्ली में भी वैसा बन्दोबस्त करा दें जैसाकि मैं चाहता हूँ, तो पाकिस्तान में भी बन्दोबस्त हो जायेगा। (शरणार्थियों के प्रतिनिधियों से) मैं ऐसा आदमी नहीं हूँ जो धोखा खाने, या ख़ुद को धोखे में डालने के बाद, ज़रूरत पड़ने पर किसी नये और गहरे उपवास से पीछे हट जाय। कोई भी व्यक्ति ऐसा कोई वचन न दे जिस पर उसे बाद में पछतावा हो। मैं सौ फ़ीसदी ईमानदारी की माँग करता हूँ, लेकिन अगर आप में से किसी में उसका शतांश भी कम हो, तो वह हिम्मत से आये और कह दे।

[ख़ामोशी]

गाँधी : (मुस्लिम नुमाइंदों से) अनशन के दौरान मुस्लिम प्रतिनिधि कई दफ़ा मुझसे मिलने आये हैं। और मैं उन्हीं की नज़र से, जो मुझे बेहद संवेदनशील मालूम हुई, इस शहर को देखता रहा हूँ। मैं अब उन्हीं से पूछ रहा हूँ : क्या वे इन नुक़्तों से सन्तुष्ट हैं? (हाँ का स्वर, बमुश्किल सुनायी पड़े ऐसा) उसी के साथ यह भी पूछने दें कि क्या इस शुबहे का कोई आधार है कि वे हिन्दुस्तान को अपना वतन नहीं मानते—जबकि वे हिन्दुस्तान यूनियन में ही रह रहे हैं क्योंकि इसके सिवा कोई विकल्प नहीं है? मेरा विश्वास है कि ऐसे शक-शुबहे की कोई वजह ही नहीं है। इसके अलावा, अगर कोई हिन्दू अपने दिल में ये माने कि मुसलमान तो बर्बर और विधर्मी हैं जो भगवान को मानते नहीं, तो उसके लिये इस समाज में कोई जगह नहीं होगी।

[ख़ामोशी]

बंगाल में मुझे एक मुस्लिम दोस्त ने एक किताब दी थी। उसमें लेखक कहता है कि काफ़िर यानी कि हिन्दू लोग नाग से भी ज़्यादा ज़हरीले हैं, कि वे किसी काम के नहीं हैं, कि

उनका सफ़ाया कर देना चाहिए—और ऐसा करना कोई गुनाह नहीं है, बल्कि उनके ख़िलाफ़ कोई भी ताक़त या फ़रेब का इस्तेमाल करना फ़ख्र की बात है। मैं मानता हूँ कि ख़ुदा से डरने वाला एक भी सच्चा मुसलमान ऐसी किसी राय से कोई हमदर्दी नहीं रखता होगा—चोरी-छिपे भी नहीं। कुछ दूसरे भी हैं जो हिन्दुओं को बुत-परस्त, मूर्ति का पुजारी बताते हैं। मगर ये जो मूर्तियाँ हैं, ये तो प्रतीक भर हैं, वास्तव में कोई भी पूजा उनकी नहीं करता। अपने साथ के लोगों की मान्यताएँ समझने के लिये बड़ा दिल चाहिए। हमें प्रतिद्वन्द्वी होना चाहिए इसी काम में, न कि एक-दूसरे पर लांछन लगाने में। (पुन: आवाज़ टूट जाती है।)

राजेन्द्र प्रसाद : मौलाना आज़ाद गाँधीजी की बात का उत्तर देना चाहते हैं।

मौलाना आज़ाद : दिल्ली के नुमाइंदों ने जो वादे किये हैं उनमें कुछ और नहीं जोड़ना है। मगर क़ुरआन के सन्देश के बाबत महात्माजी ने जो कहा है उसका जवाब नहीं देना ठीक नहीं होगा। उन्होंने जिन विचारों का हवाला दिया वे पागलपन की निशानी हैं, जो इधर कुछ वक़्त से कुछ लोगों पर तारी है।

एक और मुसलमान : अपने तईं मैं दावे से कहता हूँ कि मेरे मुस्लिम बिरादरान हिन्दुस्तान को अपना वतन नहीं मानते, यह कहना सरासर ग़लत है। पिछले तीस बरसों से अपने राष्ट्र के लिये लम्बे संघर्ष में उनकी शिरकत और ख़िदमत ऐसे इल्ज़ाम को झुठलाती है। जो कोई हमसे वफ़ादारी का एलान माँगता है, वो हमारी देशभक्ति के एहसास पर चोट करता है। यह कोई पहली बार नहीं है जब हमने उन सबसे, जो कुछ अलहदा सोच रखते हैं, ये कहा कि वे हिन्दुस्तान छोड़ कर पाकिस्तान चले जायँ। गाँधीजी के इस सवाल की बाबत, कि क्या हम इस एलान से सन्तुष्ट हैं, हमारा जवाब ये है कि अनशन के कारण लोगों के दिलों में एक माक़ूल तब्दीली आयी है, और हमने जो वादे अभी सुने उनसे हम पूरी तरह मुतमईन हैं। इसलिए मैं राजेन्द्र बाबू के प्रस्ताव और गुज़ारिश की ताईद

करता हूँ और महात्माजी से गुज़ारिश करता हूँ कि वे अपना अनशन ख़त्म करें।

दत्त : हिन्दू महासभा और आर.एस.एस. की ओर से, मैं भी यही अनुरोध करता हूँ।

पाकिस्तान का मुख्य नुमाइंदा : मैं पाकिस्तान के सदर नुमाइंदे के तौर पर कुछ अर्ज़ करना चाहता हूँ। मैं यहाँ आया, इसकी वजह यही है कि गाँधीजी को यक़ीन दिलाऊँ, कि पाकिस्तान की जनता के मन में उनके लिये सच्चा प्यार और बेचैनी है। वह बेचैनी हज़ारों टेलीग्राम के ज़रिये मुझ तक पहुँच रही है, और अगर मुझे बताएँ कि अनशन जल्द से जल्द टूटे, इसके लिये मुझे क्या करना चाहिए। मैं वही करूँगा।

एक सिक्ख : सिखों की तरफ़ से मैं भी यही प्रार्थना करता हूँ।

गाँधी : तब तो वाक़ई अनशन तोड़ने के अलावा मेरे पास कोई विकल्प नहीं है। (राहत की उसाँसे और सुगबुगाहट। मनु आगे जाकर एक ग्लास नीम्बू-पानी बनाती है।) कामना करता हूँ कि जो आपके होंठों से अभी निकला है, ठीक वैसा ही सचमुच में हो। दिल्ली दोनों ही डोमीनियनों के दूर-दूर तक के अंगों में अमन का संचार करे, जैसे हृदय पूरे शरीर में रक्त का संचार करता है। तब तो मैं एक सौ पच्चीस क्या, एक सौ तैंतीस बरस भी जीने को तैयार हूँ—जोकि, कहते हैं, मानवीय आयु की अन्तिम सीमा है।

मन्त्रोच्चार हो रहा है :

तमसो मा ज्योतिर्गमय
असतो मा सद्गमय
मृत्योर्मा अमृतं गमय...

[मनु झुक कर गाँधीजी को फलों का रस पिलाने की चेष्टा करती है।]

दृश्य : तेरह

[वही कमरा। कमरे को दो भागों में बाँटने वाला पर्दा नीचे गिर जाता है और पिछले दृश्य के अदाकार पीछे की तरफ़ चले जाते हैं। मंच का अग्रभाग बग़ीचे की तरफ़ उतरती सीढ़ियों की दिशा से आने वाले प्रकाश से प्रकाशित है। काँच के द्वार से बाग़ का कुछ भाग दीखता है। पिछले दृश्य की ही तरह प्यारेलाल उसी टेबल पर, अख़बारों से लेख और ख़बरें कतरते या उन पर निशान लगाते हुए। घर के भीतर से पुलिस मन्त्री मंच पर पिछले आते हैं।]

पुलिस मन्त्री : (भीतर झाँकते हुए) क्या मैं आ सकता हूँ?

प्यारेलाल : जी, आइये!

पुलिस मन्त्री : (सतर्क भाव से) महात्मा जी?

प्यारेलाल : (पर्दे की तरफ़ इशारा करके) सरदार पटेल से मशविरा कर रहे हैं।

पुलिस मन्त्री : अरे, पटेल साहब से! (ज़रा झिझक के साथ) क्या ये निर्णायक बातचीत है? पूरे शहर में उत्तेजना से थरथराहट है। (दबे स्वर में) लोग कह रहे हैं कि नेहरू और पटेल ने अपनी क़िस्मत महात्मा जी की गोद में डाल दी है—वही तय करेंगे कि कौन रहे और कौन जाय!

प्यारेलाल : (टालते हुए) बापू आज सारा दिन नये संविधान के मसविदे पर काम करते रहे।

पुलिस मन्त्री : काँग्रेस पसोपेश में है। आप जानते ही हैं काँग्रेस के सदस्य किस तरह के लोग हैं। सब अपने-अपने लिये ओहदे चाहते हैं, पर ये नहीं कि कहाँ और कैसे! सब कहते हैं कि नेहरू जी गाँधीजी के दिल के ज़्यादा क़रीब हैं। हिन्दू-मुस्लिम झगड़े में भी वे अधिक निष्ठा से गाँधीजी के पदचिह्नों पर चले हैं। पटेल में थोड़ा-सा मुस्लिम-विरोध का भाव है, मगर वे जन्मजात राजनीतिज्ञ हैं और एक बढ़िया प्रशासक भी।

प्यारेलाल : क्या मैं उन्हें बता आऊँ कि आप आये हुए हैं?

पुलिस मन्त्री : नहीं, नहीं। हमारे भाग्य-विधाताओं के काम में किसी भी

तरह का विघ्न डालना ठीक नहीं। वैसे भी, बेहतर यही होगा कि मैं पहले आपको बतला दूँ...हम उस नौजवान से कई बार पूछताछ कर चुके हैं।

प्यारेलाल : मदनलाल से?

पुलिस मन्त्री : यह कोई इकलौता वाक़या नहीं था। वो बम घरों में बना था, लेकिन उसको...

प्यारेलाल : अख़बारों ने लिखा है कि वो पंजाब का रिफ़्यूजी है, जो लोगों के निष्कासन से क्षुब्ध था।

पुलिस मन्त्री : हाँ! हाल ही में सुलह-समझौते के तहत एक मस्जिद ख़ाली हुई थी—उसी में वह ठहरा हुआ था। मगर...ये कैसे कहा जाय...वो कुछेक राष्ट्रीय अपमानों के कारण भी भड़का हुआ था।

प्यारेलाल : आपका मतलब है, पचपन करोड़ रुपयों के...

पुलिस मन्त्री : बिलकुल उसी से, और अनशन की जबर्दस्त सफलता से। इन्हें लगता है कि महात्मा जी पुराने दुश्मन के ख़िलाफ़ इनके हाथ बाँधे दे रहे हैं।

प्यारेलाल : आर.एस.एस. के प्रमुख सिद्धान्तकार ने उस समझौते को साफ़-साफ़ ठुकरा दिया है।

पुलिस मन्त्री : हाँ, और महासभा भी कड़वाहट से तिलमिला रही है। ये नौजवान जो काम करने से चूक गया...

प्यारेलाल : वाक़ई वो अनाड़ी ही निकला...बग़ीचे की दीवार पर बम के निशान दिखायी पड़ते हैं...वे प्रार्थना चौक से पचास क़दम दूर फटा...

पुलिस मन्त्री : और एक बुढ़िया ने उसको दबोच लिया। है न ये हास्यास्पद? मैंने सुना गाँधीजी ने कल प्रार्थना-सभा की थी।

प्यारेलाल : आज भी करेंगे—अभी आधा घण्टे में।

पुलिस मन्त्री : क्या उन्हें मनाया नहीं जा सकता कि वे ऐसा ना करें।

प्यारेलाल : पिछले बीस साल में जितना मैं उन्हें समझ पाया हूँ, और जहाँ तक मैं उनकी मौजूदा मनोदशा देख पाता हूँ—ऐसी कोई भी कोशिश बिलकुल बेकार साबित होगी।

पुलिस मन्त्री : मगर ये भयानक बात है। दिन-ब-दिन उनको किसी

सम्भावित हत्यारे का निशाना बनते देना। आप समझते हैं न कि ये कितनी बड़ी ज़िम्मेदारी है—अकेले आप पर या मुझ पर नहीं, पूरी सरकार पर!

प्यारेलाल : आस्थाशील मानव के नाते उन्हें विश्वास है कि कोई हत्यारे नहीं, केवल भगवान ही उनकी जान ले सकते हैं।

पुलिस मन्त्री : दूसरे शब्दों में, इसका अर्थ है कि हम अपने पूरे पुलिस संगठन को दफ़ा कर दें...! क्या गाँधीजी को कहीं भेजा नहीं जा सकता?

प्यारेलाल : (उनका मज़ाक़ उड़ाते हुए) कहाँ? पाकिस्तान?

पुलिस मन्त्री : बैठकों में शामिल होने वाला मेरा एक कमिश्नर बताता है कि वे वर्धा आश्रम जाना चाहते हैं।

प्यारेलाल : (मुस्कुराते हुए), हाँ मगर फ़ौरन नहीं—जिससे कि पुलिस विभाग की चिन्ता कम हो जाय!

पुलिस मन्त्री : प्यारेलाल जी, आप भी कैसी बात करते हैं! सबसे बुरी बात तो ये है कि उनके आसपास के लोग भी इसी तरह का ख़तरनाक हल्का-फुल्का रवैया अपनाने लगे हैं। क्या आप सचमुच मानते हैं कि भगवान चाहेगा तो दो क़दम दूर से हत्यारे की गोली छिटक कर उनसे दूर जा पड़ेगी? जो आग में कूदते हैं उनको बचाने भगवान नहीं आता।

[गाँधी और पटेल पर्दे से निकल कर आते हैं।]

गाँधी : (कोने में खड़े पुलिस मन्त्री को उन्होंने नहीं देखा है।) मैंने नेहरू को लिख दिया है कि जाने की इजाज़त नहीं दूँगा। अगर वो दो ऐसे बेहतरीन लोगों को, जिनके गुण एक-दूसरे के पूरक हैं, साथ नहीं रख सकता तो देश में हिन्दू और मुसलमान को एक साथ कैसे रख पायेंगे?

पटेल : (पुलिस मन्त्री की तरफ़ देखते हैं) गाँधीजी की इच्छा मेरे लिये हमेशा परम आदेश रही है। असाध्य को साधे रखने की मैं भरसक चेष्टा करूँगा। (पुलिस मन्त्री की तरफ़ सिर हिला कर बाहर चले जाते हैं।)

गाँधी : (पुलिस मन्त्री से) आप शायद मेरी सेहत के बारे में परेशान हैं?...शुक्रिया! उपवास के प्रभाव से मैं उबर चुका हूँ। मैं प्रार्थना चौक तक आसानी से चलकर जा सकता हूँ।

पुलिस मन्त्री : गाँधीजी, यह जानकर बहुत अच्छा लग रहा है। बस ये है कि आपकी सुरक्षा के बारे में भी मैं इसी तरह आश्वस्त हो पाता तो...आपको कल प्रार्थना सभा में कोई हलचल नहीं दिखी?

गाँधी : आपका मतलब है कि भीड़ के भीतर मैंने किसी नये सम्भावित हत्यारे को तो नहीं देखा? जो गोली दागने के लिये कोई अच्छा-सा ठाँव खोज रहा हो?

पुलिस मन्त्री : आपकी पैनी नज़र जगत-प्रसिद्ध है। पूरी दिल्ली में चर्चा है—विस्फोट का शोर सुन कर आपके चेहरे पर शिकन तक नहीं आयी। बल्कि आपने तो मजमे को ताक़ीद किया कि वह शान्त रहे।

गाँधी : वो सिर्फ़ इस कारण कि मुझे पता ही नहीं चला कि हुआ क्या है! मुझे तो लगा कि बग़ल में कहीं सैनिक प्रशिक्षण की क़वायद में लगे होंगे। मेरी तारीफ़ तो तब थी जब हत्यारा सफल हो जाता—और जब यह जान कर कि क्या हुआ है, मैं मुस्कुराता रहता और भगवान का नाम लेकर वहीं ढेर हो जाता।

पुलिस मन्त्री : आपकी नज़र में शायद वह एक सुन्दर अन्त होता...मगर भारत पर तो गाज़ गिर पड़ती।

गाँधी : (मुस्कान के साथ) और पुलिस मन्त्री पर?

पुलिस मन्त्री : शोक के अलावा बेइन्तिहा शर्म।...आप मुझे बस सभा से पहले भीड़ की तलाशी लेने की इज़ाज़त दे दीजिये। ताकि सन्दिग्ध लोगों पर नज़र रख सकें...

गाँधी : उनकी ख़ाना-तलाशी! यानी मैं प्रार्थना करूँ तो वह भी पुलिस की देख-रेख में? अगर मेरी नियति यही है कि कोई गुमराह पगला मुझे ख़त्म कर दे...ख़ैर, बेहतर यही है कि उस लड़के को रिहा कर दें...उसे विश्वास था कि दुष्कृत्य के विनाश के

लिये वह ख़ुद को बलिदान कर रहा है। हमारे ग्रन्थों में लिखा है : संसार में अगर कोई दानवी मनुष्य सिर उठाता है, तो भगवान उसको नष्ट करने के लिये कोई दूसरा मनुष्य भेज देता है। शायद वह ख़ुद को भगवान का ही एक आयुध मानता था। उसे समझाया जाना चाहिए कि वो हरेक आदमी, जो हमसे भिन्न तरीक़े से सोचता है, हमेशा दुष्ट ही हो, ऐसा नहीं है।

पुलिस मन्त्री : मेरा ख़याल है यह ड्यूटी तो पण्डित–पुरोहितों की होगी, पुलिस की नहीं। लेकिन अगर यही होता रहा तो किसी दिन हम पण्डे–पुजारी भी बन जायेंगे।

गाँधी : कितना अच्छा होगा वह!

[आभा बग़ीचे के दरवाज़े से अन्दर आती है। अपनी घड़ी देखकर गाँधीजी की तरफ़ सिर हिलाकर देखती है। वक़्त हो गया!]

आपने पुलिस का अपना कर्तव्य पूरा कर दिया। बाक़ी अब भगवान पर छोड़िए।

[पुलिस मन्त्री झुक कर मंच से जाता है। हड़बड़ी में भीतर आते कृपालानी से टकरा–सा जाता है।]

गाँधी : (बढ़ते हुए, कृपालानी से) अब ये काम हम बाद में देखेंगे...

कृपालानी : गाँधीजी, बस एक मिनिट! (ख़बर का एक पन्ना दिखाते हैं) रायटर की यह रिपोर्ट शायद आपकी नज़र से नहीं गुज़री। न्यूयॉर्क में संयुक्त राष्ट्र संघ में पाकिस्तान के प्रधान प्रतिनिधि अली ख़ान ने कहा है कि मिस्टर गाँधी के अनशन के प्रभाव से, पूरे उपमहाद्वीप में, हिन्दू और मुसलमान के बीच भाईचारे की अभूतपूर्व लहर उमड़ पड़ी है।

गाँधी : (ख़बर का पन्ना देखते हुए) ये सचमुच सौभाग्य है।

कृपालानी : मुझे लगता है अनशन एक बड़ा मोड़ था। अब एक महान रचना का समय आ पहुँचा है। नया संविधान, संस्थाओं का महासंघ।

गाँधी : आप यह इस समय क्यों कह रहे हैं?

कृपालानी : (साहस करके) कुछ देर पहले तक मुझे डर था—जो बढ़ता ही जा रहा था—कि हमने, पूरे हिन्दुस्तान ने गाँधी से अन्याय किया है। —कि आज भी वो हमारे पास तो हैं, एक जहाज की तरह, जो तट छोड़ने को तैयार है, मगर उसके पाल में पारलौकिक हवा की पुकारों की सनसनाहट है।

गाँधी : क्या मैं अपने दैनिक कर्तव्य नहीं कर रहा? मैं नये संविधान के मसविदे पर काम कर रहा हूँ! मैं पटेल और नेहरू के बीच बीच-बचाव कर रहा हूँ...

कृपालानी : लेकिन बिड़ला हाउस की बग़ीचे की दीवार में आयी दरार...वह तो निर्लज्जता की पराकाष्ठा थी।

गाँधी : पगलैट तो हर देश में मिल जायेंगे।

कृपालानी : मगर यह कोई इकलौता पगलैट नहीं था।...उसके पागलपन का सम्बन्ध उस जुनून से है जो डेढ़ बरस से छाया हुआ है। वही जुनून अब उन लोगों के ख़िलाफ़ बरपा हो रहा है जो हत्यारों के हाथ बाँध देना चाहते हैं। वे बौखला उठे हैं, क्योंकि उन्हें डर है कि अब उनका वक़्त बीता जा रहा है। एक ऐसा समय आयेगा जब हरेक को काम करना होगा, पूरे एक सौ पच्चीस बरस तक। मगर तब तक...

गाँधी : (हिकारत से) जब तक उनके आक्रोश का साम्राज्य बरकरार है...

कृपालानी : जब तक प्यार और करुणा के ज्वार में उनकी बौखलाहट थपेड़े खाती रहेगी...

गाँधी : क्या मैं कहीं जा छिपूँ?

कृपालानी : मुझे पता है कि मेरे बारे में गाँधीजी कोई ऊँची राय नहीं रखते...उतनी नहीं जितनी कि दूसरे लोगों के बारे में। वे सोचते हैं मैं एक दुर्बल आदमी हूँ, जिसके भीतर तरह-तरह के संशय और अन्दरूनी विरोध पड़े हुए हैं। लेकिन जब मुझे चुनना पड़ा था, कि मैं राजनीति का पुरोधा बनूँ या कि आपका वफ़ादार अनुयायी...

मैं यह नहीं कहता कि आप ख़ुद को बचाते फिरें। लेकिन भारत पर कलंक का टीका न लगाएँ!

गाँधी : कलंक का टीका किस चीज़ से?

कृपालानी : अपनी मृत्यु से! अगर वह बम आप पर आ गिरा होता तो बहुत ही भयानक हालत हो जाती—गाँधी की हत्या एक पगलाये भारत के हाथों हुई होती!

[बग़ीचे के द्वार पर मनु प्रकट होती है।]

गाँधी : भगवान ने सिर्फ़ हमारे हृदयों के भीतर ही वह रास्ता और वह आत्मविश्वास रचा है जो हमें उन तक पहुँचाता है। सतर्कता... घुमावदार मोड़ों का डर, लुके-छिपे हमलों का डर...ये सब वास्तव में कमज़ोर दिल वालों की चीज़ें हैं।

[दोनों लड़कियों का सहारा लिये गाँधीजी सीढ़ी उतरने लगते हैं। कृपालानी हताश होकर उन्हें देखते रह जाते हैं।]

प्यारेलाल : (घर की तरफ़ से आकर कृपालानी के कन्धे पर बाँह रखते हैं।) क्या आप उनको सुनने नहीं जायेंगे? वे राजनीति के मसलों पर बोलने वाले हैं। संविधान, ग्राम पंचायत...काँग्रेस पार्टी...

[उसी क्षण तीन गोलियों की आवाज़]

प्यारेलाल : ये क्या था? (दौड़ कर नीचे जाते हैं)

कृपालानी : मुझे पता था।

[लोग गाँधीजी का शव अन्दर लाते हैं।]

मनु : (घबराहट के साथ बताते हुए) एक आदमी...मैंने सोचा कि वह उनके चरण छूना चाहता है...रास्ता बनाने के लिये मैंने उसे एक तरफ़ धकियाया मगर उसने मुझे धक्का देकर रास्ते से हटा दिया। फिर वह बहुत नीचे झुका और उनके ऊपर गोली चला दी। भीड़ में एक आदमी।

उन्होंने बस इतना कहा : हे राम! और फिर वे ज़मीन पर गिर पड़े।

[पर्दा]

नेमेथ लास्लो की डायरी

गाँधी नाट्य की डायरी
(फ़रवरी १९५७)

फ्रांसीसी में, यंग इण्डिया के गाँधी के लेखों का चयन रोम्यां रोलां ने प्रकाशित कराया, तभी मैंने उसे ख़रीद लिया था। प्रकाशन का वर्ष : १९२४, युवा डॉक्टर (रोम्यां रोलां) का नाम उसमें सील (मोहर) की तरह छपा है, हमारी शादी के आरम्भिक हफ़्तों में, यानी १९२६ की शुरुआत में मेरी पत्नी उसे पढ़ती रहीं। यह ऐसी कृति थी जिसे मैं समय-समय पर निकाल कर पढ़ता रहता था। वाशारहेली में अपने छात्रों के मैट्रिक (बोर्ड) पास करने के बाद मैंने अपनी अन्य पुस्तकों के साथ वह भी उन्हीं को बाँट दी थी। वह पुस्तक—ला जून इंद—मैंने अपने सबसे प्रतिभाशाली छात्र को दी थी, लेकिन जल्दी ही शायद गाँधी की मृत्यु के समय मैंने वह वापस माँग ली थी। अभी हाल तक मैंने उन की या उन के बारे में कोई और पुस्तक नहीं पढ़ी थी, और शायद मैंने सही ही किया।

हंगरी के राजनीतिक विचार-विवेचन में गाँधी अगर कोई कार्यक्रम नहीं, तो (कम से कम) प्रेरणा दे सकते थे—यह विचार मुझे हिटलर के ज़माने में आया, जब मैंने महसूस किया कि आख़िरकार हम (भी) एक उपनिवेश हैं।

गाँधी के बारे में कुछ लिखा जा सकता है, यह ध्यान मुझे बहुत बाद में आया। मेरे ज़ेहन में बहुत समय से एक नाट्य-चक्र की योजना है, जिसमें एक सभ्यता के प्रतिनिधि-पुरोधा की नियति के भीतर, एक ''सामान्य मनुष्य'' का दिग्दर्शन कराया जायेगा।

यह ख़याल—फ़ैनेटिक्स (मतान्ध)—लिखते समय उभरा था, लेकिन उस वक़्त बुद्ध-पत्नी नामक काव्य-नाट्य की योजना में भारत मौजूद था। बहुत बाद में बुदॉपैश्त में जब मैं अनुवाद-कार्य में लगा था, गाँधी-नाट्य प्रस्फुटित होना शुरू हुआ।

मनुष्य के अन्तर्मन की दीर्घ-परिचित निजी पुकार या आवाज़ एक नाटक रचने लगी, क्योंकि इस आवाज़ में मुझे एक राजनीतिक नवाचार-प्रवर्तक और एक अपराजेय सन्त का स्वर सुनायी पड़ा; ग्रेगॉयर सप्तम, हुश के सिद्धान्त-ग्रन्थों, जोसेफ़ द्वितीय के राजनयिक पत्राचार, मिस्तोतफ़ालुशी किश की बहाना (या क्षमायाचना) या सेचेन्यी की डायरी, जैसी कृतियों में महत् नैतिक मूल्यों और अचेतन मानवीय दुर्बलताओं के घालमेल की जो लुभावनी अनुगूँज सुनायी पड़ती है—और जो मेरी कल्पना को फ़ौरन नाटक रचना की दिशा में उकसा देती है—वह मुझे इसमें नहीं सुनायी पड़ी। मुझे लगा कि उनमें यह ख़ूबी है कि उन्होंने नये युग की राजनीति में—जोकि मैकियावेली के समय से ही धर्म एवं नैतिकता से विमुक्त एक 'विज्ञान' बन चुकी है—उन्होंने (गाँधी ने) पुनः नैतिकता की प्राथमिकता (अनिवार्यता) की पुष्टि है, और यह दिखा दिया है कि ऐसी राजनीति भी एक आशातीत सफलता हासिल कर सकती है! यह तथ्य कि इस प्रयोग में भी अपनी ही एक नाटकीयता मौजूद थी, और यह तथ्य कि इस सन्त के भीतर भी ऐसी आकर्षक सीमाएँ (या कमियाँ) थी कि इस पुरोधा-नायक का रक्त-संचार मेरे हृदय से जुड़ जाय—यह मुझे बाद में ही तब नज़र आया, जब मैंने पाया कि इस नाटक की रूपरेखा हमारे अपने घर यानी हंगरी में होने वाली घटनाओं के सन्दर्भ में अत्यन्त महत्त्वपूर्ण हो उठी है।

लेकिन गाँधी नाट्य की सम्भावना प्रकट हुई, उसी समय स्पष्ट हुआ कि उस का केन्द्रीय भाग तो तभी घटित होने लगा था—जहाँ कि अब होता नज़र आता है—यानी १९२२ में, महात्मा गाँधी की गिरफ़्तारी से हफ़्तों पहले से। मुमकिन है कि अगर उस समय गाँधी की सम्पूर्ण विस्तृत जीवनी मेरे हाथ लग जाती—उनके जीवन के आख़िरी महीनों में—तो शायद मैंने नाटक की पटकथा उनके जीवन के अन्तिम महीनों में, उनकी हत्या के ऐन पहले के समय में, अंकित की होती। नेहरू की आत्मकथा में गाँधी के बढ़ते हुए ज़िद्दीपन का ज़िक्र है, और शायद उनकी हत्या भी

मतान्धता की वैसी बेतुकी उग्रता (का नतीजा) नहीं थी, जैसी कि मैंने फ़ैनेटिक्स (मदान्ध नाटक) के समापन-वक्तव्य में लिखी है।

भारत की नयी राजनीति के आधार पर मैं बख़ूबी कल्पना कर सकता हूँ कि मुक्ति, आज़ादी, स्वराज मिलने के ऐन पहले उन्हे अपनी आकांक्षाओं का एकाकीपन साल रहा था : भारत एक 'डोमिनियन' (एक स्वतन्त्र उपनिवेश) तो हो गया, लेकिन राजनीति में धर्म प्रस्थापित नहीं हुआ, और राजनीति अपनी हस्बमामूल चालाकियों को निरे पाखण्ड से सजाती रहेगी, जोकि गाँधी की बार-बार याद दिलायेगी...

गाँधी के अन्तिम वर्षों के बारे में कोई विस्तृत जीवनी, उनकी कोई आत्मस्वीकृति मेरे पास नहीं है, जिससे कि मैं इस सदी के सबसे सुन्दर प्रयोग को उस की विफलता में चित्रित करने का साहस जुटा सकूँ—(मगर) गाँधी का जीवन अब भी मेरे भीतर एक दृष्टान्त (मिसाल) की तरह जीवित है, और अगर मैंने नाटक लिखा तो उस आख्यान की ऊर्ध्वगामी दिशा प्रकट होनी ही चाहिए। गाँधी की गिरफ़्तारी से पहले की घटनाओं में दोनों ही मौजूद है : फन्दे में फँसने का एहसास, कठोर कर्तव्य का सम्भावित दिवालियापन मगर एक दुर्लभ आकर्षण भी, आप को ऊँचा उठाने वाली पंख की फड़फड़ाहट भी...

अन्ततः गाँधी ने निश्चय कर लिया। भारत के सबसे सौम्य (या शरीफ) प्रदेश (गुजरात) में, बारदोली में वे असहयोग आन्दोलन आरम्भ करते हैं। जनता उन्हें एक सन्त की तरह देखती है, पढ़े-लिखे लोग (या बुद्धिजीवी वर्ग) एक दूसरे से होड़ करते हुए जेल जाते हैं, हर चीज़ एक महान् प्रयोग के आरम्भ की माँग करती है और फिर एक छोटे-से बंगाली गाँव में (दरअसल चौरीचौरा, उत्तर प्रदेश में) गाँव के लोग थाने में सिपाहियों समेत आग लगा देते हैं—पुलिस द्वारा उन पर भारी गोलीबारी और हत्याओं के बाद—और अहिंसा के परीक्षण पर ख़ून के दाग़ लग जाते हैं।

इस घटना में गाँधी को अपनी आशंकाओं का, अपनी हिचक का जबरदस्त औचित्य दिखायी देता है। भारत की जनता अभी इतनी प्रौढ़ नहीं है कि आत्मा की बग़ावत पूरी कर सके, अहिंसा अभी महज़ एक शब्द मात्र है, अपनी शक्तिहीनता का एक अनिच्छापूर्ण नारा मात्र; इसके पीछे प्रतिशोध की अन्ध-लिप्सा अपनी प्यास बुझाने की फिराक में है; और यह लिप्सा,

यह बन्द पड़ी हुई एक मशीन को चलाने की चिंगारी, भारत के निवासियों को न जाने कहाँ ले जायेगी... लिहाजा वे विस्फोट की कगार पर खड़े आन्दोलन को रोक देते हैं; जो जेल में बन्द हैं और जल्द छूटने का इन्तज़ार कर रहे हैं उन्हें वहीं रहने देते हैं; बौखलाये हुए राष्ट्रवाद पर वे जंजीरें डाल देते हैं, और अपनी नाकामी को स्वीकार करके, और ५ दिन उपवास रखकर वे ख़ुद को और अपने भीतर जनता को दण्डित और परिशुद्ध करते हैं। असहयोग आन्दोलन को रद्द करने पर नेता और उनके अनुयायी समूह के बीच स्वभावतः मतभेद उठ खड़े होते हैं तथा विफलता सबके सामने रख दी जाती है। गाँधी का सर्वाधिक 'नाटकीय' आलेख वही था जो उन्होंने असहयोग आन्दोलन को रद्द करने के बाद दिल्ली काँग्रेस सम्मेलन के वक़्त लिखा था। गाँधी जी की प्रतिष्ठा के कारण ही वहाँ बहुमत उनके समर्थन में जुट पाता है, और वह ख़ुद जब फ़ौरी तौर पर निश्चय ही अल्पमत में थे, तब वे दक्षिण अफ्रीका वाली अपनी स्थिति की आकांक्षा करने लगते हैं। फन्दा तैयार है लेकिन फ़िलहाल एक निकासी का द्वार है : अँग्रेज़ सरकार गाँधी को गिरफ़्तार करने की हिम्मत दिखाती है और इससे गाँधी का बचाव हो जाता है; फिर से वे अवामी हुजूम के सर-माथे से ऊपर जा पहुँचते हैं और उन पर सभी की हसरत-भरी निगाहें टिक जाती हैं।

नाटक की रूपरेखा मैं देख रहा हूँ : कौन सा अंक किस स्थल पर होता है, उसमें क्या घटित होता है। नाटक के दो दृश्य बहुत शुरू से तयशुदा थे। एक वह जब गाँधी को चौरी-चौरा अत्याचारों का पता लगता है और वे एक चलती हुई मशीन को ठप्प कर देते हैं। और दूसरा, गिरफ़्तारी वाली शाम तथा पवित्र आश्रम में जेल के लिए बाख़ुशी तैयारी हो रही है। बस मैं यह नहीं समझ पा रहा था कि पहले वाला दृश्य मैं कहाँ रखूँ—मुम्बई में या बारदोली में। दोनों दृश्यों के बीच एक तीसरा भी ज़रूरी था जिसमें ५ दिन के उपवास के बाद गाँधी अपने निर्णय का औचित्य साबित करते हैं। वह दृश्य दिल्ली में ही, कार्य समिति की एक बैठक में ही मुमकिन था, क्योंकि भरी सभा में उतने सारे चरित्र कहाँ से आते और उनके लिए जगह कहाँ थी!

नाटक बहुत लम्बा नहीं होगा, अधिक से अधिक तीन अंकों का : मैं जिस किसी से बात करता वह यही कहता था।—मगर लगता है नम्बर चौथा

नाटक के सम्पादन की मेरी गहनतर चेतना का परिचायक है। भारत पर बाक्ताइ की किताब में गाँधी के आश्रम की बस्ती में बाक्ताइ के जाने का अत्यन्त चित्रोपम वर्णन है। क्या नाटक को मैं आश्रम की छवि से वंचित रखूँ? आख़िरी दृश्य वहीं घटित होता है, यह सच है, सच है, मगर वह शाम की बात है—विदाई के माहौल की, न कि काम-काजी वातावरण की। मगर आधार, गाँधी का घरौंदा : क्या यही वह सन्तई-रिहाइश है जहाँ ब्रिटिश सामान के बहिष्कार के लिए कताई, बुनाई, सिलाई चलती है, जो कि मुक्ति का उपाय है, जहाँ चरखे के मधुर गीत अनोखे ढंग से ताना-बाना बुनते हैं।

पहले मैंने सोचा दिल्ली के मुकदमे और गिरफ़्तारी के बीच मैं एक तीसरा दृश्य और जोड़ दूँ। तीसरे उस दृश्य का विषय होगा दिल्ली में नाकामी की समीक्षा और जेल की नयी उम्मीद। मगर इससे नाटक और लम्बा हो जायेगा, इससे एक ऐसा अंश जुड़ जायेगा जिसका नाट्य-व्यापार से कोई निश्चित जुड़ाव नहीं होगा। यह भी काफ़ी बेहतर लगा कि बारदोली वाले दृश्य से पहले, जो कि असहयोग आन्दोलन की शुरुआत के साथ समाप्त होता है, और वॉइसरॉय के ख़िलाफ़ युद्ध के उद्घोष के साथ समाप्त होता है, एक रमणीय दृश्य जोड़ दूँ।

नाटक का घटनाक्रम स्पष्ट है : आश्रम में क्रान्ति की शुरुआत से यह शुरू होता है; दूसरा अंक क्रान्ति के लिए मनोनीत छोटे-से शहर में ले जाता है; और तीसरा अंक राजधानी में विकट बहस-मुबाहिसे का है; चौथा अंक है शाम का एक कमरा, आख़िरी भोज का वातावरण....

अंकों के पदानुक्रम में यह नाटक "गैलीलियो" नाटक के बहुत क़रीब होगा; पहला और चौथा दृश्य विला मेडिसी के कार्यस्थल की ही तरह—पहला एक उज्ज्वल बरामदे में, चौथा एक अंधियारे कमरे में; दूसरे और तीसरे में भी अनेक व्यक्तियों के बीच बड़ी भिड़न्त की तैयारी और विस्तृत वर्णन वाला...

गाँधी नाट्य में एक अप्रत्याशित कठिनाई भी थी : गौण पात्रों को (मनचाहे ढंग से) पैदा या प्रस्तुत नहीं किया जा सकता था। ऐतिहासिक नाटकों में गौण पात्र प्राय: अपने-आप जन्म लेते हैं, कहानी उन्हें यथास्थान ला बैठ आती है, प्राप्त सामग्री से उन की रूपरेखा बन जाती है। गाँधी नाटक के

गौण पात्र मुख्य पात्र के साथ-साथ प्रस्फुटित नहीं हुए थे। उदीयमान चरित्र भ्रूणावस्था में ही थे। अन्य प्रसंगों में जहाँ मुझे केवल स्वीकार या अस्वीकार करना था, (इस नाटक में) मुझे पात्रों को लगभग अंग-अंग जोड़कर खड़ा करना पड़ा और मेनन (वी. के. कृष्ण मेनन?) अपनी स्मरणीय यात्रा के दौरान जब बुडॉपैश्त में थे, उनकी उपस्थिति से भी कोई मदद नहीं मिली, मानों वे मेरा इरादा पहचान चुके थे। उन्होंने सेचेन्यी पुस्तकालय को दो पुस्तकें दीं और दोनों ही निर्णायक महत्त्व की थीं। एक थी गाँधी की आत्मकथा जो तिथिवार ढंग से मेरे नाटक को छूती थी; और दूसरी पुस्तक थी गाँधी स्मृति निधि द्वारा प्रायोजित और डी.जी. तेंदुलकर द्वारा सम्पादित गाँधी की आठ खण्डों की जीवनी।

यह बहुत दिलचस्प सवाल है कि गाँधी के आलेख में व्यक्ति-चित्र बहुत कम बन पाते हैं जबकि वे टैगोर, गोखले या तिलक जैसे भारत के महान चरित्रों के बारे में लिख रहे होते हैं। यह सम्भव नहीं दिखता कि वह ज्ञानी पुरुष मानवीय चरित्रों के भीतर नहीं झाँक पाये और उसके जैसा अतुल्य, अचूक लेखक, जिसकी लेखनी हर महत्त्वपूर्ण प्रसंग में निर्बाध चलती थी, उन पात्रों के बारे में कोई टिप्पणियाँ दर्ज नहीं कर पाये, जबकि ऐसा करना ज़रूरी भी हो। वह एक ऐसे व्यक्ति थे जो किसी भी तरह के व्यक्ति से सहजता से निपट सकते थे।

मुझे तो लगता है कि गाँधी अपने-आप को रोकते रहे, एक सन्त की सूझ-बूझ की तहत, ताकि वे चरित्रों का उद्‌घाटन करने से बचे रहें। यूरोपीय उपन्यास में चरित्र-चित्रण का जो तरीक़ा विकसित हुआ, उसमें थोड़ी बहुत 'शरारत' या 'बदमाशी' ज़रूरी थी। मनुष्य एक दुर्बल प्राणी है—उस की दुर्बलता ही उसके चरित्र को रंगती है। एक सन्त का स्वभाव यह होता है कि चौकन्ना न रहे। वह उन कमज़ोरियों पर ध्यान केन्द्रित नहीं करेगा; उसे उन कमज़ोरियों को दर्ज करने में कोई आनन्द नहीं मिलता।

गाँधी की तुलना में तोलस्तोय जरा धूमिल सन्त हैं जबकि उनका मनोवैज्ञानिक ज्ञान अपार है और वे गन्ध सूँघने में माहिर हैं, गाँधी वह सब जानते हैं, लेकिन सिर्फ़ उनका ध्यान उन पर बहुत ज़्यादा नहीं है। उनकी रुचि मनुष्य की सामाजिक भूमिका में ज़्यादा है। उसी की तारीफ़ वे करते हैं। अगर महान् उद्देश्य की माँग हो तो समर्थन करते हैं या उसका ध्वंस करते हैं।

मगर ऐसा धूप-छाँही चित्र रंगमंच पर मौजूद व्यक्ति को उपयोगी रंग प्रदान नहीं करता। उनकी आत्मकथा तक में ऐसी कहानियाँ दुर्लभ है जिनसे संस्मरणों में रंगत आ जाती है तथा जिनसे किसी व्यक्ति का अन्तरंग रहस्य अचानक उद्घाटित हो जाता है। जीवनी के पहले खण्डों के स्रोतों का ताल्लुक मेरे नाटक में सिर्फ़ गाँधी के भाषणों तक है और वहाँ मैं चित्रण की कोशिश ही नहीं करता। उनसे हम गाँधी के निकटतम लोगों में से प्रत्येक व्यक्ति को नहीं जान पाते।

नाटक के पात्र कहानी में से उभरते हैं, गाँधी की जीवनी में बिखरे कुछ सन्दर्भों से, और उन नामों की सूची अभी जन्म लेती जा रही है। उस पुस्तक में प्रकाशित चित्रों के संग्रह और बाक्ताइ की भारत सम्बन्धी पुस्तक का मैं अच्छा उपयोग रहा हूँ। बाक्ताइ अहमदाबाद के पास की बस्ती (या आश्रम) में गाँधी-भक्त की तरह तो गये ही थे, उन्होंने उसके अलावा अन्य कई जगह अपनी पुस्तक में ऐसे ख़ास क़िस्म के भारतीय व्यक्ति प्रस्तुत किये हैं जिनको मैं भी अपने नाटक में रख सकता हूँ—गैलीलेइ नाटक के द्वारपालों और सेविका की ही तरह। आश्रम में घटित दो दृश्यों में गाँधी की पत्नी उस समय अनुपस्थित नहीं हो सकती जब, जैसे कि बाक्ताइ की यात्रा के वक़्त, गाँधी-परिवार का एक सदस्य : उनका बेटा—कुछ कह रहा है। यंग इण्डिया के सम्पादक, (शंकरलाल) बैंकर जो कि गाँधी के साथ गिरफ़्तार हुए थे, अन्तिम अंक में बल्कि पूरे नाटक में एक अत्यन्त महत्त्वपूर्ण भूमिका रखते हैं। जीवनी में रौलट एक्ट के ख़िलाफ़ आन्दोलन से जुड़े १९१९ के एक सम्मेलन के भागीदारों की सूची भी है; श्रीमती (सरोजिनी) नायडू, इत्यादि...

श्रीमती नायडू अक्सर यात्राओं में गाँधी के साथ रहती हैं और अस्सूयाबाई उनकी गिरफ़्तारी के समय वहाँ मौजूद थी, वे यह ख़बर लाती हैं कि बैंकर गिरफ़्तार हो गये। पहले अंक में, मैं एक ब्राह्मण और बस्ती के एक अछूत निवासी को प्रस्तुत करना चाहूँगा, शायद गाँधी की अँग्रेज़ सेक्रेटरी को और एक अँग्रेज़ पत्रकार या यात्री को भी, जोकि बाक्ताइ की तरह ही कुछ बरसों बाद गाँधी के आश्रय-स्थल पर नज़र डालता है। दूसरा अंक दर्शक को बारदोली के अभियान में ले जायेगा और असहयोग आन्दोलन का स्थगन पटेल के घर में घटित होगा; वह अर्थात् पटेल गाँधी के सबसे विश्वस्त अनुयायी पात्र हैं।

यहीं मैं कुछ ग्राम्य चरित्र भी प्रस्तुत करूँगा; एक अछूत, धोबी जो अन्त: वस्त्र ले जाता है, वह नौकर जो रामायण को एक सस्ते-उत्तेजक उपन्यास की तरह पढ़ता है, एक गृह प्रबन्धक। इस अंक के एक घटनापूर्ण दृश्य में, जब गाँधी को चौरी-चौरा के रक्तपात का पता लगता है, तब नगर के कुछ महत्त्वपूर्ण लोग तथा सत्याग्रह के कुछ स्वयंसेवक भी मंच पर आयेंगे।

सबसे कठिन है तीसरा अंक, और दिल्ली घटना के पात्र। उपवास से लौट गाँधी के साथ श्रीमती गाँधी, श्रीमती नायडू और एक-दो अनुयायी होंगे। मगर उनकी तकरार किसके साथ होगी ? दो बड़े नेता चित्तरंजन दास और नेहरू के पिता (मोतीलाल), जो गाँधी से अलग विचार रखते थे, उस समय जेल में थे। नेहरू को जबरन भी लाया जा सकता है क्योंकि उन्हें दो हफ़्ते बाद ही रिहा कर दिया गया था। मगर गाँधी का नाटक तभी आगे बढ़ सकता है जब मैं उन्हें यूरोपीय शिक्षा प्राप्त भारतीयों के बरक्स, उनके उत्तराधिकारी के बरक्स, रख सकूँ। लिहाजा वह अंक जेल से नेहरू के आगमन के साथ शुरू हो सकता है, वह अपने क्लब (समूह) के कुछ युवा सदस्यों के साथ असहयोग-अभियान के स्थगन पर विमर्श कर सकते हैं। उसके बाद नाराज़ बुजुर्ग काँग्रेसी नेता आयेंगे तथा अपना उपवास तोड़ने के बाद गाँधी उनसे तकरार कर सकते हैं। और यह अंक हताश गाँधी तथा उनकी अनुयायी श्रीमती नायडू के दृश्य के साथ सम्पूर्ण हो जायेगा...

गाँधी अपनी (आत्मकथा) में बताते हैं कि जब तेरह साल के थे और उनका ब्याह हुआ तो उन्होंने लगभग हम उम्र स्कूल जाने वाली अपनी पत्नी पर सख़्त पति वाला रवैया अपनाने की चेष्टा की थी, मगर कस्तूरबा ने अपनी आज़ादी पर अंकुश बर्दाश्त नहीं किया और अपने मित्रों से मिलने जाती रही। अपने फ़ोटो चित्र में भी वह हमें किसी पण्डित की दब्बू पत्नी की तरह नहीं देखतीं—बल्कि एक सुन्दर, साँवला और दृढ़-निश्चयी साहसी चेहरा हमें नज़र आता है। अपने पति के तीक्ष्ण अधिकारपूर्ण रवैये के बावजूद उन्होंने अपने स्वाभाविक अदम्य स्वभाव को बचाये रखा। दक्षिण अफ्रीका की भी एक घटना है जो दर्शाती है कि वह निरक्षर पत्नी बग़ावत भी कर सकती थी : फ़ीनिक्स आश्रम में अन्य हिन्दू घरों की तरह ही कोई नल वग़ैरह नहीं था, और अतिथियों को मल त्याग के लिए बर्तन दे दिया जाता था। सुशील अतिथि ख़ुद उसे साफ़ कर लिया करते थे।

लेकिन कुछ दूसरे अतिथि भी होते थे, और मैं कस्तूरबा की छवि बरकरार रखना चाहूँगा : उनके चेहरे पर झरते आँसू और उनके हाथ में अतिथि का चेंबर-पॉट—कम से कम, विवाहित युगल की स्मृतियों के एक अंश के तौर पर। जेल में बन्द यंग इण्डिया के युवा सम्पादक के बारे में मुझे गाँधी के कारावास-जीवन पर लिखित एक जर्मन किताब से बहुमूल्य जानकारी मिली। प्रतीत होता है कि यह शंकरलाल बैंकर विक्षिप्त मस्तिष्क वाला था, और गाँधी ने बहुत समय तक उसके लिए यह लड़ाई लड़ी कि उसे गाँधी से अलग नहीं किया जाय, क्योंकि वह अकेला सो नहीं सकता था। जाहिर है एक धनी-मानी, बिगड़ैल लड़का। कम से कम गाँधी यही कहते हैं : जेल अधीक्षक नहीं जानता कि बैंकर किस तरह के परिवार का है, उसने क्या शिक्षा पायी है।

श्रीमती नायडू के साथ गाँधी के सम्बन्ध का चित्रण उस मनोरम काव्यांश में है जिसमें वे गाँधी की अग्नि-परीक्षा की तुलना यीशु से करती हैं। जीवनी में यह भी बताती हैं कि १९१४ में लंदन में, महायुद्ध छिड़ने के समय कैसे उनकी भेंट हुई। यह अभिजातवर्गीय महिला एक क्लब की सदस्या थीं जहाँ युद्ध में घायलों के लिए मरहम-पट्टी तथा अन्तर्वस्त्र बनाये जाते थे। उन्होंने अगले दिन गाँधी को एक छोटी-सी बंडी या कोट सिलाई के लिए दे दी।

नेहरू की जीवनी हमें काफ़ी कुछ बताती है और वे दरअसल कुछ छिपाते नहीं, बल्कि कुछ बढ़ा-चढ़ाकर ही बताते हैं—गाँधी के प्रति गहरे आकर्षण के बावजूद पश्चिमी ढंग से शिक्षित होने के नाते गाँधी से उनकी दूरी कितनी ज़्यादा थी, गाँधी के अनशन, धर्म, जीवन शैली इत्यादि को वे कैसे देखते थे, वे पुरातन हिन्दू विश्वासों को फिर से जिलाते प्रतीत होते थे। किसानों के प्रश्न के सिलसिले में गाँधी ने हिंसा के प्रयोग पर जो एक वाक्य कहा था उससे वल्लभभाई पटेल का चरित्र मेरे लिए परिभाषित हो गया। गाँधी के बेटे का सवाल है कि अहिंसा क्या है? जब दक्षिण अफ्रीका में गाँधी पर हत्या का हमला हुआ, उस समय अगर वह मौजूद होता तो क्या उसे हथियार लेकर गाँधी की रक्षा करने की इज़ाज़त मिल जाती?

जहाँ किसी ऐतिहासिक नाम की प्रामाणिकता बचाने के लिए कल्पना को सीमित ना करना पड़े, वहाँ चरित्रों-पात्रों की रचना अधिक आसान होती है। धोबी, रामायण पढ़ने वाला सेवक, आश्रम का ब्राह्मण इत्यादि पात्र

नाटक की ज़रूरत के मुताबिक, कवि की जानकारी तथा हिन्दू जीवन विधि की कुछ समझ के आधार पर गढ़े गये; वैसे ही जैसे शेक्सपियर ने इतालवी नौकर-चाकर गढे थे। मगर स्मृतियाँ जो हमारे लिए छोड़ी जाती हैं, उनसे भी मदद मिलती है। गाँधी की बस्ती में जो अँग्रेज़ पहले अंक में दिखाया गया, मूलत: बैंकर का एक परिचित अँग्रेज़ पत्रकार था, जो इण्टरव्यू लेने आया था। मगर जब मैं गाँधी के साथ उसके वार्तालाप पर सोच रहा था, तो मुझे लगा कि निरा जर्नलिस्ट नहीं होना चाहिए, वह कोई बहुत युवा भी नहीं हो सकता, बल्कि ऐसा हो जिसमें गाँधी को देखने की एक सुपरिचित अँग्रेज़ दृष्टि प्रकट हो। सौभाग्य से गाँधी की जीवनी में हण्टर-कमीशन के सामने गाँधी की आत्मस्वीकृति मिल जाती है—हिन्दू नेता से लॉर्ड हन्टर ने जो सवाल किये हैं, उनसे उस पात्र की रूपरेखा स्पष्ट हो जाती है जिसकी कल्पना बर्नार्ड शॉ की शैली के मुताबिक है।

मैंने अपनी एक पिछली भूमिका में लिखा था कि ड्रामा (नाटक) वहाँ से शुरू होता है जहाँ दन्तकथा समाप्त होती है। दन्तकथा है एक अपराजित जीवन की रिपोर्ट, नाटक है एक फन्दा जिसमें आदमी गोल-गोल घूमता रह जाता है। भारत में बीते गाँधी के बरसों का जीवन दन्तकथा और नाटक की सीमान्त रेखा पर घटित हुआ...सतही ढंग से देखूँ तो वह दन्तकथा जैसा है, ज़्यादा क़रीब से देखूँ तो उसमें ज़्यादा नाटक नज़र आता है। अगर मैं सत्याग्रह वाले बरस देखूँ तो एक सन्त का संघर्ष, अगर मैं अतीत और भविष्य को जोड़ दूँ तो एक ऐसे मनुष्य की ट्रेजेडी है जिसने बहुत ही बड़े दायित्व अपने ऊपर ले लिए थे।

धर्म तथा दर्शनशास्त्र की यह सनातन माँग है कि राजनीति को समाज की नैतिक संहिता या आचारशास्त्र होना चाहिए। जिस तरह नैतिकता एक व्यक्ति के आचरण को परिभाषित करती है, उसी तरह राजनीति समाज को नियमित करती है। प्लेटो के स्टेट (राज्य) में यह निर्देश कारगर है और यही सेंट ऑगस्टीन के सिविटास देइ को तैयार करती है। मध्यकालीन युगों में यह नैतिक माँग राजनीतिक जीवन के ऊपर मँडराती या उतरती है—बेशक अक्सर इस आदर्श को ठगा ही गया—यही वजह है जिस कारण मध्ययुगीन समाज व्यवस्था को सापेक्षत: उन्नत या उच्च कहा जा सकता है वास्तविक परिस्थितियों के मुकाबले मनुष्य के भदेसपन की

तुलना में आधुनिक युग की राजनीति प्रबुद्ध है, यह एक विज्ञान बन जाती है, इस की प्रविधियाँ, इसके उपकरण या औज़ार इसकी अन्तर्वस्तु से या लक्ष्य से निर्धारित होते हैं। वस्तुतः मैकियावेली ने राजनीति की इस स्वाधीनता का, इसके वैज्ञानिक स्वरूप का निरूपण किया था और आधुनिक युग में राजनीति वास्तव में मैकियावेली पन्थी ही है। पुरानी सर्वसत्तावादी राज्य व्यवस्थाएँ या जनतन्त्र भी, न केवल दूसरे राज्यों के मुक़ाबले बल्कि अपने नागरिकों के प्रति भी।

उत्तरोत्तर मैकियावेलीकरण के इस दौर में धार्मिक एवं नैतिक माँग महज़ एक कृत्रिम या मिथ्या छद्मावरण का औज़ार बन कर रह जाती है।

गाँधी ऐसे पहले व्यावहारिक राजनेता थे जिन्होंने क्लूनी के सुधार (रिफॉर्म) और योहान हुश की कोशिशों के बाद, पहली बार लेकिन बहुत ही विचारपूर्ण एवं उदात्त तरीक़े से राजनीति को धर्म का सहायक या उसका एक प्रकार्य बनाने की चेष्टा की। सत्याग्रह—सत्य में निष्ठा—का अर्थ है कि राजनीति का संचालन स्वार्थ या हित-साधन से नहीं, बल्कि सत्य से प्रेम के द्वारा हो जो कि स्वार्थ (हित-साधन) से परे ले जाता है। इसीलिए इसे आत्मोत्सर्ग की भावना से संचालित होना चाहिए। पहले गाँधी ने दक्षिण अफ्रीका में अल्पसंख्यक हिन्दुओं का दिल जीतना चाहा, फिर भारत में हिन्दू-मुस्लिम तकरार को ख़त्म करके, भारत की मुक्ति के साथ इस उदाहरण से विश्व को संदेश देना चाहा। दूसरे तमाम साधु-सन्त केवल साधु-पन के लिए, सिर्फ़ स्वयं प्रशिक्षित करना चाहते थे। गाँधी ३० करोड़ के देश को पावन करना चाहते थे। और यह एक अतिरेक था जिसे यूनानी अनुपात-बोध के मुताबिक देवता बर्दाश्त नहीं कर सकते।

एक राजनीतिक संघर्ष को नैतिक संघर्ष में रूपान्तरित करने में गाँधी ने ऐसी सफलताएँ हासिल की थी जैसी विश्व इतिहास में किसी भी अन्य व्यक्ति ने नहीं। लेकिन यह उनका निजी जादू था।—उनके बाल सुलभ खिलंदड़ेपन और गहन गम्भीर चरित्र का अवाम की हिन्दू अन्तरात्मा के साथ का गहरा सामंजस्य था। लेकिन लोगों के मनमोहक हृदय के नीचे वासना की सूजी हुई नसें तो बहती ही हैं—यूरोपीय शिक्षा-प्राप्त अन्य नेतागण, मैकियावेली के मत वाली राजनीति—जो उनके रक्त का अभिन्न अंग बन चुकी है। भारत से अँग्रेज़ अन्ततः सत्याग्रह की बदौलत खदेड़े गये, मगर बूढ़े गाँधी ने यह भी महसूस किया होगा कि दुनिया तो क्या,

भारत तक गाँधीवादी नहीं हो पाया।

किन्तु गाँधी की ट्रेजडी का एक और गहनतर तथा व्यापकतर सूत्र भी है। तोलस्तोय के शिष्य गाँधी दो बातें बख़ूबी जानते थे। एक ओर यह कि पाश्चात्य शिक्षा जिससे मौजूदा आज के रूप में वह शैतान की रचना मानते थे, और जो अपनी उपलब्धियों के साथ उफनती चली आ रही है। वह पुरातन संस्कृतियों का विनाश कर सकती है। हिन्दू लोग अँग्रेज़ी तौर-तरीक़े से पोशाक पहनना और फ़ोन करना सीख लेते हैं, मगर अपनी आत्मा खो बैठते हैं। दूसरी ओर धर्म जिसे पश्चिम-मुग्ध लोग निरा अन्धविश्वास समझते हैं—वह ऐसी वस्तु है जो जीवन के लिए परम आवश्यक है : उसे उसकी विकृतियों से मुक्त करना तथा मानवीय अन्तरात्मा के लिए बचाना ही चाहिए। तोलस्तोय की ही भाँति वे भी किसी व्यक्तिगत धर्म की नहीं, बल्कि सामान्य तौर पर धार्मिकता जगाने की, प्रत्येक धर्म के सार तत्व को स्थापित करने की, रामकृष्ण परमहंस के नवजीवन की चेष्टा करते हैं।

इस मामले में गाँधी निश्चय ही उस रूसी मसीहा से बहुत अधिक सफल हुए हैं। तोलस्तोय की धार्मिकता हमें हमेशा बहुत ईमानदारी वाली नहीं महसूस होती, इसी तरह उनके नैतिकता के उपदेश में हमेशा वह आकांक्षा, वह हिंसा जो कि एक सन्त कहलाने के लिए अपनी स्वाभाविक क्रूरता के साथ मौजूद मिलती है। उनकी धार्मिकता में तार्किक विचारणा का अंश, धर्म के उपयोगितावादी स्वरूप के प्रति सजगता दिखायी देती है। बचपन के संस्मरणों को लामबन्द करके वह अपने आस्था के अभाव को ढकना चाहते हैं।

गाँधी के मामले में यह सब कुछ सहज और स्वाभाविक है। अथक सार्वजनिक गतिविधि जारी रखते हुए जैसे-जैसे उनका नीति-बोध विकसित होता है, वैसे-वैसे वे एक धार्मिक मनुष्य की तरह अपनी जनता के विश्वासों एवं रुझानों पर से जाते हैं, और ईसाई कट्टर सिद्धान्तों की बन्दिशों से मुक्त, उन्हें आधुनिक मस्तिष्क के अनुकूल स्पष्ट तर्क देकर उचित साबित करते जाते हैं। शायद इसी वजह से वह अपने आप को अधिकाधिक हिन्दू रूप में प्रस्तुत करते हैं। उन्हें जब हिन्दू समुदायों से

एकमेक होना हो तब यह पहचान बहुत लाभदायक होती थी, लेकिन जब उन्हें अपने सहयोगियों को यह समझाना होता था कि उनकी धर्मनिष्ठा में क्या-क्या महत्त्वपूर्ण है, तब यह पहचान एक बाधा बन जाती थी। उन लोगों की नज़र में गाँधी एक जादुई सफ़ेद हाथी है जिस की कद्र करना ज़रूरी है। क्योंकि अवाम पर उनका वर्चस्व और स्वतन्त्रता-संग्राम में अपनी सनक के बावजूद वह उपयोगी हैं। किन्तु धार्मिक अतिरेक, उसी तरह जैसे फ़कीराना पवित्र जीवन का आग्रह, लोगों को उनसे विरक्त करता था।

अन्त में, गाँधी के मामले में ऐतिहासिक नाटक का सवाल और भी कठिन है क्योंकि यह इतिहास के बारे में नहीं बल्कि समकालीन घटनाओं के बारे में है। चौरी-चौरा की घटना के समय मैं २० बरस का था। यहाँ स्मरणीय तथ्यों को सहेजना बहुत ज़रूरी है, इस दौरान गाँधी ने बहुत लिखा और बोला, उनकी पुनर्रचना नाटक की बजाय एक लेख में बेहतर हो सकती है। नाटक के सिलसिले में साहसिक होना ज़रूरी होगा, प्रामाणिकता बचाना ज़रूरी होगा। गाँधी न केवल आज़ादी के योद्धा थे, बल्कि वे साक्षात् सत्याग्रह भी थे। राजनीति में सत्य से प्रेम का प्रवेश उन्होंने कराया और अपनी पावन या साधुता की मासूमियत से अत्यन्त क्रूर नियति को, मानव स्वभाव को ख़ुद अपने विरुद्ध भड़का दिया।

इस जद्दोजहद में स्वयं नायक ही अपने आप को बचा सकता था। पृथ्वी पर ऐसा मनुष्य दुर्लभ है जो आधुनिक जीवन के रंगमंच पर, क़ैमरों के सामने इतनी अधिक गतिविधि, सरोकार और प्रेम रखते हुए भी झूठे मुखौटों से बचा रहे, और साथ ही साथ इतिहास से परे कुछ मिथकीय सी वस्तु का प्रतीक भी बना रहे।

अनुवादक की टिप्पणी :

नेमेथ लास्लो की यह डायरी पश्चिमी साहित्य के अनेक सन्दर्भों तथा तुलना और विवेचन से भरी हुई है। यहाँ कुछ संक्षिप्त सारांश दिया जा रहा है। इसके बाद उन्होंने एक और महत्त्वपूर्ण आलेख इसी नाटक के सिलसिले में लिखा था। सम्भव हुआ तो उन दोनों आलेखों के साथ, और टिप्पणियों के साथ एक पुस्तिका भविष्य में छापी जायेगी। जाहिर है कि नाटक की अनेक पूर्व कल्पनाएँ अन्ततः नाटक में या तो बदल गयीं, या छोड़ दी गयीं।